20/02

Literatur heute

ÜBER DAS BUCH:

»Sigrid Brunk schildert ein paar Tage einer Woche, wie sie eine junge ledige Mutter erlebt, die als Dekorateurin arbeitet, am Wochenende zu Mutter und Großvater nach Braunschweig fährt und das Kind, das sie bei einer Familie in Peine untergebracht hat, besucht. Kämpferisches Pathos ist Sigrid Brunk fremd. Um so überzeugender gelingt es ihr, die Ausgestoßenheit der ledigen Mutter darzustellen. So verschweigt die Heldin im Geschäft, daß sie ein Kind hat, um ihre Anstellung nicht zu gefährden, weil ihre Einfälle als Dekorateurin zwar im Augenblick geschätzt sind, sie aber in der Schneiderei und in der Verkaufsabteilung nur als das hübsche junge Ding und Mädchen für alles angesehen wird, das nicht richtig dazugehört . . . Sigrid Brunk überzeugt ohne Thesen. Sie kritisiert ohne Zynismus.« Ingeborg Drewitz

DIE AUTORIN:

Sigrid Brunk, geboren 1937, studierte Malerei und war zunächst als Graphikerin und Dekorateurin tätig, bevor sie zu schreiben begann. Immer sind es soziale Krisensituationen, die sie beschäftigen: die Versagensangst eines Mannes in *Der Besiegte* (Ullstein Buch 20018), die Vereinsamung einer alten Frau in *Das Nest* (Ullstein Buch 26021), das Scheitern einer Beziehung in *Der Magier* (Ullstein Buch 26052). Sigrid Brunk hat außerdem Erzählungen *(Flammen,* 1981) und Fernsehspiele geschrieben.

Sigrid Brunk

Ledig, ein Kind

Roman

Literatur heute
Ullstein Buch Nr. 26093
im Verlag Ullstein GmbH,
Frankfurt/M – Berlin – Wien

Ungekürzte Ausgabe

Umschlagentwurf: Zembsch'
Werkstatt, München

Autorenfoto auf der Rückseite

Lizenzausgabe mit Genehmigung
des Verlags Kiepenheuer & Witsch, Köln

Zuerst erschienen 1972 im Verlag
Werner Gebühr, Stuttgart
Printed in Germany 1983
Gesamtherstellung: Elsnerdruck GmbH,
Berlin
ISBN 3 548 26093 4

Januar 1984

CIP-Kurztitelaufnahme
der Deutschen Bibliothek

Brunk, Sigrid:
Ledig, ein Kind/Sigrid Brunk. – Ungekürzte
Ausg. – Frankfurt/M; Berlin; Wien: Ullstein,
1984.
(Ullstein-Buch; Nr. 26093: Literatur
heute)
ISBN 3-548-26093-4
NE: GT

I

Dienstag

Nur nicht aufwachen! Ich ziehe mir das Deckbett übers Ohr. Ich blinzele und sehe, daß es noch ziemlich dunkel ist. Die Möbel sind nur als schwarze Flecke zu erkennen. Ich strecke die Beine. Die Arme, die eng über der Brust gekreuzt waren, so daß die Hände um die Schultern griffen, gleiten auseinander, eine Hand öffnet sich und legt sich flach aufs Laken, schiebt sich unter dem Deckbett hervor und sucht eine kühle Stelle. Mit solcher Entspannung antwortet mein Körper auf die Tatsache, daß es noch dunkel ist, daß es noch früh ist, daß es noch eine ganze Weile lang keine Gefahr gibt. Ich genieße das Bett, in dem ich seit zwölf Stunden liege. Es ist ein hartes Bett mit einer buckligen Matratze, mir tut die Hüfte weh, ich fühle mich wie zerschlagen,und doch ist es angenehm, hier zu liegen, und ich wünsche mir, daß die Nacht noch lange nicht zu Ende ist. Die Nacht und das Bett sind die einzigen sicheren Orte, die ich habe. Wenn es dunkel ist, und wenn ich in meinem Bett liege, dann bin ich glücklich, habe ich vor einigen Tagen zu einem Mann gesagt, der mich in der Innenstadt ansprach. Darf ich Sie begleiten? hatte er gefragt. Und ich antwortete: Der Fußweg ist ja breit genug, ich kann Ihnen schließlich nicht verbieten, hier zu gehen. Er ging bis zur Haustür neben mir her, bis zur Tür des großen alten Mietshauses in der Ferdinand-Wallbrecht-Straße, und dort sagte ich ihm, weil er schmächtig und nicht mehr jung war und es ihm bestimmt nicht immer gut gegangen war, was die Nacht und das Bett für mich bedeuteten. Ich rede nicht von den Mauern, von den Wänden eines Zimmers, an die ich nicht glaube, sondern nur von der Nacht, die ich als Raum empfinde, und er sagte: Dann sind Sie glücklich? Weiter wollen Sie nichts? Verdammt, Sie müssen aber lange an der Kette gelegen haben! Verdammt, sagte er. Und weil der Satz, den er sagte, so originell klang, vergaß ich ihn nicht, obwohl ich ihn nicht verstand. Ich lag nicht an der Kette, ich liege daran.

Es ist übrigens nicht nötig, daß ich schlafe. Wenn es dunkel ist und ich im Bett bin, kann ich es auch wagen, ein bißchen zu denken. Nicht alle Gedanken.

Vielleicht ist die letzte Stunde der Nacht die schönste. Genauso genieße ich die letzten Minuten der Eisenbahnfahrt am Montagmorgen, und ich kann nicht verstehen, daß mir je eine Bahnfahrt zu lang wurde, zu langweilig, daß ich nicht mehr sitzen konnte und keine Lust mehr hatte, hinauszugucken. Montags zwischen sieben und acht könnte ich eine unendliche Zugfahrt antreten. Ich wünsche mir, in die Vorstadtstraßen und Schrebergärten, auf die Schrottberge und Sportplätze, auf die Stadthalle hinabschauend, nie in Hannover anzukommen. Ich strecke mich, lockere mich, wenn ich weiß, daß es noch zehn, noch sechs, noch zwei Minuten dauert. Zwei Minuten! Und ich atme. So lange ich noch nicht da bin, gibt es keine Gefahr. Nicht da sein, ist das Glück.

Auf der Straße und in der Wohnung sind jetzt viele Geräusche, aber sie stören mich nicht. Meine Zimmertür ist abgeschlossen. Niemand könnte von mir verlangen, daß ich sie öffne, wenn ich nicht will. Ich spiele eine Zeitlang mit den

vielen Möglichkeiten, den vielen Gründen, die es für mich gäbe, die Tür nicht zu öffnen, mich zu verbarrikadieren. Die Stimmen auf dem Flur gehen mich nichts an. Der Flur ist so lang wie eine Straße, und es liegen so viele Türen daran, daß ich sie, immer schnell meine Tür in der Ecke ansteuernd, wo die beiden Schenkel des Flurs zusammenstoßen, noch nie gezählt habe. Ich habe auch die Menschen, die Familien oder Teilfamilien, die hinter den Türen leben, noch nicht gezählt. Manchem bin ich noch nie begegnet. Ehe ich aus meinem Zimmer auf den Flur trete, horche ich erst. Ich öffne meine Tür einen Spalt und horche hinaus und gehe erst, wenn es still ist. Ich verlasse mein Zimmer kurz vor neun, wenn alle Berufstätigen schon aus der Wohnung sind. Aber auch abends, wenn ich zurückkomme, treffe ich selten jemanden. Vielleicht geht es den anderen genauso, daß sie nicht gesehen, nicht gegrüßt, nicht angesprochen werden möchten.
Ich schiebe meine Füße auf dem Bettlaken hin und her. Es stört mich, daß das dünne Unterbett, das ich immer flach ausgebreitet auf die Matratze lege, in der Längsrichtung zusammengefaltet ist, doppelt liegt, so daß es zwar in der Mitte die Huckel der Matratze mildert, aber seitlich meine Arme und Beine abrutschen läßt. Jedesmal, wenn ich am Wochenende in Braunschweig bin, scheint jemand in diesem Zimmer zu schlafen, aber ich frage nicht, wer, ich tue so, als merkte ich es nicht. Es war zu schwer, dieses Zimmer zu finden. Was für ein Zimmer! Von Anfang an habe ich darauf verzichtet, es zu verändern, zu verschönen, mich häuslich darin einzurichten. Es ist zu häßlich. Wo sollte ich beginnen. Wenn ich die Kleidungsstücke, die auf dem Stuhl am Fußende des Bettes liegen, angezogen habe und weggegangen bin, erinnert nichts mehr in dem Zimmer an mich. Im dunkelbraunen Kleiderschrank hängen die Kleider und Mäntel meiner Wirtin und riechen nach Mottenpulver. Meine gelbe Strickjacke und meine rote Windjacke,

die daneben hängen, haben den Geruch schon angenommen. Drehe ich mich auf die linke Seite, so muß ich, ob ich will oder nicht, den Spruch auf der bräunlichen, undeutlich gemusterten Tapete lesen, und das tue ich, mal mit mehr, mal mit weniger Erbitterung, aber nie mit ausreichendem Humor. »Hab Sonne im Herzen, ob's stürmt oder schneit, ob der Himmel voll Wolken, die Erde voll Streit...« Ich schwöre es. Niemand, dem ich das sage, glaubt es, aber ich schwöre es.
Heiliger Hamsun, es ist wahr. Dieser Spruch steht nicht nur in Urgroßmutters Poesiealbum.
Ich bin aber nicht nur erbittert über den Spruch, ich frage mich manchmal, ober der Spruch nicht vielleicht doch recht hat. Das sind meine schlimmsten Stunden. Ich bin seit sechs Wochen hier, und das Zimmer ist der Hauptgrund, weshalb ich hier nicht Fuß fassen kann. Wenn es dunkel ist und ich im Bett liege, ist es allerdings ganz gleich, wie das Zimmer aussieht. Es geht auf den Winter, deshalb ist es lange dunkel. Ich schiebe meine Hand aus dem Bett, taste in der offenen Schublade des Nachttischs herum, bis ich das Foto habe. Ich hole es zu mir ins Bett unters Deckbett und halte es dort mit beiden Händen. Das mache ich jeden Morgen, es ist eine Gewohnheit. Oft denke ich dann nicht weiter an das Kind, sondern an vieles andere, das mir durch den Kopf zieht, scheinbar willkürlich, meiner Kontrolle entzogen. An solchen Tagen lege ich das Bild reuevoll in die Schublade zurück, wenn ich aufstehe, und nenne mich eine schlechte Mutter, aber auch das berührt mich nicht jedesmal gleich stark. Manchmal macht es mir gar nichts aus, und manchmal fange ich an zu heulen. Heute sehe ich das Bild an, das unterm Bett ganz warm geworden ist. Es ist ein älteres Bild. Ich muß mal ein neues aufnehmen, sie hat sich nämlich schon wieder sehr verändert, ist größer und dünner geworden. Sie hat auf dem Bild einen rutschenden Strumpf und sieht aus wie das Kind einer

kinderreichen Familie, das die teils zu großen, teils zu kleinen Kleidungsstücke älterer Geschwister auftragen muß, und hat einen stumpfen Zug im Gesicht, wie ihn jene Kinder haben, um die sich niemand besonders viel kümmern kann. Aber warte, sage ich zu dem Bild und zu mir, es wird schon werden. Ich muß nur ein größeres Zimmer finden und mehr verdienen, damit ich Nini zu mir holen kann. Ich muß einen Kinderhort finden, wo sie sich aufhalten kann, bis ich sie abends nach Geschäftsschluß abhole. Nach und nach muß ich mich so einarbeiten, daß die Überstunden wegfallen, und ich muß meinen Chef überzeugen, daß Schaufenster nicht unbedingt nachts dekoriert werden müssen. Ich muß mir eine Existenz aufbauen, so nennt man das. Aber das geht nicht von heute auf morgen. Ich habe keine Zeugnisse, kann kein hohes Gehalt fordern, mich nicht auf Tarife berufen. Trotzdem verdiene ich so viel, daß ich mir ein größeres Zimmer leisten könnte. Aber es ist schwer, die äußeren Lebensumstände zu bessern, wenn man in einer fremden Stadt allein ist.
Das hast du doch gewollt, du hast doch unbedingt weggewollt, sagt meine Mutter oft. Und ich sage, nein, aber ich kann dort mehr verdienen als hier. In Wahrheit aber stimmt es, daß ich mir von der fremden Stadt, von einem möblierten Zimmer hoch oben über der fremden Stadt einiges versprochen habe. Und manchmal habe ich auch meine Skepsis aufgegeben und mir eingebildet, daß es nicht schaden könne, sich das Zimmer vorzustellen, in dem ich, es war Mitternacht, an einem selbstgezimmerten Schreibtisch Gedichte schrieb, während ein junger Mann auf der Couch lag und einen Krimi las. Ich weiß jetzt, daß Träume, die sich so weit von der Realität entfernen, die Widerstandskraft eines Menschen zersetzen.
Aus meinem Elternhaus bin ich fortgegangen, weil es dort nur Trauer, nur Weinen, Anklagen und zerrüttete Nerven gab. Meine Mutter und mein Großvater hatten innerhalb

weniger Monate ihre Lebenspartner verloren. Sie weinten und beteten, während ich, der dasselbe geschehen war, hart und böse wurde. Man kann über den Grad des Unglücks, das jeden von uns betroffen hatte, eine Statistik aufstellen, wenn man will. Meine Mutter tat es, wenn sie zu ihrem Vater sagte: Mir sind Mann und Mutter gestorben. Ihm waren nur Frau und Schwiegersohn gestorben, das war offenbar weniger. Ich aber hatte Großmutter, Vater und Mann verloren, sagte es aber nicht laut, sondern dachte es nur, um mich gegen ihre lebhafte Trauer abzuhärten. Laut sagen hätte ich es sowieso nicht dürfen, denn dann hätte es geheißen: Dieser Schuft, der dir ein Kind gemacht hat, hat dich verlassen, er ist nicht tot, er amüsiert sich, das ist überhaupt kein Vergleich! Deshalb sagte ich lieber nichts, obwohl ich manchmal wünschte, H.-H. wäre tot, ich könnte Blumen auf sein Grab pflanzen und brauchte nicht jedem Mann, der ihm glich, in atemlosem Schrecken auf der Straße nachzuhetzen, um dann in ein fremdes Gesicht zu starren.

Wenn ich nachts vom lauten Weinen meines Großvaters erwachte, stand ich im Bett auf und schlug mit den Fäusten gegen die Wand, bis er still war. Kaum lag ich wieder, hörte ich ihn flüstern und winseln. Er sprach mit dem Bild seiner Frau, das ich gemalt hatte. Er rief sie mit Kosenamen und bat sie, ihm ein Zeichen zu geben, eine kleine Antwort. Sie aber sitzt unbeweglich in dem braunen Sessel, die abgearbeiteten Hände auf dem rechten Knie, das sie über das linke schlägt, und sieht ausdruckslos und müde auf den Betrachter herab, zart und sanft, in einem schwarzen Kleid. Es ist mein bestes Bild. Als meine Großmutter noch lebte, hieß es, es sei ihr nicht ähnlich. Doch nach ihrem Tod fanden alle, das sei genau sie.

Der Großvater gibt sich jeden Abend Mühe, ins Bett zu gehen und einzuschlafen, so wie er es achtzig Jahre lang gemacht hat. Wie er es gelernt hat. Gewissenhaft nimmt er in der Küche seine Schlaftablette mit Wasser, das er im Kessel angewärmt hat. Dann legt er sich ins Bett, auf den Rücken, und faltet die Hände über der Steppdecke, die erdbeerfarben ist, etwas blaß, wie eingekochte Erdbeeren. Er beginnt ein Gebet, wie er es gelernt hat, und will in das Gebet alle Menschen, die er liebt, einschließen, weil er sich Mühe gibt zu glauben, daß das den Menschen, die er geliebt hat, hilft. Er möchte, daß sie gut aufgehoben sind und daß er sie einmal wiederfindet. Seine Gebete sind nichts als Sehnsucht nach diesen Menschen, nicht Sehnsucht nach Gott. Er zählt die Namen auf, in der Hoffnung, Gott wisse dann schon, wer gemeint sei, habe ein unendliches Namensregister, ein riesiges Adreßbuch. Gesichter ziehen an ihm vorbei, immer mehr. Er kommt in seine Kindheit, zu Eltern, Großeltern, Geschwistern, Schulfreunden, zu Lehrern und Nachbarn. Und immer mehr Namen kommen, immer mehr Gesichter, Teile von Kleidungsstücken, von Körpern, dazu Häuser und Zimmer und Schränke und ein Fenster, eine Treppe, eine Straße, ein Marktplatz mit einer Kirche und einem Brunnen, eine Baumgruppe, ein großer brauner Hund, eine Wiese mit einem Gartenhäuschen und schmutziger Schnee, die Einrichtung von Schulklassen, der Geruch von Wachstuchkladden und Tintenwischern, Bälle und ein Wurstbrot, ein Bild und ein Geschenk, das ihm Onkel Hans eines Tages gemacht hat. Und er beginnt zu weinen, weil er diese Welt verloren hat, weil er sie nicht mehr erreichen und sie doch auch nicht vergessen kann. Immer mehr fällt ihm ein, die Sonne scheint, seine Mutter ist da, und sein Vater liegt auf der Erde, während jemand, den er nicht mehr sieht, das Pferd beiseite führt, das ihn getreten hat. Ihm fällt ein, wie wenig Liebe er ihnen allen gegeben hat. So weint er stundenlang, steht schließlich auf und geht durch die Zimmer, sieht hinaus auf die Straße, in die Gärten, und wendet sich endlich erschöpft und ratlos an das Bild. Er wickelt sich in

seinen langen grauen Sommermantel und setzt sich in den Sessel, wo er schließlich einschläft. Irgendwann in der Nacht erwacht er, nimmt wieder Tabletten und geht ins Bett. Morgens ist er benommen, schwindlig und wirr. Er kann nichts essen und muß fortwährend aufstoßen. Vormittags schält er Kartoffeln und geht einkaufen. Leute haben ihn gesehen, wie er erschöpft auf einem Mäuerchen sitzt und mit jemandem spricht, der nicht zu sehen ist. Jeden Freitag fährt er nach Peine zu Nini. Er bringt ihr Apfelsinen und einen Eisbecher, den er am Bahnhof gekauft hat. Er bleibt fünf Minuten und geht dann wieder, weil er keine Ruhe hat. Frau Walkowiak versucht jedesmal, behauptet sie, ihm etwas anzubieten, eine Tasse Kaffee oder ein Glas Portwein, aber er lehnt ab. Ich weiß, daß ihr Gekicher und Geschwätz ihm auf die Nerven gehen. Wenn er geht, zählt er jeden Schritt. Er zählt auch, wenn er auf einer Bank oder in Walkowiaks Stube sitzt, und man kann kein richtiges Gespräch mit ihm führen. Er zählt nicht laut, und keiner, der vergeblich versucht, mit ihm zu reden, kommt auf die Idee, daß er zählt und den Faden festhalten muß, aber mir hat er es oft gesagt. Jetzt bin ich bei dreißig. Was sagtest du gerade? Noch bis siebzig, dann gehen wir weiter. Bis zum Kaufmann sind es genau zweihundertundachtundneunzig Schritte, bis zum Bäcker siebzehnhundertundsechsunddreißig.
Auf dem Flur ist es jetzt laut. Zwei Frauenstimmen kommen näher, sind jetzt vor meiner Tür. Ein Scheuereimer aus Metall wird hingestellt, aber niemand kann mich zwingen, die Tür zu öffnen. Wie warm mein Bett ist. Ninis Foto, so, neben das Kopfkissen. Wann habe ich das Kind zum letzten Mal neben mir im Bett gehabt?
Daß sie das *tun* mag! Als wäre das kein Mensch! sagt die eine der Frauen auf dem Flur, und ich weiß, daß sie dabei auf das Scheuertuch zeigt, das meine Wirtin auf meinen Abtreter gelegt hat, als wäre gerade von meinen Schuhen

eine ungewöhnliche Menge Schmutz zu erwarten. Die Frau ahnt nicht, daß ich im Zimmer bin und sie höre. Sie denkt wohl, alle Zimmer wären leer, alle Mieter zur Arbeit gegangen. Auf keinem der anderen Abtreter liegt ein Wischtuch, von keinem scheint man soviel Dreck zu erwarten wie gerade von mir. Die Putzfrau ist wahrscheinlich von der Wohnungsinhaberin, einer alten Frau, die ich nur einmal am Ende des Flurs in eine Tür gehen sah, angestellt worden. Sie macht mit dem Schrubber den Flur sauber und stößt mehrmals gegen meine Schwelle. Vielleicht sind es auch zwei Putzfrauen, denn immer noch reden da draußen die beiden Stimmen. Vielleicht aber spricht die Putzfrau auch mit einer anderen Untermieterin dieser Wohnung. Unten im Haus ist ein Lebensmittelgeschäft. Die beiden Frauen, die dort bedienen und mir machmal ein Brot, ein Stück Butter über den Tresen geben, wohnen im Zimmer, das der Toilette gegenüberliegt, und ich passe immer auf, daß ich sie nicht treffe, wenn ich meinen Eimer zum Ausgießen bringe. Soviel weiß ich inzwischen: Die alte, dicke Frau, der diese riesige Wohnung gehört, hat einen Sohn. Ihm begegne ich öfter auf dem Flur. Ich kenne seinen Namen nicht. Draußen an der Tür sind so viele Namensschilder, daß ich nicht weiß, welcher Name zu welcher Person gehört. Aber er redet mich mit meinem Namen an. Er ist ungefähr fünfundvierzig, dünn, blaß, kahl, und legt Wert darauf, daß man seinen Bewegungen und seiner Stimme seine Neigung zum gleichen Geschlecht anmerkt. Mehr als zwei Zimmer scheinen Mutter und Sohn nicht mehr zu gehören, alle anderen Räume haben sie vermietet. Der Witwe Jung zum Beispiel haben sie zwei Zimmer vermietet, und die Witwe Jung hat eins der Zimmer an mich vermietet, und zwar für einen viel höheren Preis, als sie der Wohnungsinhaberin für die beiden Zimmer zahlen muß. Sie spart für einen neuen Pelzmantel. Das wäre dann ihr dritter. Diesmal soll es endlich ein Persianer sein. Sie ist klein, knochig, seit langem Witwe. Obwohl ich ja nur zum Schlafen in meinem Zimmer bin oder die Stunden bis zum Schlafengehen bewegungslos, in meinen weiten blaukarierten Mantel gewickelt, mit angezogenen Füßen im Sessel sitze, dem einzigen Möbelstück, das ich außer dem Bett wirklich benutze, bringt sie es fertig, Sand und Staub auf meinem Fußboden zusammenzufegen, ihn auf einen Briefbogen zu kehren, den Briefbogen auf den Tisch zu legen und darauf zu schreiben: Das fand ich heute unter Ihrem Bett!

Sie würde es bestimmt nicht erlauben, daß ich den sonnigen Spruch von der Wand nehme. Aber ich will ja auch nichts verändern an diesem Zimmer.

Wieder kommen Schritte den Flur entlang, Türen werden geschlagen, meine Türklinke wird fest hinabgedrückt, dann noch einmal. Ich melde mich nicht. Es ist kurz nach acht. Wenn ich heute darauf verzichte, mich zu waschen, kann ich bis zehn Minuten vor neun im Bett bleiben. Um neun muß ich im Geschäft sein, das gleich um die Ecke ist.

Heute scheint es nicht hell zu werden. Auf der Straße brennen immer noch die Laternen. Es ist eine Nebenstraße der Ferdinand-Wallbrecht-Straße, das Haus, in dem ich wohne, ist ein Eckhaus. Die Straße ist schmal, auf beiden Seiten stehen hohe, alte, graue Mietshäuser. Ich habe mir, als ich einzog, vorgestellt, daß ich mit der Zeit die Menschen, die im Haus gegenüber wohnen, kennenlernen würde. Ich dachte, daß ich sie an dunklen Nachmittagen, wenn sie Licht in ihren Zimmern haben, sehen würde, selber im Dunkeln stehend, wie sie um den Tisch herumgingen, Geschirr aus dem Schrank nahmen, eine Decke auflegten. Oder später im Schlafzimmer noch einmal lüfteten, während sie schon die Kissen aufschlugen, den Wecker aufzogen. Ich dachte aber auch, daß ich mich an einem sonnigen Tag aus dem Fenster lehnen würde, und auch drüben ginge zufällig ein Fenster auf, ein Lappen würde ausgestäubt oder ein Blumentopf begossen, und man würde sich zunicken, eine Bemerkung über das Wetter machen. Ich stellte mir vor, ich sähe Kinder in Schlafanzügen in ihre Betten krabbeln, sich mit Kissen werfen, und in einem Zimmer daneben, aber durch die Brandmauer von dem Lärm getrennt, einen Schauspieler mit dem Rollenheft in der Hand, hin und her gehend, stillstehend, unter einer Lampe, so einer Troddellampe, wie sie Wirtinnen mit Vorliebe in die möblierten Zimmer hängen, die sie vermieten. Aber nichts von all dem habe ich gesehen, weil ich, wenn ich abends in dieses Zimmer komme, auf nichts mehr neugierig bin. Ich ziehe die dunkelgrünen Rollos herunter, sowie ich Licht gemacht habe, stehe dann reglos mitten im Zimmer, suche irgendeinen Sinn für diese Stunden bis zum Schlafengehen zu finden und setze mich im Mantel in den Sessel, aus dem ich nicht wieder herauskomme. Um acht, um neun sehe ich die Schublade der Kommode an, in der ich ein Paket geschnittenes Brot, ein Stück Butter, eine Platte und ein Messer liegen habe, und sage mir, daß ich etwas essen müßte. Manchmal tue ich es, meistens nicht. In diesem Zimmer geht jede Lebensregung ein. Du kommst hier nie wieder raus, wenn dir keiner hilft, sage ich mir. Aber wer sollte helfen?

Gleich nachdem ich hier eingezogen war, habe ich angefangen, auf Heiratsannoncen zu schreiben. Im unteren Schubfach der Kommode, das ein Stück offensteht, sehe ich die Zeitschriften, in denen ich einige Annoncen mit dem Kugelschreiber umrandet oder dick angekreuzt habe. Es ist mir gleich, ob meine Wirtin das sieht, wenn sie stöbert. Aber ich komme auch auf diesem Gebiet nicht voran. Mutlosigkeit hindert mich, die Briefe, die ich schreibe, abzuschicken. Ich weiß nicht, ob ich mein Kind vorerst nicht lieber verschweigen soll. Erwähne ich es aber, so zwingt mich irgendeine Art von Stolz und bürgerlicher Erziehung, vom Vater meiner Tochter zu reden, um den

Verdacht nicht aufkommen zu lassen, ich wüßte gar nicht, wer der Vater ist. O nein, ich habe schon einen Vater für mein Kind. Und ich nenne H.-H. einen berühmten Maler, der er nun wirklich nicht ist, und erhebe sozialkritische Anklagen gegen eine Gesellschaft, in der der Künstler so wenig gelte, daß er nicht einmal das Existenzminimum verdienen und eine Familie gründen könne. Einige werden hochgespült, durch eine Laune, durch Zufall, und werden fast zu Millionären, während die vielen anderen, die auch nicht weniger können, die sogar manchmal besser sind, untergehen. Die Briefe werden lang, zynisch und traurig, und ich zerreiße sie. Welcher Mann würde wohl eine Frau heiraten, die so unausgeglichen ist und sich gleich so aufregt? Man antwortet mir: Ärzte zum Beispiel haben es auch schwer. Wissen Sie, was ein junger Assistenzarzt verdient? Ein Maler, der wirklich was kann, hat schon sein Auskommen, aber diese modernen Kleckser...! Und schon bin ich in eine Diskussion verstrickt, in der ich mir durch meine Kompromißlosigkeit nur Feinde mache. Man nennt mich arrogant. Ich kann nun einmal nicht anerkennen, daß es niemand so schwer hat wie die Lehrer.

Ich habe also zwei Briefe abgeschickt, schon vor Wochen. Und je länger die Antwort auf sich warten läßt, um so mehr verbeiße ich mich in die Hoffnung, von einem Mann aus meinen Schwierigkeiten herausgeholt zu werden. Der Mann ist für mich der Mensch. Alle Erwartungen, die man in den Menschen setzt, setze ich in den Mann. Das ist vielleicht eine Philosophie der Hormone oder aber historische Bewußtseinsbildung. Morgens, ehe ich meine Zimmertür aufschließe, bin ich schon nervös, ob auf der Spiegelkonsole, die meiner Tür gegenübersteht, ein Brief liegt. Der Briefträger kommt sehr früh, vor neun, und irgend jemand, wahrscheinlich der Sohn der Wohnungsinhaberin, muß die Post verteilen und meine Post auf die Konsole legen. Ich habe mir neue Paßbilder machen lassen und ab und zu betrachte ich das dritte, das ich behalten habe, und versuche mir vorzustellen, wie es auf Männer wirkt. Ich bin nicht zufrieden mit der Aufnahme. Das, was mir wichtig scheint, ist zu wenig betont, anderes dafür um so mehr. Am wichtigsten sind die Augen. Das Haar ist gut belichtet, flirrt im Licht. Wenigstens was!

Jetzt wird wieder an der Türklinke gerackelt. Die Stimme der Witwe Jung sagt zu einem, der bei ihr steht (vielleicht tut sie aber auch bloß so, als rede sie zu einem anderen, und denkt dabei, daß ich es hören soll): Es ist schon halb neun, und die schläft immer noch! Ich reagiere nicht. Es ist schließlich keine Schande, bis halb neun zu schlafen. Ich kann ja auch krank sein. Aber es ist nun vorbei mit der Sicherheit. Ich horche, meine Hände werden kalt. Eine Minute ist es still. Diesseits und jenseits der Tür wird gelauscht. Das Bett kann mich jetzt nicht mehr vor dem Einbruch der Außenwelt schützen. Die Stimmen der Menschen greifen mich an. Die Forderungen ihrer gedankenlosen Zeiteinteilung versetzen mich in Panik. Ich fühle mich nicht imstande, ihren Tagesrhythmus mitzumachen. Völlig verkrampft liege ich im Bett und warte auf neuen Lärm. Und ich brauche nicht lange zu warten. Wieder wird an meine Tür gehämmert, und die scharfe Stimme meiner Wirtin ruft: Nun müssen Sie aber aufstehen! Der Fensterputzer muß in Ihr Zimmer!

Moment! rufe ich und springe aus dem Bett. Während ich mich anziehe, spüre ich, daß sie noch an der Tür steht und horcht. Um sie zu besänftigen, bolze ich mit den Schuhen, ächze und schnaufe und versuche durch Laute deutlich zu machen, daß ich mich rasend schnell anziehe. Trotzdem erklingt schon wieder ihre Stimme: Sie müssen aber gleich aufmachen. Bis neun können wir nicht warten. Das kostet schließlich alles Geld!

Jaja, sofort! Ich ziehe schon den Mantel an, der noch im Sessel lag, wo ich ihn gestern abend einfach von den Schultern fallen ließ. Ich fahre mit dem Kamm durchs Haar und schüttele es. Ninis Bild kommt in den Nachttisch. Mit dem Fuß schiebe ich das untere Kommodenfach zu. Dann gieße ich das Wasser aus der Kanne in den Eimer. Da das Wasser klar und nicht durch Seife und Zahnpasta getrübt ist, färbt es sich gelb durch den Urin, der im Eimer ist. Ich schäme mich und weiß nicht, wie ich den Eimer an all den Leuten auf dem Flur vorbeibugsieren soll, ohne daß sie hineinsehen und ohne daß sie was riechen. Die Toilette liegt ganz vorn, gleich neben der Wohnungstür, ein kleines Gelaß, in dem nur die Schüssel und ein kleines Handwaschbecken sind, wo ich mir mein Waschwasser hole. Irgendwo auf dem anderen Schenkel des Flurs liegt ein Badezimmer, das ich nicht benutzen darf. Es gibt da auch eine Küche, in die ich noch nie hineingeschaut habe. Ich weiß nicht, wer die Küche benutzen darf außer der Wohnungsinhaberin und ihrem Sohn. Ich vermute, daß die Untermieter alle auf kleinen Kochern in ihren Zimmern kochen; nur Frau Jung scheint eine Ausnahme zu machen, so wie sie sich aufspielt.

Ich stelle den Eimer erst mal hinter die geöffnete Schranktür und mache die Zimmertür auf. Zum Lüften ist mir keine Zeit geblieben. Ein Mann mit einer Leiter und einem Eimerchen kommt, flüchtig grüßend, ins Zimmer und geht aufs rechte Fenster zu, zieht die Gardine auf. Niemand ist auf dem Flur, meine Wirtin ist weder zu sehen noch zu hören. Auf der Spiegelkonsole liegt ein Brief für mich. Meine Adresse ist in einer Schrift geschrieben, die ich nicht kenne. Ich nutze die Stille des Flurs, um schnell den Eimer hinter der Schranktür hervorzuholen und zum Abort zu tragen. Der Fensterputzer steht schon auf der Leiter, hat das Fenster geöffnet und sieht zur anderen Strassenseite hinüber und auf die Straße hinab. Auch auf dem Rückweg treffe ich niemanden. Ich nehme den Brief von der Konsole und drehe ihn um, um den Absender zu lesen.

Er ist von Walkowiaks, den Pflegeeltern meiner Tochter, die in Peine, einer kleinen Stadt zwischen Braunschweig und Hannover, wohnen. Frau Walkowiak hat mir noch nie geschrieben. Im allgemeinen sagt sie es dem Großvater oder mir, wenn sie etwas will. Ich besuche Nini nur einmal im Monat. Habe ich ihr denn das Geld nicht pünktlich geschickt? Doch. Es ist ohnehin viel zu viel, das sagen alle. Was mag nun wieder los sein! Immer was Neues! Ich öffne den Brief nicht. Ich werde ihn später öffnen.
Der Fensterputzer steigt von der Leiter herab und schließt das Fenster. Er trägt die Leiter um die Waschkommode herum, quetscht sich zwischen Nachttisch und Kommode hindurch und macht sich an das Fenster zu Häupten meines Bettes. Er hat dort gerade Platz, die Leiter aufzustellen. Als ich mit dem Eimer eintrete, sieht er mich flüchtig an und steigt dann nach außen, um die obere feststehende Scheibe zu putzen. Mit einer Hand hält er sich an der Querleiste und lehnt sich weit zurück, pfeift. Ich stelle den Eimer neben die Kommode und decke das Bett auf. Ich habe keine Zeit mehr, alle Kissen herauszunehmen und das Unterbett auszubreiten, ich ziehe nur das Laken glatt, klopfe das Kopfkissen und lege schnell das Deckbett drauf. Den Schlafanzug stopfe ich darunter. Und ich übertreibe meine Hast, als fürchtete ich, zu spät ins Geschäft zu kommen. In Wahrheit aber schäme ich mich vor dem Mann, dessen Beruf es ist, in ungelüftete Schlafzimmer einzudringen. Dabei ist er mit dem Kopf draußen in der frischen Luft und pfeift sich eins. Endlich, von der Tür aus, sehe ich das Zimmer ordentlich, häßlich, kalt und fremd wie ein unbenütztes Hotelzimmer vor mir. In der Handtasche habe ich Kamm, Lippenstift, Kölnisch Wasser und Puder, damit ich mich im Geschäft ein bißchen zurechtmachen kann.
Die Straße ist feucht von Nebel. Im Lebensmittelladen unten brennt Licht. Die Bäume am Straßenrand sind kahl,

es ist der vorletzte Novembertag. Über den Listerplatz hinweg sehe ich die Bäume an der Markuskirche und dahinter die Eilenriede, ein kleines Stückchen dieses großen Waldes. Vor einem Geschäft stehen Obst- und Gemüsekisten, Walnüsse in Säckchen, Apfelsinen, Mandarinen, rotbraune Boskop, Rosenkohl. Die Straßenbahn Nummer drei kommt die Podbielskistraße herab und fährt dann quietschend die Linkskurve zur Bödekerstraße, hält dreißig Meter weiter beim Blumengeschäft, wo die Adventskränze auf dem Fußweg liegen und am Treppengeländer hängen. Ich gehe am Rand des Lister Platzes zur Alten Celler Heerstraße, gehe ein Stück die Straße hinab. Zwischen einem Schlachter- und einem Bäckerladen liegt die Einfahrt zum Geschäft. Diese Einfahrt, ein Tunnel von acht Meter Länge, hat an beiden Seiten Schaukästen, die von Neonstäben erhellt werden. Die vier Schaukästen rechts sind für Herrengarderobe, die drei Schaukästen links für Damenoberbekleidung. Ich nagele die Mäntel und Kostüme mit dicken, langen, schwarzen Stecknadeln an die mit farbigem Stoff bespannten Rückwände der Kästen. Während ich den Tunnel entlanggehe, prüfe ich die Fenster. Am Ende des Tunnels ist eine Tür, durch die die Lieferwagen vom Hof auf die Straße fahren. Auf diesem Hof spielen immer viele Kinder, und wenn die Tür offensteht, gellen ihre Stimmen durch den Tunnel, und ich höre es in meinem Arbeitsraum, der genau über dem Tunnel liegt, ebenfalls acht Meter lang und zweieinhalb Meter breit. Links vor der Hoftür führt eine breite Treppe zum Laden im ersten Stock hinauf. Noch vor der Milchglastür, die ein Lehrling aufreißt, sowie sich ihr jemand nähert (und das tut er auch jetzt und ruft empört: Ach, bloß der Flitzer!), liegt die Tür zur Toilette, in der ich erst einmal verschwinde. Wie ich erwartet habe, steht Anton, unser Hausdiener, am Waschbecken. Er grinst mich an und gibt mir eine Packung Tampons. Hier, deine Bonbons – hast du gestern liegen lassen. Ich nehme sie.

Woher weiß er, daß sie mir gehören? Solche Sachen weiß Anton eben. Nicht umsonst hält er sich so oft auf dem Clo auf. Den ganzen Tag trödelt er hier herum und erschrickt jedesmal, wenn die Tür aufgeht, weil er fürchtet, vom Alten überrascht zu werden. Er ist ein kleiner Mann in einem grauen Kittel, wirkt immer gehetzt und schimpft dauernd vor sich hin. Je mehr ihn sein schlechtes Gewissen drückt, umso lauter wird sein Schimpfen, bis es sich zu einer großen, wilden, theatralischen Anklage gegen die Ausbeuter steigert, die, von knallenden Türen unterstützt, durch die Räume schallt, aus denen sich die letzten Kunden verdrücken. Wir haben überhaupt erstaunlich wenig Kunden. Aber das kümmert mich nicht. Anton trinkt gern einen, wird aber sehr schnell betrunken. Dann wird er aggressiv, greift fremde Menschen an, beleidigt sie, seine Stimme krächzt. Gibt man ihm dann einen Blumentopf, so frißt er ihn ab wie Salat. Das Staunen seiner Zuschauer besänftigt ihn; kann auch sein, daß ihm schlecht ist. Er wird still und schläft bald ein. Ich habe es erst einmal erlebt, aber ich hörte, daß Anton so ungefähr bei jeder Fete eine Blume verspeist. Es mag schon sein. Seit er es zum ersten Mal gemacht hat, lassen sie ihm keine Ruhe mehr, und wenn einer zwei Flaschen Rumverschnitt ausgibt, sehen sich alle schon nach der diesmal fälligen Blume um. Oh, wie blüht die schön! sagt der Verkäufer, Herr Hake, und begießt das Alpenveilchen in der Blumenkrippe neben der Kasse. Seht doch mal, wie schön das blüht. Wär das nicht was für Anton? Na, Anton, sag! Sieh mal, wie viele Knospen das hat! Ausgesprochen sadistisch finde ich es, dem Anton einen Topf Heidekraut anzubieten. Aber hier im Geschäft wird den ganzen Tag Jux gemacht. Ich weiß manchmal nicht, was Spaß und was Ernst ist. Anton bevorzugt weiche Blumen, Begonien und Alpenveilchen. Von den Grünlilien hält er nichts, man kann sie ihm nicht schmackhaft machen. Die Sekretärin vom Alten muß ab und zu neue Alpenveilchen und Begonien kaufen und gibt sich große Mühe, Exemplare zu finden, die den verspeisten gleichen, obwohl der Chef, der dauernd um die Verdauung seines großen schwarzen Pudels besorgt ist, gar nicht merken würde, wenn eine Blume fehlt. Die Lehrlinge müssen den Pudel vormittags und nachmittags in der Eilenriede spazierenführen und hinterher Farbe und Konsistenz des Kotes beschreiben. Angeekelt kommen sie zurück, zerren und beschimpfen das Tier, dessen geschorener, gekrümmter Hinterkörper zittert, und teilen uns, den anderen Angestellten, mit, sie gingen jetzt rauf zum Alten und sagten, der Hund habe nichts gemacht. Dann kriegt er heute abend Abführpillen! Mann, hör auf, dann muß ich morgen dauernd mit dem Köter raus! Na und? Kannste fein spazierengehen. Nee, der kackt auf den Fußweg, und die Ladenbesitzer regen sich auf, und ich muß es dann wegbringen. Der Hund zittert. Mistvieh. Er wird im Eiltempo die eiserne Wendeltreppe hochgezogen, und wenn er abrutscht und sich den Bauch und die Hinterbeine stößt an den scharfen Stufenkanten, dann hat er eben Pech gehabt. Weshalb schickt der Chef nicht Anton mit dem Hund in den Wald? Anton liebt doch den Duft. Anton ist doch gar nicht wegzukriegen aus dem Toilettenvorraum. Es sind zwei Kabinen da. Unten kann man an den Schuhen sehen, wer drin ist, und oben sind auch noch fünfzig Zentimeter bis zur Decke frei.

Ich stecke die Tampons in meine Tasche, kämme mich, male die Lippen an, lege Puder auf das ungewaschene Gesicht, reinige die Fingernägel, tusche die Wimpern und warte, daß Anton geht. Aber er denkt nicht daran. Er steht hinter mir an der Heizung und sieht mir zu, macht zynische Bemerkungen. Nun nehme ich noch Kölnisch Wasser, schütte es in die Hand und reibe mir den Nacken. Und während der ganzen Zeit, während ich die Lippen nachzog und die Wimpern tuschte und Kölnisch Wasser verschmierte, redete ich mir gut zu, bestätigte ich mir Illusionslosigkeit, Realismus, Schamlosigkeit und Männerverachtung. Und jetzt stecke ich das Fläschchen weg und gehe auf eins der Clos. Und Anton sagt tatsächlich, noch bevor ich wieder herausgekommen bin: Wenn du auch gleich spülst, es stinkt doch.

Ich habe einen Wunsch: Ich möchte einmal in Ruhe auf einem warmen Clo sitzen.

An Antons grinsendem Gesicht vorbei gehe ich in den Laden. Wieder spritzt ein Lehrling, der kleine Bremer, Bremerchen, herbei, als die Tür aufschwingt. Sie stehen zwischen den Anzugständern und erzählen sich was. Ich höre sie den ganzen Tag. Hinten in der Damenabteilung ist es nicht besser. Aber es gibt dort nur zwei Lehrlinge und Fräulein Herz. In der Herrenabteilung dagegen vier Lehrlinge und Herrn Hake. Ich gehe in eine Umkleidekabine der Herrenabteilung und hebe die Falltür auf, steige die Leiter zu meinem Arbeitsraum hinab. Die Tür bleibt offen, weil ich oft raus- und reinsteige. Wenn ich unten an meinem Tisch sitze, kann ich viele Gespräche mithören. Ich weiß nicht, ob die Lehrlinge das wissen. Sie unterhalten sich ausschließlich über sexuelle Sachen.

An den verlängerten Sonnabenden, wenn alle Kabinen gebraucht werden, wird meine Klapptür geschlossen, und ich habe schon einmal einen Mann in Unterhosen ein Stück vom Boden hochgestemmt.

In meinem Raum ist es kalt. Wenn man die Klappe aufmacht, strömt einem die Kälte entgegen. Noch auf der Leiter drücke ich den Lichtschalter, der unter der Klappe angebracht ist. Zögernd flackern die Leuchtröhren auf. Der Raum hat kein Fenster. Er ist ein Meter und siebzig hoch. Der Alte, er kommt nur selten hierher, muß sich bücken. Zum Glück bin ich klein. Ich knipse den elektrischen Heizofen an. Es dauert nicht lange, dann fegt mir ein heißer Wind gegen die Beine, den ich nur im ersten Augen-

blick angenehm finde. Bald fängt er an, mich zu brennen, die Haut wird rot, und ich schwinge mich auf dem Hocker herum, halte die kalte Seite der Beine in den heißen Wind. Sowie das geschehen ist, beginne ich zu frieren. Die Kälte des Raumes, der sich nie erwärmt, nicht erwärmen kann, schlägt auf die gerösteten Hautstellen. Bis in den Halswirbel kriecht die Kälte. An der vorderen Schmalseite des Raumes, der genau über dem Tunnel liegt, ist eine Öffnung, durch die nachts ein eisernes Scherengitter hinabgelassen wird. Am Tag liegt das aufgezogene Scherengitter zusammengeschoben vor der Öffnung, vor der Ritze, durch die es hereinzieht. Durch die es hereinschallt vom Straßenlärm, hereinstinkt von langsam fahrenden Autokolonnen. Fremde Stimmen treffen mich plötzlich, Gesprächsfetzen, ein Lachen, das Quietschen von Bremsen, undefinierbare Geräusche, Autohupen. Auch die Geräusche vom Hof klingen herauf. Das schon erwähnte Geschrei von Kindern, die ich nie gesehen habe, denn mein Raum hat ja keine Fenster. Das Anlassen des Motors, wenn Anton seinen Lieferwagen startet. Auch Gehämmer aus einer Werkstatt, die am Hof liegen muß. Da scheint es weit hineinzugehen in die Stadt, in Wohnungen, Werkstätten, Schuppen, Waschhäuser, Garagen, weit, weit und immer tiefer in die Stadt hinein wie Maulwurfsgänge, in die räumliche Tiefe und in die zeitliche Tiefe, ins Mittelalter hinein, in Vorzeiten, wo Mütter ihre Kinder schlugen wie heute, Männer ihre Weiber hetzten, Großmütter und Großväter mit den Kindern spielten, auf Ambosse wird geschlagen, an Waschtröge, an Eisen, an Holz, an Stein, an Fleisch. Und ich sitze hier und höre es und kann nicht, wie man es sonst tut, bei einem beunruhigenden Geräusch die Gardine beiseiteziehen und mich von meinen Augen beruhigen lassen.
Selten kommt jemand hier herab. Meist wird von oben gerufen, wenn ich kommen soll. Es ist immer eine Überraschung, wenn plötzlich Füße auf der Leiter sichtbar werden

und ich raten muß, wem sie gehören, diese eine Sekunde, ehe ich es sicher weiß. Meistens ist es Anton, der keinen eigenen Raum hat und hier unten sein Frühstück essen will. Gäbe es auf dem Clo einen Stuhl, äße er sicher dort.Aber immer nur an der Heizung stehen, ist auch anstrengend. Er hat hier unten auch seine Livree hängen, eine graue Jacke und eine graue Mütze mit gelber Paspel, und zieht sich hier unten um. Wenn es oben nichts zu tun gibt, kommen auch die Lehrlinge, einer nach dem anderen, um eine Zigarette zu rauchen. Sie setzen sich auf einen der Schemel und legen die Füße auf den Tisch, der an der Wand entlangläuft. Und einmal pro Tag kommt Herr Kruse, den ich von seinem Platz verdrängt habe und der jetzt in der kleineren Filiale dekorieren muß. Er kommt, um sich Dekorationsmaterial zu holen, Farbe, Pappe, Molton, Figuren, Schnüre, Zweige, Netze usw. Diese meist angestaubten und kaum noch zu gebrauchenden Dinge sind vor dem Scherengitter aufgestapelt, als könnten sie, ein dünner, durchlässiger Wall, die Kälte abhalten. Ich vermute, daß Herr Kruse auch kommt, um sich an meinem Versagen zu weiden. Er sieht natürlich, daß ich keineswegs so sicher bin, so fix in allen handwerklichen Aufgaben, wie ich dem Alten vorgemacht habe. Herr Kruse konnte weder zeichnen noch malen, ihm fiel nichts ein, er hatte keine Ideen, aber er kriegte einen Nagel schneller in die Wand als ich, daran war kein Zweifel. Er ermüdete nicht so schnell und wurde auf einer Leiter nicht schwindlig. Aber er kommt auch, soviel habe ich aufgeschnappt, um den Alten daran zu hindern, ihn und das, was er ihm verdankt, zu vergessen. Das muß eine Sache aus dem Krieg sein, sie waren beide »Kumpel beim Kommiß«. Der Alte hat Kruse schon mehrmals hinausgeworfen, ihn aber immer wieder aufgenommen. Er bezahlt ihm anscheinend sehr wenig, vielleicht noch weniger als mir, denn auch Kruse ist kein gelernter Dekorateur, er hat sich in den verschiedensten Berufen versucht, es aber in keinem weit

gebracht. Möglicherweise hat er auch Schulden oder Alimente abzuzahlen, denn er lebt genauso armselig wie ich in einem möblierten Zimmer, das ich allerdings noch nicht gesehen habe. Er ist sehr mager, hat eine gelbe Haut und trägt immer denselben braunen Anzug. Seine Augen sind unruhig, mißtrauisch, seine Ohren groß, als horche er dauernd, sein Lächeln ist krampfhaft breit und vieldeutig. Nein, man kann nicht Lächeln sagen, es ist ein Grinsen. Ich fürchte mich vor dem Mann, ich traue ihm Intrigen und Handgreiflichkeiten zu; müßte ich mit ihm durch eine dunkle Straße gehen, so erfände ich Ausreden. Ich würde nicht mit ihm in ein Auto steigen und in keinem Fahrstuhl mit ihm fahren. Weil ich meinen Posten nicht wieder an ihn verlieren, weil ich ihn möglichst auch noch aus der Filiale hinausdrängen will, um mehr zu verdienen, freue ich mich über alles, was ihm mißlingt, und habe schon in alten Karteikarten und Notizbüchern, die auf einem Regal hinten beim Scherengitter in Pappkartons liegen, gestöbert, in der Hoffnung, Kruses Geheimnis auf die Spur zu kommen und herauszufinden, womit er den Alten erpreßt. Der Alte ist genau wie Kruse Mitte, Ende Vierzig.
Eines Abend glaubte ich, jetzt würde Kruse hereinfallen. Schon den ganzen Nachmittag drückte er sich im Werkraum rum und machte sich über meine pusselige Arbeitsmethode lustig. Ich malte eine große Nikolausfigur mit einem Aquarellpinsel an und grübelte. Das muß drin sein, daß ich bei diesem Beruf noch an etwas anderes denken kann. Sonst ist er gesundheitsschädlich für mich. Ich werde krank, wenn ich nicht vor mich hin denken kann. Wenn ich keine Selbstgespräche führen kann. Vorsichtig, versteht sich, ohne die Lippen zu bewegen.
Wenn ich im Tunnel die Schaukästen dekoriere, bleiben oft Passanten hinter mir stehen und sehen mir zu oder warten, daß ich die Preisschilder anbringe. Während ich mich bewege, sehe ich Teile ihrer Körper, Mäntel, Schuhe, Stoffe,

Strukturen. An diesem Abend blieb etwas Massiges sehr lange schräg hinter mir, stur und deshalb bedrohlich wirkend. Es war ein riesiger, alter Mann. Sind Sie hier Verkäuferin? fragte er mich. Nein, Dekorateurin. Soso. Er ging ein paar Schritte beiseite, als sei seine Neugier nun gestillt. Dann kam er wieder, sah mir bei der Arbeit zu und fragte vorsichtig, anscheinend unsicher: Hat hier nicht früher ein Herr dekoriert? Ein Herr Kruse? Ja, sagte ich. Ob ich ihm nicht verraten könne, bei welcher Firma Herr Kruse jetzt arbeite? Immer noch bei dieser Firma. Wollen Sie ihn sprechen, er ist oben.

Oben? Hier? Jetzt? Der alte Mann wurde erregt, seine Stimme klang laut und zittrig durch den Tunnel. Er verstände nicht, daß ein anständiger Geschäftsmann einen solchen Verbrecher anstelle. Ja, wüßte denn hier keiner, was der Mann auf dem Kerbholz habe? Das sei ein Verbrecher, ein Verbrecher! Und wieder wurde es mir unheimlich, daß ich so oft mit Kruse allein im Werkraum war, unter dem Fußboden des Geschäfts, in dem zu den Hauptverkehrszeiten doch ein ziemlicher Lärm herrschte. Und die Autos auf der Alten Celler Heerstraße machten Lärm, die Kinder spielten Ball im Tunnel, auf dem Hof wurde gehämmert, und der Verbrecher stand hinter meinem Schemel, sah mir zu, wie ich malte, lästerte darüber, legte die Hand auf meine Schulter und bot mir eins von seinen Wurstbroten an, das ich annahm, wie stets, und vor Hunger mit vier Bissen verschlang.

Tun Sie mir einen Gefallen, sagte der alte Mann. Schicken Sie den Kruse unter irgendeinem Vorwand herunter. Nein, sagen Sie ihm, ein Bekannter sei hier unten und wolle ihn sprechen. Sagen Sie ihm aber weiter nichts. Den knöpf ich mir vor! Der kann was erleben! Und noch einmal fiel das Wort Verbrecher.

Ich lief hinauf. Kruse stand am Regal. Hier wird's auch immer dunkler, sagte er und zeigte auf die Neonstäbe. Wir grinsten uns an. Fast jeder zweite Stab war herausgeschraubt. In den Schaufenstern der ersten Etage bin ich so unsicher und schwindlig, daß ich das Gleichgewicht verliere und auf die am Boden angebrachten Leuchtröhren trete. Dann ersetze ich sie, ehe es jemand merkt, aus dem »Vorrat« meines Arbeitsraums. Eines Tages sitzen Sie im Dunkeln, sagte Kruse. Lassen Sie mich mal ausrechnen, wann...

Unten ist ein Mann, der Sie sprechen möchte.

Was für ein Mann? Was will er?

Ein Bekannter von Ihnen, sagt er.

Kruse ging hinunter. Das heißt, er stieg die Leiter hinauf, ich sah seinen Körper verschwinden, den Kopf, die Schultern, Hüften, Knie, Socken, Schuhe. Und ich fing an zu horchen. Ich wartete auf dumpfe Geräusche, auf kehlige Laute, Schreie vielleicht, und ich bereute meinen Verrat. Aber jetzt war nichts mehr daran zu ändern. Und falls Kruse wirklich ein Verbrecher war, so kam es jetzt wenigstens heraus, und ich brauchte ihn – auch beruflich, oder in erster Linie beruflich – nicht mehr zu fürchten. Ich würde mehr Geld bekommen. Ich müßte dann bald um eine Wohnung annoncieren, zwei Zimmer, Küche, Bad oder anderthalb Zimmer...

Kruse kam grinsend zurück. Er hatte keinen Bekannten getroffen, überhaupt keinen, der etwas von ihm wollte. Wie sah der Mann denn aus? fragte er. Ich glaubte ihm nicht und sah ihn mir genau an. Aber er hatte keine Schramme, keine von einem Fausthieb verrenkte Kinnlade, sein Anzug war korrekt, das Haar glatt angeklatscht wie sonst. Da erzählte ich ihm von dem Mann, der mich angesprochen hatte. Beschrieb ihn genau, wiederholte fast alle Worte, die er gesagt hatte, nur das Wort Verbrecher ließ ich aus.

Na, Sie sind ja schön! sagte er, weiter nichts.

Er spricht überhaupt wenig, macht ein paar Andeutungen und läßt die anderen darauf eingehen und erzählen. Er hört

zu, grinst, weil er nicht anders kann, und stachelt die anderen an, immer mehr preiszugeben. Auch ich habe mich ihm schon anvertraut. Von Nini weiß er nichts. Niemand im Geschäft weiß, daß ich eine vierjährige Tochter habe. Aber eine andere Geschichte habe ich ihm erzählt. Ich habe ihm von den drei Engeln, von Heinz, Michael und Augustin Engel, erzählt und von dem kleinen Künstlerkokal »Borste«, wo ich sie an den Wochenenden treffe. In Braunschweig. Aber auch Kruse versteht nicht, weshalb Heinz Engel das und das getan, und Augustin jenes gesagt, und Michael schließlich so reagiert hat. Ich versteh nur eins, hat Kruse gesagt. Er will nicht mehr!
Aber er sagte mir doch, daß er mich...
Jaja, aber jetzt nicht mehr!
Begreifen Sie das denn? fragte ich und hielt meinen Kopf, der wie ein Elektronengehirn logische Folgerungen durchlief, ohne etwas zu erkennen, ohne zu einem Resultat zu kommen.
Nö, begreifen kann man das nicht, aber es ist so, sagte Kruse.
Einen Tag später erzählte er mir von einem seiner Erlebnisse. Ich habe gestern eine Frau kennengelernt. Stellen Sie sich vor: so eine kleine Frau. Er hielt die Hand unwahrscheinlich tief. So klein, aber süß! Solche Händchen! Er schüttelte den Kopf. Ich hab mich nicht rangetraut. Aber dann sagte einer: Mensch, im Bett ist die doch viel größer!
Ich muß aufpassen, daß ich niemals, auch dann nicht, wenn einer zwei Flaschen Rum-Verschnitt ausgibt, von Nini erzähle und von H.-H. und wie ich sitzengelassen worden bin. Vielleicht kann ich das später einmal tun. Wenn ich erst eine Wohnung habe und Nini bei mir wohnt, wenn ich dem Alten zweihundert Mark mehr entsteißt habe, dann werde ich meiner Tochter ein hübsches Kleid anziehen, sie mit ins Geschäft bringen und sie von allen bewundern

lassen, denn sie ist sehr schön. Wenn man ihr die Nase putzt, ihr das Haar wachsen läßt und täglich kämmt, ihr Jäckchen und Röcke anzieht, die ihr passen, ihr die Strümpfe hochzieht, ihr den Mund wäscht und die Nägel schneidet, ihr sagt, wie süß und wie schön und wie frech sie ist, dann wird sie ein Kind sein, das alle lieben werden. Aber heute ist sie vielleicht ein Kind, nach dem man mit Steinen wirft.

Die sind hier so dreist und nehmen mir glatt den Brief weg, den Ninis Pflegeeltern mir geschrieben haben. Ich hätte keine Ruhe, wenn ich unten im Tunnel dekorierte und wüßte den verräterischen Brief in meiner Tasche, die ja hier auf dem langen Arbeitstisch liegt und schnell von einem, der hier unten Zigarettenpause macht, durchstöbert werden kann. Ich lege den Brief zwischen einen Stapel Modehefte. Es wäre schon Zufall, wenn man ihn hier fände. Ganz zu unterst unter den Heften: da kann man schon etwas vermuten. Aber irgendwo dazwischen, wo ich nachher selber erst suchen muß, das wäre Zufall. Den Mantel hänge ich auf Kruses Kleiderbügel. Ich ziehe den Kittel an. Er ist noch weiß zu nennen, aber voll von bunten Klecksen; auf den Revers stecken Preisschilder an schwarzen Stecknadeln. Als ich vorige Woche abends über die Straße zum Buchladen an der Ecke des Lister Platzes lief, um nach Lautréamonts Gesamtwerk zu fragen, das ich bestellt hatte, deutete der junge Verkäufer, mit dem ich gern mal über Bücher sprechen würde, weil ich überhaupt keinen Menschen kenne, mit dem ich über Bücher sprechen könnte, auf die Preisschilder und sagte: Mehr kosten Sie nicht?

Lautréamont starb allein, wie er es in der neunten Strophe des ersten Gesanges voraussah: »In meiner letzten Stunde (ich schreibe dies auf meinem Totenbett) wird man mich nicht von Priestern umringt sehen... Wer öffnet die Tür meiner Totenkammer? Ich hatte gesagt, es dürfe niemand herein.«

Am Tag darauf, am fünfundzwanzigsten November 1870, begrub man ihn auf dem Nordfriedhof, dort, wo man die Heimatlosen begräbt. Seine Grabschrift, die er im voraus schrieb, war vergeblich: »Hier ruht ein Jüngling, der an der Schwindsucht starb. Ihr wißt, warum. Betet nicht für ihn.«

Hier gab es keinen Stein für irgendeine Schrift. Und das ist das einzige an Lautréamont, das mich berührt.

Jeden Abend gehe ich an dem Buchladen vorbei, betrachte die Bücher im Schaufenster und lese die Titel. Ein viel geheimeres, zurückgezogeneres Leben als von Bildern scheint von den Büchern auszugehen, etwas, das man schwer auffinden und ausbreiten kann. Etwas Verstecktes, Intimes, ganz Privates liegt darin, im Zimmer, im Bett, am Tisch im Café ein paar Zeilen in ein Heft zu schreiben. Eine Zeichnung, eine Skizze wäre gleich zu erkennen, die Schwünge der Linien wären mit dem ersten Blick aufzunehmen, selbst wenn es nicht gelingen sollte, sie mit der eigenen Vorstellung von der Wirklichkeit zu identifizieren. Aber das Auf und Ab einer Handschrift kann nur langsam gelesen werden; langsam findet man den Sinn, langsam steigen Bilder, Vorgänge, Gesichter, Bewegungen, Laute, Gerüche vor dem Leser auf. Ein roter Fleck ist ein roter Fleck. Auch wenn das Bild noch weiter nichts enthält, entwickelt der rote Fleck sein Eigenleben. Aber ein Satz, aus dem Zusammenhang gerissen, verrät noch gar nichts. Ich will nicht mehr malen, ich will schreiben, will das Geschriebene zusammenfalten, es verstecken, es zerreißen. Ich will etwas tun, das nur für mich ist. Ich will nicht fragen, ob das einen Wert hat, ob das etwas wert ist, etwas bedeutet, Qualität hat. Ich tue es, weil ich allein bin, so wie ich Selbstgespräche halte.

Das tue ich auch jetzt. Ich gehe im Arbeitsraum hin und her und rede mit mir. So, nun den Brief, sage ich, nun mußt du endlich den Brief lesen, denn die Ungewißheit ist das

schlimmste. Ruhe, Ruhe, sage ich zu mir, setze mich an den Tisch und lege den Brief vor mich hin. Ich höre ein Geräusch oder glaube es zu hören und schiebe den Brief wieder unter die Hefte. Ich lege die Hände vor mich hin und spiele mit dem Messer. Hier an meinem Platz könnte man mich nur beobachten, wenn man sich oben bei der Luke hinhockt oder sehr tief bückt. Ich müßte dann ein Knie oder einen Fuß sehen können. Aber ich sehe nichts. Ich hole das Kuvert wieder hervor und schlitze es auf. Ich habe Angst, der Brief enthält bestimmt nichts Gutes. Nini. Sie könnte krank oder verunglückt sein!
Herr Walkowiak schreibt mir, daß ich meine Tochter so schnell wie möglich abholen müsse, weil seine Frau erkrankt sei.
Ungefähr alle ein, zwei Stunden geht ein Zug von Hannover nach Braunschweig über Peine. Ich könnte also Nini heute noch abholen und zu meiner Mutter bringen. Das Kind würde meine Mutter vielleicht von ihrem Schmerz ablenken, obwohl sie es immer distanziert behandelt und prüfend beobachtet, als sähe sie für ihren Geschmack zu viele Züge seines Vaters, der ein Lump ist. Der in ihren Augen ein Lump ist. Ich hatte eigentlich erwartet, daß sie nach meines Vaters Tod weicher, mürber, weniger rachsüchtig, eben grundsätzlich liebevoller würde. Aber ein großer Verlust macht die Menschen nur härter. Man kann den Toten soviel Liebe geben, daß für die Lebenden nichts bleibt. Und vielleicht haben die Toten die Liebe nötiger. Was weiß man schon darüber. Ich sehnte mich danach, einen Toten zu lieben. Es ist ein Irrtum zu glauben, daß man auf die Toten nicht eifersüchtig ist. Man kämpft gegen die Frauen, die sie zu ihren Lebzeiten liebten. Ich habe Milena Jesenská gehaßt und Dora Dymant, und mit Olga Knipper war ich nur deshalb einverstanden, weil sie fast immer viele Hundert Kilometer entfernt war von Anton Pawlowitsch. Was für Gedankengänge, was für

Lebenswege sind das, wenn eine Fotografie, aufgenommen in einem Jahr, da man noch nicht geboren war, einem die Hormone durcheinanderwirbelt. Es kann gewiß sehr süß sein, die Toten zu lieben. Sehr schwer auf gewisse Weise, so daß man müde und schwer tragend, träumend, wie es im Volksmund heißt, durch die Straßen geht und keine Lust mehr zum Essen hat. Vielleicht half es mir ein wenig durch die letzten Wochen, daß in ein einsames, ungeheiztes Zimmer die Toten schneller und leichter einkehren als die Lebenden. Ich träumte viel, wie es im Volksmund heißt. Ich sage das immer dazu, weil der Volksmud vereinfacht; er meint schon das Richtige, aber es sieht so sonnig aus. Nein, sonnig war mir nicht. Ich aß wenig, aber es wurde nicht sonniger, je leichter ich wurde. Das ist ein Irrtum. Und trotzdem waren die Toten vielleicht meine Rettung, eher eine Rettung als die Männer, die auf Heiratsannoncen schrieben.

Mein Großvater ist trotz seiner Zärtlichkeit für seine Tochter, für mich und für Nini nicht zu lösen von seinen Toten, die ein viel größeres Gewicht haben als wir. Manchmal, wenn ich nachts besonders brutal an seine Wand geklopft habe, legte ich meine Schläfe gegen seine und sage, während die Druckstellen feucht werden: Du hast doch noch mich! Aber er kann nicht von den Toten lassen, im Gegenteil, jede Zärtlichkeit führt ihn zu ihnen, und er weint, weil er sie um so mehr vermißt, je zärtlicher ich zu ihm bin. Mein liebes Kind, es ist so schwer! sagt er, läßt sich in den Sessel fallen und schlägt die Hände vors Gesicht. So sitzt er lange, manchmal eine Stunde lang. Ab und zu atmet er so heftig, daß sein ganzer Körper wie im Schüttelfrost erzittert. Er weint nach innen, nenne ich es. Meine Mutter sitzt dabei und strickt ihm einen Pullover, an dem nur noch ein Ärmel fehlt und den sie ursprünglich für meinen Vater angefangen hatte. Ihr Gesicht wird immer schmaler und härter. Sie wünscht den Tod ihres Vaters herbei.

Nini in dieses Haus zu bringen, in die verwahrlosten, leeren Zimmer, in denen die Schritte hallen, fällt mir schwer.
Eine neue Pflegestelle ist nicht so schnell gefunden.
In mein Zimmer bei Frau Jung kann ich das Kind nicht bringen. Zwar wäre Platz genug zum Schlafen, was aber soll ich am Tag mit ihr machen? Ich könnte sie mit ins Geschäft nehmen, aber das wäre höchstens für zwei, drei Tage eine Lösung. Dann hätte auch keiner mehr Lust, mit ihr zu spielen. Anfangs findet jeder so ein Kind süß, und dann wird es ihm sehr schnell zu anstrengend. Es würde in die drei großen Schaufenster steigen und nach unten auf die verkehrsreiche Straße sehen. Wie leicht könnte es schwindlig werden, gegen die Scheibe stürzen und durchbrechen. Davor habe ich immer Angst, wenn ich auf einer wackelnden Leiter in diesen Fenstern arbeite und hinabsehe in die enge Straßenschlucht.
In der Schneiderwerkstatt, die zu unserem Geschäft gehört und ein Stockwerk höher liegt, wäre Nini sicher am besten aufgehoben. Dort oben ist es lustig. Sie haben ein Radio, den ganzen Tag gibt es Schlagermusik. Sie haben immer eine Flasche Schnaps im Anbruch und gehen nicht knauserig damit um. Zu mir sagen sie »unser Mädchen«. Das klingt richtig romantisch, so nach Goethe, mein Goethe, jedenfalls höre ich es lieber als »Flitzer«. Aber oben in der Schneiderwerkstatt stehen heiße Bügeleisen, liegen Scheren, Nadeln und Rasierklingen umher. Auch dort wäre kein Platz für Nini.
Wie wäre es, wenn ich sie einfach zu ihrem Vater brächte: Hier, du kannst auch mal was tun! Dabei sagt Nini nicht mal »Vater« oder »Papa« zu H.-H. Ich habe sie nicht dazu gezwungen, damit sie nicht, wenn sie mit anderen Kindern spricht, darunter leidet, daß sich ihr Vater so wenig um sie kümmert. Wenn er sie einmal sieht, dann berührt er sie kaum. Er hat eine Scheu davor, obwohl er sonst sehr gut mit Tieren und Kindern umgehen kann. Er hat Angst, es

könnte ein dauerndes Abhängigkeitsverhältnis daraus werden, wenn er nett zu seiner Tochter ist, und er will nicht gebunden sein, er will frei sein.
Ich nehme also ein Kuvert, lege sechzig Mark hinein und bitte die Pflegeeltern, für die nächsten Tage eine Frau für Ninis Beaufsichtigung zu suchen.
Jetzt muß ich endlich an die Arbeit gehen. Heute sind die großen Fenster dran. Wenn man doch wenigstens einen Menschen wüßte, mit dem man reden könnte. Sicher gibt es diesen Menschen, auch in meinem Leben, aber mir fehlt die Fähigkeit, ihn zu sehen. Ich überlege lange, finde aber keinen, dem ich trauen würde. Fräulein Herz? Dann wüßte es eine halbe Stunde später das ganze Geschäft. Der einzige, der schweigen würde, wäre Erich Ocks, der Schneidermeister. Er ist Balte und spricht sehr wenig, wenn er aber spricht, dann ein etwas merkwürdiges, fehlerhaftes Deutsch, das ich wegen der vielen kehligen, dunklen Laute sehr gern höre. Er spricht immer leise, man muß nah an ihn herantreten und zu seinem großen, bleichen Römergesicht aufblicken.
Da die Luke so klein ist, habe ich die Pappfiguren, die zur Dekoration gehören, in Teile zerlegen müssen, die ich oben im Fenster wieder zusammensetzen muß. Vorsichtig bugsiere ich die Stücke die Leiter hoch und durchs Loch hindurch. Für überlebensgroße Figuren, die dann von der Straße aus ungefähr lebensgroß wirken, braucht man dicke Pappe, und die Teile sind schwer. Ich schleppe sie durch den Laden, in dem ein einziger Kunde steht, zum Fenster und laufe zurück, um mein Werkzeug zu holen; darauf die Trittleiter, die im Toilettenvorraum steht. Anton ist nicht mehr hier. Es ist schon zehn Uhr vorbei, und ich habe noch keinen Handschlag gemacht. Deshalb renne ich jetzt, demonstriere Arbeit, und die Lehrlinge, die immer noch zwischen den Anzugständern stehen, an den Jacketts herumbürsten und nebenher leise, mit vorgehaltener Hand,

über ihre schweinischen Geschichten lachen, rufen mir: Flitzer, Flitzer! nach. Herr Hake, der dicke Verkäufer, Leiter der Herrenabteilung, steht frei im Raum, den Blick auf die Schwungtür gerichtet, um den Lehrlingen rechtzeitig den Wink geben zu können, die Tür vor einem anrollenden Kunden aufzureißen, fummelt mit den Händen in den Hosentaschen und zischt: Achtung, unsere Sexbombe!
Obwohl ich mittags viel esse, bin ich sehr mager. Ich bin auch schwach und komme beim Tragen der Leiter ins Schwitzen. Ich stoße mit der Leiter gegen ein Tischchen, das vor dem mittleren Schaufenster zwischen zwei Ledersesseln steht, und fege die Zeitschriften herunter, die Modejournale und Stoffmuster, nach denen man in der Schneiderei Anzüge arbeiten lassen kann. Ach, Mensch, paß doch auf! sagt einer der Lehrlinge, Fritsche, ein pickliger, kleiner Kerl, der sich nun bücken und die Hefte aufsammeln muß. Helfen Sie mir lieber, die Leiter ins Fenster bringen, sage ich. Da müssen Sie erst Herrn Hake fragen, antwortet er. Aber Hake winkt nur kurz mit dem Daumen. Das tut er natürlich nur, wenn wenig Kundschaft da ist. Ich habe dauernd einen Kampf mit Hake, damit er mir einen Lehrling gibt. Der Alte hat mir zugesagt, daß ich für schwere körperliche Arbeit einen der männlichen Lehrlinge anfordern kann. Aber sie wollen möglichst nichts tun, haben Angst, sich die Hände und die dunkelblauen Anzüge staubig zu machen.
Fritsche stellt die Leiter im Fenster auf. Ich schlüpfe unter der Gardine hindurch und mache mir in dem Fenster, das sehr breit und hoch, aber von geringer Tiefe ist, ein wenig Platz, rücke die mit Jacketts bezogenen Büsten beiseite und versuche die Leiter so hinzustellen, daß sie nicht wackelt, was mir allerdings nicht gelingt. Jetzt muß ich mit der Zange erst die alten Dekorationen abreißen. Ziehe ich dabei zu stark, oder lockert sich ein Nagel unerwartet leicht, dann schlage ich nach hinten in die Scheibe oder

bekomme Übergewicht und falle mit oder ohne Leiter dagegen. Springe ich schnell von der wackelnden Leiter ab, zertrete ich die Leuchtröhren. Oft stütze ich mich beim Arbeiten mit einer Schulter gegen die Scheiben, aber niemals mit meinem vollen Gewicht. Ich schätze, immer auf mein Gefühl vertrauend, ab, was eine so große, dicke Glasscheibe aushält, und hoffe, daß ich mich nicht irre. Mehr kann ich nicht für mich tun. Fenster von dieser geringen Tiefe sollte man eigentlich nur mit Puppen dekorieren, die man unter der Gardine hindurchschiebt. Man sollte das Fenster höchstens betreten, um ein paar Schriftfahnen anzubringen, die von der Straße aus lesbar sind. Ich aber komme vom Figürlichen, vom Wandteppich her, ich stelle eine große goldenen Kutsche auf, lasse zwei blaue Hirsche die Kutsche ziehen, aus der eine mit einem Pelzmantel der Firma Wüstenfeld bekleidete Puppe steigt, die einen Stockschirm der Firma Scheller in der Hand hält, und über deren viel zu kleinem Kopf an einem Nylonfaden ein Hut der Firma Traber schwebt. Das sind alles Geschäfte in der näheren Umgebung, deren Leihgaben ich jedesmal von Stecknadeln durchlöchert zurückbringe.

Zwischen den Kleiderständern höre ich die Lehrlinge flüstern. Sie malen sich aus, was passiert, wenn sie mit dem Staubsauger zwischen die Beine der Herz gehen, nur mit dem Rohr, nicht mit der Bürste.

Ich häge glitzernde Weihnachtssterne von der Decke der Fenster herab. Dazu muß ich auf die oberste Sprosse der Leiter steigen und habe so gut wie nichts, nur ein bißchen seidene Wandbespannung, woran ich mich festhalten kann. Von hoch oben sehe ich die lange, enge Straße hinab, durch die ein Bierwagen kommt, von zwei schweren Pferden gezogen, deren Atem dampft. Ich sehe vor den beleuchteten Geschäften, denn es wird heute nicht richtig hell, die Menschen in beide Richtungen gehen, viele Menschen, viele dichte, dunkle Punkte. Dann plötzlich eine freie Stelle,

keine Menschen. Als wäre da ein Fleck auf dem Fußweg, den man nicht betreten darf. Gegenüber, auch in der ersten Etage, ist ein Laden, in dem Stoffe verkauft werden. Ich kann den ganzen Laden überblicken, sehe die Frauen, die sich Stoffe zeigen lassen, die Verkäufer, die die Rollen über den Tresen werfen, die Stoffbahnen langziehn, sie in der Hand raffen, um den Faltenwurf vorzuführen. Wenn keine Kunden im Laden sind, stehen sie zwischen ihren Tischen und sehen mir zu, sehen meine Bewegungen, merken, wenn ich etwas falsch mache, lachen, wenn mir der Hammer runterfällt, ein Nylonfaden reißt, an dem das Oberteil der Kutsche hing, das nun nach vorn klappt gegen die Scheibe. Aber ihr Interesse hat schon nachgelassen. Bei meiner ersten Dekoration vor sechs Wochen haben sie drüben wie aufgereiht gestanden, gegrinst und Zeichen gemacht.
Jetzt nagele ich Tannenbaumsilhouetten an die Pfeiler, große und kleine, so daß eine perspektivische Illusion entsteht. Ich balle Seidenpapier zu lockeren Klumpen und lege sie unter die Kutsche und unter die Hufe der Hirsche. Dann sprühe ich aus einer Dose künstlichen Schnee auf die Papierballen, auf den Pelzmantel, den Hut, auf Rücken und Geweih der Hirsche, auf das Dach und die Verzierungen der Kutsche. Um mein Werk zu begutachten, trete ich einen Schritt zurück und – knacks – zerplatzt eine Leuchtröhre unter meinem Fuß. Gleichzeitig laufen die Maschen des Strumpfes.
Im Laden hat man das Geräusch gehört. Seitwärts stecken sich Köpfe durch die Gardine.
Hahaha, Flitzer hat schon wieder ne Röhre kaputtgemacht!
Schon wieder?
Menschenskind, wer soll das bezahlen?
Ihr sollt nicht immer Flitzer zu der Süßen sagen! Ihr wißt ganz genau, was ein Flitzer ist! Fräulein Herz hebt die Gardine hoch und zeigt mit ihr gepudertes Gesicht mit dem

zuckenden linken Augenlid. Es wirkt lustig, wie dieses Auge dauernd zwinkert. Und es soll einmal einen Kunden gegeben haben, der zurückgezwinkert und damit einen Wutanfall ausgelöst hat. Denn unser Herzchen zwinkert, seit es beim Bombenangriff verschüttet war. Sie sagt: Hast du schon wieder Röhre puttemacht, meene lüttje Anemone? Ochochoch! Ihr starkgeschminkter Mund schmollt, ihre blauen Augen wässern leicht. Sie ist eigentlich sehr nett, und ich würde ihr von Nini erzählen, wenn sie nicht dauernd irgendwelche Schweinereien sagen würde, und wenn ich nicht Angst davor hätte. Die einen sagen, sie sei mannstoll, und die anderen lesbisch, und wenn sie mich in ihre Wohnung einladen würde, ginge ich nicht hin. Sie redet dauernd davon, sie habe Sonntag mit ihrer Freundin hoppe, hoppe Reiter gemacht und neulich sei sie mit einem Mann im Hotel gewesen, obwohl ihre Periode schon leicht getröpfelt habe, und sämtliche Männer, soweit man die Lehrlinge so bezeichnen kann, sind sich darüber einig, das sei die größte Sauerei, die sie je gehört hätten, und Bremerchen gibt dann gleich zum besten, seine Großmutter habe acht Kinder gehabt und habe nie eine Hose getragen, und wenn sie an gewissen Tagen einkaufen gegangen sei, hätten die Kinder nur den Tropfen auf der Straße nachlaufen müssen, um ihre Mutter zu finden. Und Lehrling Henniger kommentiert das alles mit dem lauten Ruf: Juck-flutsch! Und mit diesem Ruf kommentieren sie so ungefähr alles. Steck der Herz den Staubsauger unten rein und dann: juck-flutsch! Anton, feg den Dreck hier zusammen und bring die Anzüge weg, aber'n bißchen juck-flutsch!
Als Kundschaft in den Laden kommt, ziehen sich alle Köpfe zurück, die Gardinen hängen glatt herab. Jetzt beginnt ein merkwürdiges Zeremoniell. Ich brauche nicht mehr hinzusehen, ich kenne es und höre es, während ich die Leuchtröhre vorsichtig herausnehme und die Splitter auffege. Die Lehrlinge zwischen den Anzugsständern unterdrük-

ken ihr Kichern und achten auf Herrn Hake, der die unsicher eintretenden Käufer begrüßt, indem er mit einem leichten Nicken, einem erwartungsvollen Schiefhalten des Kopfes auf sie zugeht, die Hände vorm Bauch faltet und fragt: Ja, bitte?

Wenn dann der Kunde seinen Wunsch geäußert hat, streckt Herr Hake eine Hand aus: Unser Herr Jülich wird Ihnen etwas zeigen.

Der junge Mann, schmal, rothaarig, unsicher grinsend, kommt nach vorn, reibt ebenfalls die Hände, bittet den Kunden, den Mantel abzulegen, und die Frau, Platz zu nehmen. Die anderen Lehrlinge verschwinden zwischen den Anzugsständern und kichern weiter. Unser Herr Jülich läßt den Mann ein Jackett überziehen und bringt, wenn die Größe stimmt, andere. Der Mann zuckt mal die rechte, mal die linke Schulter, als drücke ihn etwas, und seine Frau sagt: Nun geh mal ein bißchen. Halt die Schultern gerade! Ja, bist du denn schief? Die linke Schulter hängt, der Ärmel ist zu lang.

Der Mann sieht an seinen Armen hinab und ist erschrocken über den plumpen Eindruck seiner Hände. Herr Jülich tritt hinter ihn und versucht, das Jackett besser auf die Schultern des Mannes zu hängen, um den Fehler auszugleichen. Herr Hake, der am langen Tresen neben der Kasse zum Schein Krawatten sortierte, kommt langsam herbei und sagt, wie nebenbei: Bei den meisten Menschen ist der rechte Arm etwas länger. Das kann man ja ausgleichen. Und er kippt den linken Ärmel etwas um. Sitzt aber sonst tadellos! sagt er und streicht über die Schultern des Mannes. Aber die Frau findet jetzt beide Ärmel zu kurz. Es sehen ja die Knöchel heraus! Mein Gott, hast du große Hände! Und tatsächlich scheinen die Hände des Mannes immer größer und roter zu werden, und er weiß nicht, wo er sie verstecken soll.

Jülich bringt neue Jacketts. Probieren Sie doch mal etwas

anderes. Aber die Frau ist unzufrieden, unzufriden mit ihrem Mann und mit dem Verkäufer, mit dem Geschäft und mit den Jacketts. Gerade das Muster des ersten, aber schlecht sitzenden Jacketts gefiel ihr so gut. Längst haben die Lehrlinge aufgehört zu kichern. Sie stehen so, daß Hake sie sehen kann, und passen auf. Sie beobachten gespannt, ob Hake es schafft, die Frau kirre zu machen. Jülich ist nur noch Handlanger, holt nur noch herbei, was Hake haben möchte. Endlich gibt Hake den Wink, auf den die Lehrlinge gewartet haben. Bremerchen drückt sich hinter den Anzugständern, hinter dem Rücken der Kunden, dicht an der Gardine entlang, hinter der ich aufgehört habe zu hämmern. Er läuft die eiserne Wendeltreppe, die bis auf den Fußboden mit einem dunkelgrünen Samtvorhang kaschiert ist, hinauf, um den Alten zu holen. Der Samtvorhang ist so dicht, daß nicht einmal das kurze Aufbellen des Hundes, der aus dem Schlaf aufschreckt, als Bremer ins Büro springt, unten als Bellen zu erkennen ist. Fast jeder Kunde kauft, wenn sich der Besitzer des Geschäfts vorstellt und nun alles Personal, die Lehrlinge und Herrn Hake dirigiert, damit sie die für diesen Kunden allein infrage kommenden Stücke bringen. Und zuletzt geht der Kunde mit einem Anzug weg, der völlig anders ist, als er ihn sich vorgestellt hatte. Kaum ist der Kunde draußen, beginnt der Alte die Verkäufer anzuspitzen. Das pausenlose Reden seiner leisen schneidenden Stimme dringt zu mir ins Fenster, aber ich würde es auch im Werkraum hören. Diese Stimme dringt durch.

Ich sprühe Schnee auf die Tannenbäume. Sollte ich mit dem Alten über meine Sorgen sprechen? Als Chef der Firma müßte er eigentlich daran interessiert sein, daß sich Privatklatsch nicht ausbreitet. Eine ledige Mutter ist noch fast überall eine Schande oder zumindest ein Gegenstand, über den man nicht spricht. Aber als er dann, nachdem der Kunde mit einem Anzug, den er vielleicht nicht einmal

gebrauchen kann, und die Lehrlinge zerknirscht und wütend zwischen den Anzugständern verschwunden sind, die Gardine aufzieht und: Kleines, na, wie geht's? fragt, lache ich und lenke ihn von den Scherben der Röhre ab.
Bald fertig? fragt er.
Ja, bald.
Na, mach's man schön, Kleines! sagt er und läßt die Gardine zusammenschwingen. Und ich bin wieder dem Straßenbild überlassen, das mich so oft von der Arbeit ablenkt. Es war eine Lüge, daß ich bald mit der Arbeit an diesen Fenstern fertig sei.
Ich glaube, daß ich, wenn ich den Straßenverkehr systematischer absuchte, an manchem Tag H.-H. vorbeigehen sehen könnte, das Gesicht vom Tunnel, in dem ich frierend im dünnen Kittel stehe, abgekehrt, als gäbe es drüben auf der anderen Seite etwas Wichtiges, als dächte er, wenn er sich diesem Abschnitt der Alten Celler Heerstraße nähert, gar nicht an mich. Er muß über den Lister Platz hinweg, an Bahlsen vorbei, wenn er nach Hause will. Seine Wohnung, mein Zimmer, mein Geschäft, in dem er seine Anzüge ändern läßt, liegen alle unter dem gleichen Vanillepuddinggeruch der Bahlsenfabrik, sind alle um den Marktplatz des Stadtteils List gruppiert, als wäre Hannover ein Nest, in dem man dauernd aufeinandertrifft und in dem keiner dem anderen aus den Augen kommt. Es sieht so aus, als hätte ich diese Situation absichtlich herbeigeführt. H.-H., seine Mutter und seine Schwester, mit denen er die Wohnung teilt, eine schöne große Vier-Zimmer-Wohnung mit einer Riesenküche, werden das glauben, und mir ist es gleich. Wahrscheinlich hätte ich niemals einen Arbeitsplatz und ein Zimmer in H.-H.s Nähe gefunden, wenn ich es darauf angelegt hätte, wenn es mir so wichtig gewesen wäre wie noch vor einem Jahr. Nein, es ist ein Zufall gewesen, vielleicht ein Zufall, der genau das Gegenteil dessen ausdrückt, was sie vermuten: Liebte ich H.-H. noch, ertrüge ich es gar

nicht, als Fremde in seiner Nähe zu leben, so fremd ihm zu sein, daß er es fertigbringt, bei schlechtem Wetter an mir vorbeizugehen und mir unter dem Rand seines gegen den Wind gestemmten Schirms hervor zuzunicken. Was hatte er schon mit dem Schirm zu schützen? Das kurze, dünne, schwarze Mäntelchen, die grünen Hosen, den lila Schal. Was für ein Püppchen war er doch. Wie ein Kind lief er nach Haus zu Mama und Schwester. Dabei ist er vier Jahre älter als ich: neunundzwanzig. Der wird doch nie erwachsen! Dem täte es ganz gut, eine Tochter zu haben! Der würde endlich mal zum Mann! Ich täte ein gutes Werk, wenn ich ihm sagte: Fahr hin, hol die Tochter ab und bring sie zu deiner Mutter und Schwester in die große Wohnung und behalt sie so lange, bis du eine geeignete Pflegestelle für sie gefunden hast. Du bist ja nicht fremd hier. Dies ist deine Heimatstadt, du hast immer hier gelebt, du hast es ja viel leichter als ich, frag doch mal herum bei Onkel und Tanten, bei Schulfreunden und bei deinen Mäzenen, die so salbungsvoll »Mein Lieber« zu dir sagen und deine Hand nehmen. Geh mal hin, stell ihnen deine Tochter vor und sag: Das hab ich hingekriegt! Das Resultat ist doch beachtlich.

Was gibt's da eigentlich dauernd zu kichern? Ich glaube der Flitzer ist durchgedreht! sagt Herr Hake und drückt sein dickes, weißliches Gesicht gegen die Gardine, um hindurchzusehen.

Nee, überhaupt nicht, aber was glauben Sie, wie dieser Schneestaub in der Nase kitzelt, sage ich und fange an, den Fußboden im Fenster auszufegen und schütte Papierschnipsel und Abfälle in den Eimer. Obwohl es Mittagszeit ist, bleibt der Passantenstrom auf der Straße immer gleich stark. Mir scheint, als würde es schon etwas dunkler. Ich denke an Adventsnachmittage in gemütlichen, warmen Zimmern. Das Ekzem an meiner rechten Hand, das wahrscheinlich durch den Metallstaub der Goldfarbe entstanden ist, mit der ich die Kutsche angestrichen habe, juckt heftig, weil der Schneestaub auch unter die Pflaster dringt. Ich atme ihn ein und muß husten. Ich kratze um die Pflaster herum. Es ist ein Genuß. Die Geschwüre sind nicht mehr entzündet, sondern im Stadium des Abheilens. Die Haut drumherum ist grauviolett. Richtig weh tut die Hand nur noch, wenn ich mich direkt an den Geschwüren stoße. Seit ich hier in Hannover bin, hat mich eine Menge kleiner Gebrechen befallen, die mir das Leben schwer machen. Im zugigen Werkraum und im Tunnel hole ich mir Erkältungen. In der Hast, mit der ich mich dauernd aus meiner Grübelei aufjage und treppauf, treppab durchs Geschäft renne, verletze ich mich, verletze mich auch an den großen, sperrigen und schweren Gegenständen, die ich allein tragen, allein auf Leitern hieven und an Wänden festmachen muß, in denen kein Nagel hält. Die kleinste Unachtsamkeit mir selbst gegenüber hat Blutergüsse, Prellungen, Verstauchungen, Ekzeme und Erkältungen zur Folge. Das unregelmäßige Essen, der Aufenthalt abends im ungeheizten Zimmer bei der Witwe Jung, das manchmal unmäßige Schlafen machen mich taumelig, benommen. Und wenn sonst keine Gefahr besteht, schlage ich mir bestimmt mit dem Hammer auf den Nagel oder lasse mir die Schere auf den Fuß fallen. Diese Unzahl kleiner Stöße und Wunden bringt mich zum Weinen und zu einem Stöhnen, Gurgeln, das tierisch klingt und das ich früher nie an mir gehört habe. Dabei tropft mir der Speichel aus dem Mund, und ich fühle mich wirklich wie ein Tier. Ich habe nicht die geringste Beherrschung mehr über meinen Körper. Dagegen beherrscht mein Körper mich ganz, und wenn ich Schmerzen habe, gerät alles in meinem Kopf durcheinander, ich könnte ein Messer nehmen und Verheerungen anrichten, an meinem eigenen Körper oder an fremden. Ich könnte durch Telefonanrufe oder Briefe die Harmonie ganzer Familien zerstören, könnte H.-H. oder seine Mutter und Schwester bis zum Selbstmord treiben, Karrieren und Zukunftsträume vernichten, Feuer legen, hundert Anzüge zerschneiden, den Hund vergiften, Fensterscheiben wildfremder Wohnungen einwerfen. In mir ist Mord. Nur gut, daß ich meinen Kellerraum habe, in dem ich mich verstecken kann, bis meine körperlichen Schmerzen nachlassen und mein Gehirn wieder kühl ist.

Wir alle hier im Geschäft haben unsere Verstecke, auf dem Clo, zwischen den Regalen, in der Schneiderwerkstatt, im Schaufenster, wo wir in unserem Nichtstun, unserer Apathie unentdeckt bleiben. Nur unser Fräulein an der Kasse, unsere Bärbel, blond, vollschlank, mit einem weichen, ovalen Gesicht, verlobt, aus guter Familie, lächelt und döst vor sich hin. Zwischen fünf und halb sieben hat sie zu tun.

Mensch mach doch nicht so'n Staub! sagt der kleine picklige Fritsche und bürstet an den Jacketts, die direkt vor der Gardine hängen.

Nimm mir mal den Eimer ab, sage ich und zerre den Eimer über den rauhen Holzboden im Fenster.

Psst! Herr Hake räuspert sich. Sofort ist es still im Laden. Ich höre auf zu fegen und zu schurren. Kundschaft nähert sich. Durch die Mattglasscheibe der Tür sieht man eine zögernde Gestalt. Lehrling Bremer reißt die Tür auf, deutet eine Verbeugung an. Ein blinzelnder Mann tritt, ohne vorerst etwas anderes als den die Hände reibenden Hake zu sehen, ein und spricht. Ich bemerke das immer wieder: Erst wenn sie sitzen, blicken sie sich um, prüfen die Reihen der Anzüge und Mäntel, schätzen den Laden ab und die Möglichkeit, hier zu finden, was sie suchen. Wenn der Kunde dann von Hake in die Mangel genommen wird und willig scheint, darf ich wieder hämmern.

Es kommen jetzt viele Käufer. Draußen ist es fast dunkel. Die Alte Celler Heerstraße sieht jetzt so aus, daß ich sie, untergehakt mit einem Mann, entlangschlendern möchte, oder mit einem Kind, das sich auf Weihnachten freut. Und wir sähen uns die Ananas und Nüsse vor den Feinkostläden an, die an den Hinterbeinen aufgehängten Wildschweine, Hasen und Rehe, die schillernden Fasanen und die dicken Gänse und Enten, und ich sagte zu Nini: Ach, komm, dieser Laden ist gar nicht schön, guck mal da drüben! Und dann sähen wir uns die lebendigen Äffchen und die vielen bunten Vögel in den engen Käfigen an, und Nini wollte alle, alle kaufen. Und ich erzählte ihr von einer alten, reichen Filmschauspielerin, die ein Tierasyl hat und alle herrenlosen Hunde und Katzen und arme frierende Äffchen kauft, und sie leben glücklich bis an ihr Lebensende. Und wenn sie nicht gestorben sind, dann leben sie heute noch.

Das Fenster ist jetzt bis auf die letzten Feinheiten fertig. Die Röhre muß noch ersetzt werden, sonst ist es zu dunkel, und der Goldstaub funkelt nicht richtig. Ich suche mir in dem aus drei riesigen Scheiben bestehenden Fenster, dem im Verkaufsraum drei, durch Kleiderständer gebildete Nischen entsprechen (jede mit Tisch und zwei Sesseln versehen), jene aus, in der der Kauf eines Herren-Wintermantels schon so gut wie perfekt ist, um Leiter, Eimer, Besen, Kehrblech, Handwerkskorb, Farbtöpfe hinauszuschaffen. Damit ich ganz schnell verschwinde, reißt mir ein Lehrling die Schwungtür auf, und ich bringe die Leiter und den Eimer in den Toilettenvorraum. Das geht nur unter Gepolter, weil die Leiter erstmal gegen den Rahmen der Schwungtür stößt. Und dann, nachdem ich im Flur bin und versuche, die Clotür aufzumachen, schlägt die Schwungtür, vom blöden Jülich losgelassen, nochmal gegen die Leiter und gegen meinen linken Hacken. Idiot! sage ich laut genug und lehne die Leiter gegen die Wand neben der Clotür, die sich schwer aufdrücken läßt, weil sie eine Feder hat, damit sie nicht offen bleibt und den Fäkalienduft durchs Haus und womöglich in den distinguierten Laden ziehen läßt. Ich drücke die Klinke mit dem Ellbogen nieder und stoße die Tür mit dem Knie auf, was der Tür nicht

schlecht bekommt. Wütend über den Schmerz schleife ich die Leiter hinein, lasse absichtlich den Eimer fallen, allerdings so, daß er nicht umfällt. Habe keine Lust, den Dreck noch mal aufzufegen. Die Türen der beiden Kabinen sind nicht geschlossen, ich bin also zufällig allein hier in diesem engen, heißen Raum, der keine Fenster hat. Die Heizung summt und ist so heiß, daß man sie nicht anfassen kann. Trotzdem lasse ich mich mit dem Rücken dagegen fallen, als müßte ich mich stützen. Die Zerstörungswut hat mich gepackt. Die Leiter liegt auf meinem Bauch, auf meinem Kinn. Die Heizungsrippen brennen sich in meine Oberarme. Ich stoße mich ab, wuchte die Leiter herum und werfe sie gegen die erste der offenen Türen. Die Tür schlägt zu, die Leiter rutscht und würde zu Boden schlagen, wären da nicht an ihrer untersten Sprosse meine Füße, mit den Knöcheln, mit den empfindlichen, geschwollenen Adern an den Knöcheln. Ich ziehe die Füße weg. Aber die Leiter ist schneller, die untere Sprosse kommt mir nach. Die Leiter schlägt auf, die Sprosse wird hochgerissen und schabt mir die Haut vom Knöchel. Ich bücke mich, reibe den Knöchel, grunze vor Schmerz und sabbere auf meine Hände. O, ich hasse dich, ich hasse dich, du dreckiger, gemeiner Hund!
Ich meine damit mehr, als ich sagen könnte, ich meine H.-H., aber ich meine auch Gott, meine Mutter, mein Kind, alle Menschen, alle Männer, alle männlichen Menschen, alle Menschen überhaupt, außer meinem Vater. Zitternd hebe ich die Leiter auf und stelle sie, die plötzlich gar nicht mehr so schwer ist, gegen die Wand, wo sie hingehört. Den Eimer aber, den Eimer voll Dreck, lasse ich mitten im Weg, in der Hoffnung, daß irgend jemand darüber falle, ganz gleich wer.
Lieber Vater, mein Lieber, mein Guter, mein Dickerchen, gib mir ein Zeichen, ein kleines Zeichen nur! Ich werde auch nicht erschrecken! Ich starre die Kacheln an, das Waschbecken, den Spiegel und warte. Ich weiß genau, daß

mein Vater kommt, wenn ich auf ihn warte. So lange ich lebe, war es so. Und ich komme dem Tod entgegen: Bitte, zeig dich in jeder Gestalt, wie du willst – ich werde nicht erschrecken. Ich warte. Ich warte.
Da wird die Tür aufgestoßen.
Ach, du bist's, Kleines! sagt der Alte. Hast du Anton nicht gesehen?
Nein.
Er kennt Antons liebstes Versteck also ganz genau. Er ist zerstreut und in Eile, wie stets. Weißt du, der Anton soll noch Ware ausfahren, nach Linden, egal wie spät es wird!
Der Alte reibt den Nacken nervös am Kragen seines Glenchekmantels. Auch er möchte etwas kaputtmachen, etwas hinschmeißen. Er tritt auf den Flur zurück, hält aber die Tür immer noch auf. Bist du fertig? fragt er.
Noch ein paar Kleinigkeiten.
Gut! – Er wendet sich ab, die Tür will zuschlagen, wird aber von seiner ausgestreckten Hand noch einen Spalt weit aufgehalten. Komm mal mit, Kleines! sagt er und geht vor mir her zur Treppe, läuft die Stufen hinab, ohne sich nach mir umzudrehen. Ich ziehe den Kittel glatt, streiche die Hände an den Hüften ab und renne hinterher. Ich verstehe nicht, daß er mich in diesem Aufzug durch seinen Laden rennen läßt; und es schien mir schon einmal, da muß ich wohl besoffen gewesen sein, wie Liebe, daß er gar nichts an meiner Erscheinung auszusetzen hat. Einmal knackte mir der einzige Knopf, der meinen grünen Wickelrock hielt, als ich aus seinem Wagen stieg. Das ganze Wickelteil, also ein halber Rock, der über den festen Teil geschlagen wird, hing herab. Und später sagte der Alte: Ich hab mir nur gedacht: viel anzuziehen hat die Kleine nicht. Aber es kann ihm nicht neu sein, daß es in den großen, geräumigen Schaufenstern der Kaufhäuser Dekorateusen in schwarzen Samthosen gibt, kleine, quirrelige Mädchen, die nicht ein bißchen überfordert wirken.

Vor mir ist der Rücken im schlackernden Mantel, der lange Rücken eines großen, schlanken Mannes, der nur Grau trägt. Offenbar denkt er, das sei der »vornehme englische Stil«. Er schließt die Mäntel nie. Wenn er läuft, und er läuft fast immer, wehen sie hinter ihm her. Aber wenn man ihn einholt, ihn überholt und ihm gegenübersteht, erschrickt man über das schlaffe Fleisch in diesem Gesicht, über die Hängebacken, die noch dazu rosig sind. Ein dickes schwarzes Brillengestell soll dem Gesicht einen Zug von Energie geben. Das ist nun wirklich zu leicht zu durchschauen. Und während man sich diesem Blender noch haushoch überlegen fühlt und so richtig fein heraus ist, denn was sind schon die eigenen Schwächen und die eigenen Eitelkeiten gegen seine, hört man eine schneidende Stimme, die nicht nachgibt, eine unsympathische Stimme, ja unsympathisch würde man sagen, wenn man sie am Telefon hörte, wo sie blank und bloß, von visuellen Eindrücken unbeeinflußt ist, eine schneidende Stimme, die verrät, was diesen Mann nach oben brachte und ihn weiter voranbringt, zu neuen Filialen im Stadtzentrum, ihn, der in den Nachkriegsjahren gemeinsam mit Kruse die verkaufte Ware auf Fahrrädern zu den Kunden brachte. Kleines, sagt er, Kleines, weißt du, hier müssen wir was machen! Und er zeigt auf die Schaukästen rechts und links im Tunnel. Da gehst du morgen gleich dran! Das ist mir nicht elegant genug! Diesen Mantel, den könntest du anders stecken. So, verstehst du? Chic, raffiniert, verstehst du? Er geht die Passage entlang bis zur Straße, kommt zurück, der Wind verschiebt sein Toupet. Das ist plump! Plump ist das! Große Handbewegungen nach beiden Seiten. Vielleicht merkt er, daß ich erschrecke. Na, komm mal her! sagt er und geht zu seinem Wagen, geht auf dem Fahrweg an den parkenden Autos entlang. Ich folge ihm auf dem Fußweg. Über das schwarze Dach des Citroen hinweg sehen wir uns an. Ich weiß nicht, was er will. Ob er mir etwas zeigen oder etwas geben will,

das er im Wagen hat. Während er aufschließt, sieht er zu den Fenstern mit der goldenen Kutsche hinauf, die er aber nur sehr verkürzt sehen kann. Ich stehe unter den vorkragenden Fenstern und kann nichts sehen außer dem Lichtschein. Ich fürchte, er merkt, daß eine Leuchtröhre fehlt, aber er sagt nichts. Er drückt den Mantel an den Unterleib und steigt, nachdem er zurückgesehen hat, ob kein Auto kommt, ein. Er lehnt sich im Wagen herüber und öffnet mir die Tür. Steig ein! Er fährt in die Stadt hinein.
Die lange, enge, eigentlich düstere Heerstraße, an der mehr oder weniger glanzlose Geschäfte, Gaststätten und Mietshäuser liegen, ist voll von Menschen, die Pakete, Netze voll Orangen und große Tannenbündel tragen. Lichtreklame zuckt hin und her über den sich fast nahtlos aneinanderreihenden Schaufenstern. Das fliegt an mir vorbei, ich nehme von den Geschäften nur die größten oder die mir bekannten wahr, die mir aufgefallen sind, wenn ich abends die Straße entlanggehe, an jenen Abenden, wo ich es in meinem Zimmer nicht aushalte. Da ist ein Kaufhaus mit Stößen von Parchentunterwäsche in rosa und blau, diese guten, dicken, langen Bullerhosen, die ich als Kind trug. Wer mag so was heute kaufen, Landkundschaft? In der Zoohandlung gibt es außer Vögeln und Affen auch weiße Mäuse, die ein Rad drehen, und Goldhamster. Goldhamster sollen anspruchslos und völlig still sein. Wenn ich mir zum Beispiel einen Goldhamster kaufte, merkte es die Witwe Jung erst dann, wenn sie einen ihrer muffigen Pelzmäntel aus dem Kleiderschrank holte, eine ihrer Tierleichen, mit denen sie ihr armes Haut-und-Knochen-Gestell behängt. Ich warte bloß noch darauf, daß sie eines Tages knurrt und sich die Pfoten leckt. Na, Kleines? fragt der Alte. Er hat die ganze Zeit geredet, über elegante Schaufenster, tolle Geschäfte, gute Dekorateure, von denen ich einer bin, aber Kruse nicht. Er hat gesagt, ich soll doch mal mitkommen, sein neues Haus anschauen, ich soll heute

abend auf das Fenster mit der Kutsche mit ihm anstoßen. Du bist so kindlich, Kleines, hat er gesagt, du hast noch nicht viel gesehen vom Leben, bist behütet aufgewachsen, Kleines. Ich sehe ein Ofengeschäft, eine Milchbar, diese kleinen Vorstadtjuwelier- und Uhrengeschäfte, Schlachtereien, Parfümerien, Bildergeschäfte mit brüllenden Hirschen und Sonnenuntergängen und alten Fischern, die ihre Netze flicken. Ich denke an H.-H., und was wir vor diesen Schaufenstern für Spaß hatten. Ich denke an seine langen Wimpern und an die Adern auf seinen Händen und solchen Quatsch. Andere Frauen sind sachlicher: sie denken an ihre eigenen langen Wimpern.

Und immer wenn ich vor den Feinkostläden Orangen und Nüsse sehe, denke ich an Nini. Das muß wohl an den Weihnachts- und Kinderliedern liegen, die immer nur zu berichten wissen von Apfel, Nuß- und Mandelkern. Alles ist so huschelig im Advent. Die Weihnachtszeit ist nur für die Glücklichen da. Oder ist das ein Irrtum? Denke an die Slums! Haha! Höchstens in den katholischen Ländern. In Irland und Spanien, auf Sizilien könnte – könnte – Weihnachten ein Fest für die Armen sein. Aber hier ist es ein asoziales Fest. Um fünf am vierundzwanzigsten, wenn die Glocken läuten, geht man allein und frierend über den Lister Platz, hinter Chorknaben her, deren lange weiße Hemden unter Lodenmänteln hervorschauen, und fünfhundert Meter weiter, in der Podbielskistraße dreihundertsechsundvierzig schmückt H.-H. den Weihnachtsbaum, und in der ganzen Wohnung riecht es nach Zimtsternen, während ich über den Lister Platz gehe, denn der vierundzwanzigste ist ein Werktag, und wir arbeiten bis vier oder bis drei, mal sehen. Meine Mutter und mein Großvater waren auf dem Friedhof und haben eine Kerze auf dem Grab angezündet. Beide weinen. Meine Mutter könnte ihren Vater ermorden für sein lautes, über den Friedhof schallendes Geheul. Wohin soll ich Nini bringen an diesem schönsten Kinderfest? Wenn ich nur an voriges Jahr denke! Alle heulten, auch ich. Dieser Weihnachtsliedersound bringt einen um. Das Radio wurde abgestellt. Das Schnuffeln verstopfter Nasen war im totenstillen Zimmer zu hören. Und das kleine Kind spielte mit der neuen Eisenbahn. Das war 'ne Eisenbahn, nichts weiter. Das war nicht das Weihnachten, das man auf Bildern sieht und das die Lieder beschwören. O, wie ich hasse, wie ich hasse, ich hasse dich!

Weißt du, Kleines, der Kruse ist ja nicht schlecht, aber er hat einfach keine Ideen. Eine Büste aufziehen, das kann er – das kannst du wieder nicht. Auf die Dauer kann ich mir nicht zwei Dekorateure leisten. Du mußt unbedingt lernen, Büsten aufzuziehen, verstehst du? Er sieht mich von der Seite an und lacht. Naja, mach man erst mal weiter!

Ich habe schon so oft versucht, eine Büste aufzuziehen, das heißt, ein Herrenjackett auf ein Gestell hängen und es mit Seidenpapier so auspolstern, daß eine Idealmännerbrust darunter zu stecken scheint, breitschultrig und doch schlank. Vor allem darf das Jackett keine Falte werfen. Man schiebt das Seidenpapier mit einer dünnen Leiste von unten in die Ärmel, unter die Brust, unter das Revers. Soviel Mühe ich mir auch gebe, ich bringe immer nur eine »schwangere Jungfrau« zustande. Und so habe ich es aufgegeben. Entweder mache ich gute Fenster, habe Ideen, oder ich stopfe Männerjacketts aus. Doch plötzlich sieht das anders aus. Der Alte hat eine Drohung ausgesprochen, er kann sich keine zwei Dekorateure leisten, einer wird gehen müssen. Aber wer? Wenn ich gehen muß, bin ich verloren.

Wir halten hinter dem Opernhaus vor einer kleinen Boutique. Er läßt den Motor laufen, steigt aus, fordert mich auf mitzukommen und ist schon vor mir am Schaufenster, redet bereits, obwohl ich ihn nicht verstehen kann. Kalter Wind, mein Kittel flattert. Die Rückfront des Opernhauses ist schwarz und wuchtig. Von hier aus fahren wir zu einem großen Eckgeschäft, das mehrere Fenster hat. Auch hier steigen wir aus und stehen im eisigen Wind. Ich klappere. Na, komm rein! sagt der Alte und zieht mich wieder zum Wagen. Aber du hast jetzt verstanden, was ich meine. Das ist Chic! Das ist Klasse! Nur Weniges, aber das Richtige, verstehst du? Naja, mach man, Kleines! Er lacht ein meckerndes, scharfes Lachen, ein verlegenes Lachen, das seine Skrupellosigkeit verdecken soll. Er ist geschieden, seine Frau und seine kleine Tochter habe ich mal im Laden gesehen. Ein Kind mit dunklen Augen, eine puppige Frau. Aber ich kann mich irren. Wir sind wieder vorm Geschäft, und er sagt: Spring doch mal rauf, Kleines, und hol mein Zigarettenetui. Du hast jüngere Beine als ich.

Im Geschäft sind jetzt so viele Leute, daß keiner der Lehrlinge Zeit hat, die Schwungtür aufzureißen. Auf den Tischen in den Nischen der Herrenabteilung liegen die weißen Formulare, und die Verkäufer erklären die Teilzahlungsbedingungen. Ich laufe quer durch den Laden, schiebe mich um die an der Kasse Stehenden herum, lege die Hand auf das Geländer der eisernen Wendeltreppe und fühle, daß es vibriert, daß jemand die Treppe herabkommt. Ich warte, innerhalb der Samtverkleidung. Es ist Meister Ocks. Er lächelt und berührt mich, ehe er in den Laden schwenkt, in dieser Bewegung des Umdrehens, mit seinem ganzen Körper. Das hast du aber wieder geschickt hingekriegt, mein Lieber! Ich sehe seinem großen, breiten Rücken im olivfarbenen Anzug nach. Niemand trägt so elegante Anzüge wie er. Jacketts mit langen schmalen Revers, die so gut geschnitten sind, daß sie seinen Bauch verstecken. Aus der Damenabteilung winkt man ihm, er soll zum Abstecken kommen. Er bewegt sich langsam, gerät nie in Hast.

Ich laufe die Treppe hinauf und merke, daß ich jetzt auch lächle. Die Treppe mündet genau hinter dem Stuhl der Sekretärin, die an der einen Seite des Doppelschreibtisches

sitzt. Ihr gegenüber ist der Platz des Alten. Hinter seinem Rücken die Schiebetür zum Schneideratelier. Ein bescheidenes Chefzimmer, eigentlich nur ein Durchgangszimmer, aber der Alte hat hier die beste Kontrolle über sein Geschäft, wenn auch nur akustisch. Ich nehme das Zigarettenetui und renne wieder zurück. Als ich es dem Chef ins Wagenfenster reiche, sagt er: Kleines, du siehst zu komisch aus, du bist ganz schwarz im Gesicht. Ich wollte es dir vorhin schon sagen.
Da war ich also mit einem schmutzigen Gesicht, mit einem zerrissenen Strumpf, einem dreckigen Kittel, seit dem Morgen ungekämmt und vor Hunger schwindlig durch die Straßen und durch den Laden gerannt! An sich eine Bagatelle. Wer kennt mich schon, wer sieht mich schon an! Und doch bringt mich gerade das jetzt aus dem Gleichgewicht, das und die Formulierung: Du siehst zu komisch aus. Ich steige in meinen Werkraum hinab und setze mich an den Tisch. In meinem Kopf ist nur ein einziger Satz, der sich wie ein Morsezeichen immer wiederholt, und ich bring ihn nicht weg aus dem blockierten Hirn, ich starre aufs Papier, auf die Skizzen mit den Hirschen, und in meinem Kopf klopft es: Ich bin *doch* eine schöne Frau, ich bin *doch* eine schöne Frau ... Dabei beginne ich wieder, um die Pflaster an meinem Handgelenk herumzukratzen, besonders um das Ekzem am inneren Handknöchel. Es tut überhaupt nicht mehr weh, und der Juckreiz ist direkt angenehm, das Kratzen ist ein Vergnügen. Ich möchte mich mal so richtig satt kratzen. Ich löse das Pflaster und sehe mir die Geschwulst an. Sie ist pfenniggroß und dunkellila, obenauf ein wenig graugrün. Ich weiß, daß das Graugrüne der Eiterpfropf ist. Ich will ihn, da ich so lange standhaft blieb, jetzt nicht mehr herausdrücken, sondern will das Geschwür von innen heraus heilen lassen. Aber ein wenig möchte ich die Haut spannen. Ich setze Daumen und Zeigefinger der Hand an beiden Seiten der Geschwulst auf und spreize

sie, langsam, vorsichtig, dann ein wenig stärker. Da platzt die Geschwulst, und der Pfropf fliegt heraus und klatscht auf meine Zeichnung. Ich verstehe erst gar nicht, was geschehen ist, und starre immer diesen graugrünen Klumpen an, der auf dem Papier liegt. Die Wunde an meinem Handgelenk blutet kaum und tut nicht weh. Ich bin unfähig, das Papier zu säubern.

Oben im Laden ist ein ständiges Geräusch von Stimmen und Schritten und undefinierbaren Vorgängen. Ich sitze hier wie unter der Erde. Aber auch von unten aus dem Tunnel schallt es zu mir herauf. Frauenschritte auf hohen Absätzen, ein Männerhusten, von der Straße das Klingeln der Straßenbahn, Autobremsen, ein helles Lachen, ein Ruf: Neeeee! Ein vielfältiges Geräusch von Leben und Betriebsamkeit.

Ich schiebe ein Stück Papier unter den grünen Klumpen und werfe ihn in den Papierkorb. Mit dem Kittelärmel wische ich über den nassen Fleck, der auf der Zeichnung zurückbleibt, verschmiere ihn, grün, gelb mit dunkelbraunen Einsprengseln von Blut. Wie eine Wolke liegt der Fleck zwischen den Hirschköpfen. Diese Hirsche zu entwerfen, hat mir große Schwierigkeiten gemacht. Wer kann schon aus dem Gedächtnis einen Hirsch zeichnen? Nicht mal ein Pferd, das man doch noch etwas häufiger zu sehen bekommt als einen Hirsch, gelingt. Ich habe hier keine Vorlagen, kein Lexikon, kein Tierkundealbum wie zu Haus. Im Bücherschrank des Großvaters, der früher Lehrer gewesen ist, gibt es viele Bücher über Tiere und Pflanzen, seltsam präzise Zeichnungen, die surrealistisch wirken. Solche Stützen, auch Fotos, braucht jeder Zeichner. Aber ich habe hier nichts. Natürlich hätte ich in der Buchhandlung Ecke Lister Platz ein Buch über Tiere kaufen können. Vielleicht wäre ich mit dem jungen Verkäufer ins Gespräch gekommen, vielleicht geht mit ihm das leichter über Hirsche als über Leautréamont, vielleicht hätte auch der Alte

in seinem Bücherschrank in der neuen Villa ein Tierbuch gehabt. Aber es erbittert einen doch, umständliche Wege zu gehen, wenn einem endlich der Einfall für eine Dekoration gekommen ist. Früher, zu Haus, ging man einfach an den Bücherschrank und suchte sich Vorlagen heraus. Und wieder bin ich bei den Büchern. Ein mit Büchern gefüllter Schrank, ein stilles Zimmer mit einer Lampe, hoch über einer Straße oder über einem Park. Es ist Nacht, auf der nassen Straße surren die Autoreifen, weit weg bellt ein Hund. Schritte kommen und gehen vorüber. Es ist drei Uhr morgens. Man liest schon lange nicht mehr, die Seiten haben sich verblättert. Man horcht auf die Schritte, die Uhr tickt, nebenan schläft das Kind... Ich muß nachher noch den Brief mit dem Geld zur Bahnpost bringen, damit es morgen in Peine ist.
Um mich aus meiner Apathie aufzujagen, zähle ich auf, was ich noch tun muß. Vor allem mußt du jetzt deine Fenster fertigmachen, aufräumen, dich waschen, damit du nicht wieder Überstunden zu machen brauchst. Dafür gibt es heute gar keinen Grund. Seit ein, zwei Stunden ist das Fenster so gut wie fertig. Es sind ja wirklich nur noch Kleinigkeiten zu machen. Um sechs mußt du aus dem Laden, sechs oder halb sieben, schnell nach Haus, umziehen, etwas essen, und dann in die Stadt zur Bahnpost. Los! Nun mal los! Sage ich laut. Hopp-hopp! Dalli, dalli!
Mit dir ist es aber schon ganz schön weit gekommen! Anton steigt die Leiter herab. Ich denke, sagt er, die hat hier unten einen bei sich. Dabei redet die mit sich selber!
Der Alte hat dich gesucht, sage ich und stehe nun endlich auf, taste mit der linken Hand in meiner Tasche nach einem Pflaster, um es auf die Wunde am rechten Handgelenk zu kleben.
Der Alte?
Du sollst nach Linden fahren.
Jetzt noch? Anton geht nach hinten zum Scherengitter,

knöpft seinen Kittel auf. Da kann er selber hinfahren! Er zieht den Kittel aus und hängt ihn an den Haken. Er knöpft bei verrenktem Kinn sein Hemd am Hals zu und legt sich die Krawatte um, bindet sie. Sein Gesicht ist grau und eingefallen. Ein Zigeunertyp ist Anton, mit den schwarzen Augen im graugelben Gesicht. Er wohnt in einer Gartenbude. Und ich bringe es immer mit der Bude zwischen Bäumen und den letzten Winterastern, mit einem Brunnen, zu dem Anton morgens, ein Handtuch um den Hals geschlugen, geht, bringe es mit Kälte, kaltem Wasser, undichten Fenstern in Verbindung, daß Anton so schlecht gewaschen ist. Selbst wenn er sein graues Jackett und die dazu passende Schirmmütze trägt, kann er nur bei trüber Treppenbeleuchtung einen nicht gleich auf den ersten Blick unsauberen Eindruck machen. Er ist sicher keine Empfehlung für die Firma. Obwohl er nicht riecht. Das ist wenigstens etwas. Ich habe mich oft darüber gewundert, daß Anton, der sich nicht wäscht, der sich dauernd auf dem Clo aufhält, keinen Geruch ausströmt. Es gibt doch Menschen, die so adrett angezogen sind und so »unüberhörbar« stinken. Auch H.-H. hatte einen starken Geruch, der mir anfangs widerlich war aber später so auf mich wirkte, daß ich fremde Männer, die das gleiche Rasierwasser zum gleichen Tabakgeruch und anscheinend zum selben Hormongeruch benutzten, sofort herausfand, unter vielen.
Anton streicht sich mit den schmutzigen Händen durchs schwarze, zottelige Haar und grinst, armselig, müde, erschöpft, unterernährt. Er hat eine ganze Menge Goldplomben. Das ist wohl sein Stolz. Wahrscheinlich tue ich ihm unrecht. Wie soll er sauber und ordentlich aussehen, wenn er alle Dreckarbeit machen muß? Morgens putzt er den Laden, er fegt die Treppen und den Tunnel, er fegt die Schneiderwerkstatt aus und geht mit dem Staubsauger durchs Büro, er wäscht den Wagen, macht Besorgungen und fährt Ware aus. Und selbstverständlich werden die

oben in der Schneiderwerkstatt immer gerade zu Feierabend mit den Änderungen fertig, und Anton muß kurz vor Geschäftsschluß losfahren in die weit verstreut liegenden Vororte Hannovers, durch den verstopften Feierabendverkehr, nach Linden, nach Ricklingen, nach Waldhausen, nach Vahrenwald, nach Herrenhausen.
Ist der Anton da unten? ruft Herrn Hakes Stimme herab. Einen Moment ist es still. Dann tritt Anton unter die Luke und bellt, den Ton eines Offiziersburschen annehmend: Jawoll! Was gibt's?
Anton, Ware ausfahren!
Kommt nicht in Frage. Feierabend.
Mensch, Anton, los! Komm, mach schon!
Aber Anton schimpft. Nein, ich mach's nicht. Ich will auch meinen Feierabend haben. Nach Linden bei diesem Verkehr, wie lange soll das dauern? Warum kommt ihr immer, wenn Feierabend ist? Warum nicht morgen? Ich fahr nicht. Fahrt doch selber! Ich nicht!
Während ich die Leiter hinaufsteige, höre ich ihn immer weiter schimpfen. Oben steht Hake, grinst und fummelt, wie immer, in den Hosentaschen rum. Mensch, Anton, mir ist das doch egal, sagt er. Mach doch, was du willst. Ich hab dir Bescheid gesagt, nicht? Nun mach doch, was du willst.
Und Anton schimpft weiter. Im Laden ist seine Stimme nur undeutlich zu hören, niemand kümmert sich darum. Ich gehe wieder ins Fenster. Draußen ist es jetzt ganz dunkel. Der Blick in diese lange, bunte, bewegte, von Lichtern, von auf- und abgeblendeten Autoscheinwerfern durchzuckte Straße fasziniert mich. Gegenüber im Stoffladen ist jetzt auch viel Betrieb. Unter dem Stoffladen führt eine Passage, an der kleine Geschäfte liegen, zur Bödekerstraße. In dieser kleinen Passage liegt die Gaststätte, in der ich nachher essen werde. Ich muß etwas Warmes haben. Ich esse manchmal mittags dort. Eine kleine Kneipe, ein braungetä-

felter Raum mit einem großen runden, von einer Vereinsfahne geschmückten Tisch und drei kleinen Tischen und drei Hockern vor der Theke. Mit einer dicken Wirtin, die einen Zopf um den Kopf trägt, was man sonst bei alten Frauen nicht sieht. Die mit den Männern auf den Hockern Klare kippt und alles sieht und hört, die Leute und auch mich abschätzt, als könnte sie uns für irgendwelche geheimen Zwecke verwenden. Aber ich bin geübt im Ausweichen. Ich sitze da und gleichzeitig bin ich nicht da. Man kann von mir nichts fordern. Man kann mich weder angreifen noch beleidigen, noch in Gefahr bringen, noch überhaupt berühren.

Aus der Passage kommen jetzt, Arm in Arm, meine Schwiegermutter und meine Schwägerin Hilde. Die eine trägt eine Einkaufstasche, die andere einen in weißes Papier eingewickelten Blumentopf. Ob sie mich, da sie ja schon eine ganze Weile aus dem dunklen Tunnel auf dieses große erhellte Schaufenster über der Straße zugehen, gesehen haben, weiß ich nicht. Trotzdem trete ich ein wenig zurück, soweit das auf dem schmalen Raum möglich ist. Sie blicken nach rechts und links die Straße entlang, gehen dann ein paar Schritt in Richtung Stadt und bleiben vor einem Juwelierladen stehen. Zwar betrachten sie die Auslagen, aber eigentlich nur so nebenbei, weil die Augen von dem Gold angezogen werden. Es ist übrigens ein bescheidener kleiner Laden, der hauptsächlich Uhren verkauft. Beide Frauen tragen einen Kamelhaarmantel, die gerade herabhängende Form, beide einen Hut und beide einen baumelnden Taschenschirm am Ellbogen. Sie lassen sich nicht einmal dann los, wenn sie sich umdrehen; sie schwenken in Front herum, ihre Bewegungen sind eine Einheit. Auch früher gingen sie immer untergehakt, nahmen H.-H. in die Mitte. Wenn aber der Weg zu schmal war, so daß H.-H. und ich vorweg oder hinterher gingen, dann verlangten sie nach gewisser Zeit ein Austauschen der Partner.

Sie haben nun Einkäufe gemacht und werden in ihre Wohnung heimkehren. Sie werden über den Lister Platz und am Bahlsen-Haus vorbeigehen und den Puddinggeruch, den süßen Spekulatiusgeruch einatmen, der für sie der heimatliche Duft ist wie für andere der Geruch des Meeres oder der Erde. Von klein auf haben Hilde und H.-H. hier gewohnt, zwischen Bahlsen und der Eilenriede, hoch oben über der Podbielskistraße in dieser sehr großen Wohnung mit den schrägen Wänden. Sogar einen Balkon gibt es da oben mitten im abfallenden Ziegeldach.

Ich nehme den Blick von den beiden Rücken, weil ich fürchte, sie könnten ihn spüren.

Im Laden ist es jetzt etwas stiller geworden, in zehn Minuten wird die Tür abgeschlossen. Dann werden nur noch die Kunden bedient, die schon im Laden sind. Ich schlage noch ein paar lange schwarze Stecknadeln in die Wand, höre hinter der Seidenbespannung den Mörtel niederrieseln, aber Hauptsache, die Dekoration hält. Was interessiert es mich, was hinter den Kaschierungen passiert. Das ist das Thema eines fernen Tages. Ich muß jeden Tag hinter mich bringen, wäre ich pathetischer, sagte ich: besiegen. Von Sieg kann keine Rede sein, wenn ich abends in das hucklige, fremdbeschlafene Bett der Witwe Jung falle. Meine Knochen sagen mir eher etwas von einem Sieg des Tages über mich.

Bis auf die Leuchtröhre, die ja schnell einzuschrauben ist, ist das Fenster jetzt fertig. Ich werde doch wirklich einmal zu Geschäftsschluß fertig mit einem Fenster! Als ich durch die Gardine in den Laden schlüpfen will, fegt ein Luftstrom herein und preßt mir die staubig riechende Gaze gegen das Gesicht, und ich schließe die leider empfindlichen Augen, die auch ein Problem sind. Wieder ist jemand eingetreten, die Tür pendelt, schlägt, da sie nicht blockiert ist, in das Treppenhaus zurück und wummert noch eine Weile hin und her, schleift gegen das eingeklebte Schaumgummi im

Rahmen. Eine Stimme, die ich hundertmal und öfter mit dieser betonten Munterkeit in einen Raum hinein habe grüßen hören, ruft: Guten Abend!

Ich springe aus dem Fenster, dränge mich an Henniger vorbei, der einem alten Herrn einen Anzug zeigt, stoße ihn dabei, so daß er gegen den Kunden taumelt, der aber sowieso schon kaufen will, gleich den ersten Anzug kaufen will, weil er alt und schwach ist und nicht mehr die Kraft hat, sich das Geschwätz eines Verkäufers anzuhören, außerdem den Anzug nicht zu modischen Zwecken, sondern nur zum Bedecken seines alten Körpers braucht. Er zieht nur das Jackett über und schon dabei gerät er in Schweiß. Aber das neue Jackett ist wie ein Brett, es macht eine gute Figur, es macht noch Sterbenden eine gute Figur. So ist das abendländische Jackett. Womit soll sich ein alter Mann kleiden?

H.-H. spricht mit Herrn Hake. Herr Hake geht zur Wendeltreppe, ich aber fasse H.-H.s Hand, die er mir mechanisch reicht, starre ihm gierig ins Gesicht und frage: Ja, was machst du denn hier? Wie geht's dir? – Ich habe ihn seit vier oder fünf Wochen nicht gesehen. Nur einmal sprach ich mit ihm, nachdem ich hier die Stellung angenommen hatte. Zweimal grüßte er mich im Vorübergehen im Regen. Einmal lief ich in die Stadt zum Künstlerhaus in der Sophienstraße, um ihn abzupassen,wenn er nach Haus ginge. Ich sah ihn mit einer jungen Frau kommen und versteckte mich in einem Hauseingang, der verschlossen war. Nur zehn Meter vor dem Paar lief ich wieder heraus, nachdem ich vergeblich versucht hatte, mich an einen Pfeiler zu drücken. Wenn er vorbeiging, mußte er mich erkennen. Ich kroch in meinen Mantel hinein, kroch in mich zusammen und ging in einem fremden Gang. Ich kann heute nicht mehr sagen, auf welche Weise ich meine Art zu gehen, die einfache und unbewußte Art mich zu bewegen veränderte. Ich ging, ich durfte es auch nicht übertreiben,

in der Hoffnung, nicht erkannt zu werden, vor H.-H. und seiner bei ihm eingehakten Begleiterin her. Einmal hörte ich ihr Lachen. Ich glaubte, es identifizieren zu können. Die Frau an H.-H.s Arm war Renate, eine brünette Frau, die sich für überlegen und klug hielt, eine Frau, vor der er sich einmal geschämt hat, als er neben mir an einem Verkaufsstand Krawatten aussuchte, die ich für meinen Großvater kaufen wollte. Er schämte sich meiner, schämte sich, vor diesem Stand, an dem es nur billige Krawatten gab, entdeckt zu werden. Schnell ging ich vor dem Paar um die Ecke am Thielenplatz, ging in die Vorhalle des Kinos hinein und sah die Bilder an. Es gab einen kitschigen Film mit Liz Taylor, den ich schon dreimal gesehen hatte. Vittorio Gassman war ein Geiger, und ein anderer junger Mann mit Puddinggesicht war Pianist, und die pummelige Liz hatte zwischen beiden zu wählen und nahm den Pianisten, weil der Geiger stark genug war, ohne sie auszukommen. Man muß sich irgend etwas ansehen, wenn man seine von vornherein zweifelhaften Versuche startet, vor der Realität zu fliehen.
Wie geht's dir? fragt H.-H.
Von hinten, aus der Damenabteilung, höre ich den verhängnisvollen Satz: Moment, ich sage unserer Dekorateurin Bescheid. Fräulein Herz ruft mir zu: Das Kostüm mit den Noppen, schnell!
Es schmeichelt mir, daß H.-H. sieht, wie wichtig und unentbehrlich ich in diesem Geschäft bin, und daß er einmal eine Ahnung davon bekommt, was Arbeit ist. In zehn Minuten ist Ladenschluß, so lange muß er noch warten, aber dann können wir zusammen essen gehen. Ich lade dich ein, werde ich zu ihm sagen. Doch, doch, diesmal bin ich an der Reihe, aber du kannst bestimmen, wohin wir gehen, du kennst dich hier besser aus. Vielleicht ins Treppchen? Ich nicke Fräulein Herz zu, daß ich verstanden habe, und laufe hinunter, schließe das Fenster auf (den Schlüssel-

ring trage ich immer am Gürtel) und reiße das Kostüm rücksichtslos vom Hintergrund los. Renne rauf, durch den Laden, am lachenden H.-H. vorbei, der seitwärts bei der Kasse steht, allein, die Hände in den Taschen des schwarzen Dufflecoats, und strecke das Kostüm Fräulein Herz entgegen. Sie nimmt es mir ab und eilt in den »Grünen Salon«, ein kleines, mit grüner Seidentapete ausgeschlagenes Zimmer, in dem Meister Ocks vor einer schwangeren Frau auf der Erde hockt und ihren Rock absteckt. Moment, sagt Herz und hält mich am Ärmel fest. Warte! Der Mann der Schwangeren sitzt auf einem der grünen Seidensesselchen und streckt die langen Beine von sich. Er ist ein Bekannter oder Geschäftsfreund vom Alten. Beide, Mann und Frau, sind nicht mehr jung, und sie sind so stolz auf das Kind, daß sie den Bauch überall herumzeigen müssen. Sie sind in letzter Zeit oft hier im Geschäft, aber ich begegne ihnen auch auf der Straße, in Restaurants und in anderen Geschäften. Herz breitet das Noppenkostüm aus, hält es neben ein anderes Kostüm, sieht die Frau an. Ich weiß nicht, sagt die. Herz sieht den Mann an. Schwer zu sagen, meint er. Na, Sie können es ja mal anprobieren, sagt Herz. Ocks erhebt sich und steckt eine Nadel auf das dunkelrote Samtkissen, das er wie eine große Uhr am linken Handgelenk trägt. Dunkelrot auf sehr blasser Haut.

Ich laufe hinaus und sehe schon, daß H.-H. nicht mehr an der Kasse steht. Ich gehe durch die Herrenabteilung, auf den Flur hinaus, rufe seinen Namen halblaut die Treppe hinab, weil ich denke, er wartet, da es doch länger dauert, bis ich Feierabend habe, lieber unten auf mich. Oder sollte er in meinem Werkraum sitzen? Ich gehe zurück und frage Herrn Hake: Wo ist der junge Mann geblieben?

Was fürn junger Mann?

Der eben hier war, mit der Baskenmütze.

Der ist weggegangen.

Weggegangen? Wieso?
Mensch, sag mal, was ist los mit dir? fragt Hake und fummelt in den Hosentaschen. Ich hab ihm die Hose aus der Schneiderei runtergeholt, und er ist weggegangen. War 'ne Änderung.
Ich renne schon aus der Tür. Flitzer spinnt! höre ich hinter mir. Ich laufe durch den Tunnel zur Straße. Sehe nach rechts und links, aber weit kann ich nicht sehen, weil der Passantenstrom jetzt sehr dicht ist. Lauter fremde Gesichter ziehen an mir vorbei. Auch die beiden Kamelhaarmäntel sind fort. Ich gehe mechanisch mit den Menschen zum Lister Platz, bleibe stehen und sehe in die sternförmig abzweigenden Straßen hinein, ohne etwas zu suchen und zu erkennen. Dann gehe ich zurück. Ein Geschäft für Damenkleider wird gerade abgeschlossen. Es hat Spiegelsäulen neben dem Eingang. Mein Gesicht ist immer noch schmutzig und hat riesige dunkle Augenlöcher. Ich habe kein Mitleid mit diesem Gesicht, ich könnte mit der Faust mitten hineinschlagen. Eine neue Welle von Selbstzerstörung hat mich gefaßt. Als ich in meinen Werkraum hinuntersteige, lasse ich mich langsam von Stufe zu Stufe rutschen, und es gibt mir eine Art Befriedigung, Beruhigung, mir die Schienbeine aufzuscheuern und die Strümpfe völlig zu zerreißen. Unten bleibe ich mit dem Rücken zum Raum stehen, krümme mich über meine auf dem Holm liegenden Hände und stöhne. Aber schon spüre ich, daß ich nicht allein bin.
Grinsend drehe ich mich um und tue so, als sei mein Seufzen komisch gemeint. Kruse steht zwischen den Regalen, hat ein Butterbrotpapier in der einen und ein Klappbrot in der anderen Hand. Na, total fertig? fragt er und hält mir das Papier auf der flachen Hand hin. Zwei dünne Schwarzbrotschnitten liegen darin. Ich fasse zu, als sei es selbstverständlich. Wetten, daß Sie heute noch nichts gegessen haben! sagt Kruse.

Ich habe gefrühstückt.
Sie sehen vielleicht komisch aus mit der schwarzen Nase! sagt er. Ach Gott, ja! sage ich gereizt, hole meinen Spiegel aus der Tasche und reibe mit dem Taschentuch im Gesicht herum.
Was war denn bloß los heute? fragt er. Den Anton hab ich vorhin gesehen – Mann, war der in Fahrt! Sie sollten sich freuen, das Fenster ist gut geworden. Der Chef ist ganz begeistert. Kommt vorhin zu mir und teilt mir mit, daß ich von nun an nach Ihren Entwürfen arbeiten soll.
Unmöglich, mir fällt nicht genug ein, nicht dauernd, nicht so schnell. Ich bin doch kein Dukatenkacker, der immerzu neue Ideen scheißt!
Seien Sie doch nicht dumm, sagt er leise. Aber verlangen Sie eine Gehaltserhöhung! Und schon wieder kreist in meinem Kopf derselbe Gedanke: mehr Geld, eine kleine Wohnung, eine freundliche Nachbarin, die gegen Bezahlung Nini mit ihren Kindern spielen läßt, bis ich abends nach Hause komme. Ein richtiges Zuhause. Sonntags in der Eilenriede spazierengehen, beide hübsch angezogen, Nini, ich. Kruse beobachtet mich. Ich kann nicht verstehen, daß er mir nicht schaden will, daß er mir noch Ratschläge gibt, die ihm schaden. Oder kann er sich so gut verstellen, wartet er nur darauf, daß ich einen Fehler mache? Wäre es ein Fehler, vom Alten Gehaltserhöhung zu fordern? Oder wäre es ein Fehler, der Laune des Alten zu folgen und für Kruse Entwürfe zu machen? Oder wäre es ein Fehler, nein zu sagen? Ich drehe eine Leuchtröhre heraus, um sie ins Fenster zu bringen.
Was denn? Schon wieder eine? fragt Kruse. Ich nicke. Na, geben Sie mal her! Er nimmt mir die Röhre aus der Hand und steigt nach oben. Danke! rufe ich ihm nach. Er bleibt auf der Leiter stehen, zieht seinen Kopf und die Schultern wieder in den Raum herein und sagt, er mache das nur, um aus dem Fenster auf die Straße hinabzusehen, ob da nicht

wieder einer sei, der ihm auflauere. Ich aber bleibe, während ich ihn oben mit jemandem sprechen höre, unbeweglich stehen. Dann gehe ich zum Arbeitstisch, nehme ein Glas mit zähflüssiger gelber Plakatfarbe und gieße sie mir auf den Rock. Ich stürze die Treppe hinauf, durch den Laden, in dem schon einige Lampen ausgeschaltet sind. Unsere Schönheit von der Kasse ist schon fort, zum Verlobten. In der Damenabteilung spricht und gackert Herz noch mit dem Ehepaar. Beide, Mann und Frau, stehen zum Gehen bereit, aber Fräulein Herz muß erst noch ein wenig die Direktrice hervorkehren, muß erst noch ein wenig Selbstbestätigung, Süßigkeit aus dieser Begegnung herausschlagen. Die Lehrlinge hängen die den Kunden gezeigten Anzüge weg. Ich steige die Wendeltreppe hinauf. Die Sekretärin vom Alten schließt gerade den Rollschrank. Sie trägt schon Pelzjacke und Pelzbarett. Die schwere Schiebetür zur Schneiderwerkstatt steht einen Spalt offen, auch drinnen sind schon mehrere Lampen ausgeknipst.

Wie nett, unser Mädchen! Erich, hast du unser Mädchen schon gesehen? ruft Mädow, der Älteste und Vorstand der Werkstatt, auch Opa Mädow und Onkel Mädow genannt, ein dicker alter Mann mit einem vollkommen kahlen, glänzenden Schädel.

Die Werkstatt liegt über der Herrenabteilung. Die Fenster gehen auf die Alte Celler Heerstraße, vor den Fenstern ist das Dach des vorkragenden Schaufensters, schmal, aus glitschigem dunklen Blech, abfallend. Auf diesem Dach habe ich am vorigen Sonnabend, von einer um die Taille geknoteten Wäscheleine gehalten, unter Kruses Hilfe zwei Tannenbäume in den dafür vorgesehenen Eisenringen aufgestellt und mit Drähten an den Krampen, die wir in sämtliche Fensterrahmen geschlagen hatten, befestigt. Die Strippen für die elektrischen Kerzen gehen unter den Fensterflügeln hindurch; es zieht durch die Fenster. Es war mir fast unmöglich, auf dem Blechdach zu arbeiten. Ich wagte es nicht, mit beiden Händen den Baum zu fassen, sondern hielt mich mit einer Hand immer am Fenstersims oder am geschlossenen, feststehenden Rahmen fest. Kruse mußte schließlich die Hauptarbeit machen. Aber auch er war ängstlich, das habe ich ihm angesehen. Sein Grinsen war noch verkrampfter als sonst. Die Schneider standen an den Fenstern und gaben Ratschläge. Eine Stunde lang wurde nicht genäht, und hinterher mußten wir uns erst mit ein paar Klaren stärken. In der Schneiderwerkstatt gibt es immer was zu trinken.

Die schwarzen Eisenlampen sind über die Plätze, an denen noch gearbeitet wird, tief herabgezogen. Lichtkegel fallen auf die Köpfe, Schultern und Hände von Mädow und Olme an der Rückwand des Raumes. Erich Ocks steht gleich links neben der Tür an seinem großen Tisch unter den ersten beiden Fenstern und zeichnet mit Kreide einen Schnitt auf große gelbliche Papierbogen. Rechts der Bügeltisch liegt ganz im Dunkeln. In der Mitte, vor Mädow und Olme, hockt im Schneidersitz Kremb auf dem Tisch, ein kleiner knochiger Mann mit einer heiseren Stimme, Junggeselle und der einzige, der von Ocks und mir etwas »ahnt«, der aber »verschwiegen« ist. Ocks dreht den geneigten Kopf zur Seite, sieht mich kurz an und zeichnet dann weiter. Hier oben fällt sein eleganter Anzug noch mehr auf als unten im Laden. Die anderen Schneider tragen Strickjacken, Oberhemden, Olme hat meistens einen Kittel an.

Darf ich mal euer Fleckwasser haben? frage ich.

Hast du dich schon wieder bekleckert, Mädchen? Wie machst du das bloß?

Das frag ich mich selber. Ich gehe an die Flasche. Mädow wirft mir einen Lappen zu. Ich reibe an dem Fleck herum und merke, daß der Rock Farbe läßt. Schade, er ist noch neu. Aber was tut man nicht, wenn man die Einsamkeit nicht mehr erträgt? Was ist schon ein Rock gegen eine unerträgliche Minute? Ich weiß nicht, ob die Schneider schon dahintergekommen sind, daß ich mich absichtlich beschmiere. So dusslig kann man doch nicht sein, sage ich und sehe Kremb ins Gesicht. Er schüttelt lächelnd den Kopf.

Was heißt hier dusslig, Mädchen? Komm, trink erst mal einen! Mädow gießt mir aus einer Flasche ein Gläschen ein.

Auf euer Wohl! sage ich und kippe das Glas. Alle vier sehen mich gespannt an. Ich schmecke, schlucke trocken nach, stelle das Glas ab und lache. Ihr seid doch Schweine! sage ich. Da haben sie mir doch tatsächlich Wasser eingekippt, klage ich laut einem unsichtbaren Fünften.

Bügelwasser! Mädow hebt die Flasche gegens Licht. Eine trübe Brühe, in der Fusseln schwimmen. Was bleibt mir übrig, als mit ihnen zu lachen und ihnen noch mal zu versichern, daß sie richtige alte Schweine seien, pfui.

Na, komm, Mädchen! Bist kein Spielverderber! Kriegst jetzt auch 'n richtigen! Mädow bückt sich und holt unter dem Tisch eine halbvolle Flasche schönen klaren Korn hervor. Kremb legt das Kleidungsstück, an dem er nähte, beiseite und baumelt die Beine vom Tisch herab. Erich kommt langsam näher und stellt sich hinter mich. Olme steht von seinem Platz auf und schiebt sich langsam mit dem Hintern hoch auf Mädows Tisch. Nun sind wir alle zusammengerückt und lassen die Flasche rundum gehen. Der erste Schluck brennt mir so heftig im leeren Magen, daß ich mich krümme. Ich tue so, als sähe ich nach meinem Rock. Ist der Fleck raus? fragt Kremb. Ich drehe mich ihm wortlos zu, damit er sich überzeugen kann. Aber er sagt, er könne es nicht erkennen. Sieh doch mal nach, Erich! sagt der Kuppler zu Ocks. Der beugt sich herab und streicht wie nebenbei mit der Hand über meinen Schenkel. Ich sehe auf seine große, geteilte, weiße Stirn und auf seinen kahlen Schädel, dessen weiße Haut sehr straff über den Schädelknochen liegt. Ein Kranz von grauem Haar, über der Stirn offen. Weiße, lange Hände mit blauen Adern. Der »Gerupfte« nennen ihn die Lehrlinge. Der Alkohol ist mir schon zu Kopf gestiegen. Der Gerupfte! murmele ich mit glucksender Stimme über seinen gesenkten Kopf hin. Er richtet sich auf, sieht mich unbewegt an und sagt: Mit mir kannst du reden wie mit'm Idioten!

Er hat es nicht ironisch gemeint, nicht lustig, nicht tragisch, nicht bissig, nicht hochmütig. Es trifft mich unmittelbar, und ich überlege nicht, wie er es gemeint haben könnte. Ohne zu zögern, küssen wir uns. Sein Blick funkt: Vorsicht! Ich drehe mich wieder den anderen zu, die freundlich lächeln, so, als sei das alles durchaus in Ordnung. Ich gebe mich der Illusion hin, daß sie den Kuß nicht bemerkt haben. Wir haben uns nicht angefaßt. Unsere geschlossenen Lippen haben sich ganz kurz berührt, das ging so schnell. Ach ja, sage ich. Gebt mir bitte rasch noch 'n Schluck, ich muß ja noch runter an die Schaukästen! Ich schlage mir vor die Stirn, weil ich so vergeßlich sein konnte.

Sie sind alle so lieb. Mädow gibt mir die Flasche. Erich gibt mir den Ladenschlüssel. Nur der Alte, Herr Hake, der sich auch gern »Geschäftsführer« nennt, und Meister Ocks besitzen einen Schlüssel für den Laden. Sie müssen sich immer absprechen, wer als erster geht. Der letzte schließt ab, ist verantwortlich.

Ich nehme unter den Blicken der vier Männer einen sehr langen Zug aus der Flasche. Ich stülpe meine Lippen weiter vor als nötig, dehne meine Kehle, von der ich annehme, daß sie weiß und lang und blaugeädert ist, im Lampenlicht. Und den Bruchteil einer Sekunde träume ich von Zähnen, die sich grausam und zärtlich zugleich eingraben über dem ruckenden, schluckenden Knorpel.

Der Alkohol frißt so sehr an den Schleimhäuten meines leeren Magens, daß ich im dunklen Laden vor mich hin stöhne und mir den Bauch halte. Alle sind fort. Ich kann das Noppenkostüm nicht finden und nehme ein anderes von der Stange. Das bedeutet, daß ich auch noch ein neues Preisschild schreiben muß. Auch in meinem Werkraum ist es dunkel. Kruse hat wohl angenommen, ich sei schon weg, oder ihn hat eine Art Sparsamkeit gepackt, als er das Licht ausknipste. Die Röhren flackern auf. Ich schreibe den Preis, nehme Hammer und Stecknadeln, schließe die Ladentür auf und laufe hinab. Innerhalb kurzer Zeit hat sich die Alte Celler Heerstraße in eine schwarze, glänzende, leere Fahrbahn mit menschenleeren Fußsteigen verwandelt. Ich nagele das Kostüm an die Rückwand des Schaukastens und versuche trotz der Eile, schon den Schwung und die Eleganz nachzuahmen, die mir der Alte vorhin in der Stadt als Beispiel zeigte. Während ich arbeite, gehen Mädow und Olme hinter mir vorbei. Einer von beiden klopft mir auf den Rücken. Gute Nacht, Mädchen! Nicht mehr so fleißig! Die Uhr der Markuskirche schlägt sieben. Drüben auf der anderen Straßenseite geht ein kleiner Junge vorbei. Ich kann ihn nicht genau erkennen, weiß nicht, ob es Erichs Sohn ist, der manchmal von seiner Mutter geschickt wird, um den Vater abzufangen und heimzubringen. Ich gehe zur Straße, kann aber den Jungen nicht mehr entdecken. Auf der Treppe begegnet mir Kremb. Er zwinkert mir zu und flüstert: Erich ist oben. Die Vertraulichkeit stößt mich ab. Der kleine ältliche Junggeselle nutzt seine Mitwisserrolle zu sehr aus. Später wird er Forderungen stellen, wird uns erpressen.

Während ich unten im Wekraum meinen Kittel ausziehe, mich kämme und ein wenig zurechtmache, horche ich nach oben, aber es ist nichts zu hören. Mantel und Tasche unter den Arm geklemmt, steige ich hinauf und lösche das Licht im Werkraum. Langsam gehe ich in die Tiefe des seltsam erleuchteten Ladens hinein und setze mich auf einen Stuhl an der Wand. Die Eisentreppe dröhnt, und Erich Ocks kommt auf mich zu. Ich habe plötzlich Angst. Er steht vor mir, zieht mich hoch und holt mich in seinen weiten, offenen Mantel hinein. Er geht in die Knie, um meine Hüften und Schenkel zwischen seine Schenkel zu nehmen, sie zu pressen und mit der Innenseite seiner Schenkel zu reiben. Dem, der kühl bleibt, erscheinen die Bewegungen des anderen grotesk und lächerlich. Ich drücke meine Hände gegen seine Brust und sage: O, du hast extra Vivil genommen, und ich schmecke nach Wurstbrot und Schnaps!

Das macht nichts, sagt er und läßt mich nicht los. Er füllt seine Hände mit meinen Pobacken und lacht leise darüber, daß sie so kalt sind. Ich glaube, ich habe was gehört, sage ich und schlüpfe unter seinen Armen hindurch, gehe zum grünen Kabinett, aus dessen offener Tür der Schimmer der Wandlampe fällt. Es ist ja keiner mehr da, sagt er. Er spricht immer leise, bewegt sich langsam, vielleicht glaubt er, daß er dadurch kleiner wirkt. Aber seine Größe, seine Schwere, sein großzügig und klar modellierter bleicher Kopf fallen nur um so mehr als groß, mächtig und schön auf. Kleiner wird er nur durch sein fehlerhaftes Deutsch, das mich aber nicht stört, da seine Stimme dunkel, weich und zärtlich ist. Still! sage ich, obwohl er doch so leise sprach. Es wäre gar nicht ungewöhnlich, wenn der Chef noch einmal käme, um noch etwas aus seinem Büro zu holen. Warum sollte er nicht auch auf die Idee kommen, mit seiner Freundin in den dunklen, irgendwie gemütlichen, intim wirkenden Laden zu gehen? Ich benutze diesen Einfall, von dem ich weiß, daß er nur eine Ausrede ist, um meine Angst zu kaschieren. Komm, laß uns gehen, sage ich. Wenn man uns hier erwischt, fliegen wir beide raus! Aber es kommt ja niemand, sagt er. Er zieht mich in eine Umkleidekabine der Damenabteilung, er läßt den schweren grünen Satinvorhang offen. Ich sehe uns als dunkle, nur dem Umriß nach erkennbare Figuren in dem großen, bis auf den Boden reichenden Spiegel, sehe das Helle schimmern, zu hell, zu weiß: Gesicht, Hände, meinen Hals, meine Schultern, von denen er den Pullover weggezogen hat. Ich sehe, wie er immer wieder nach mir faßt, und wie ich mich ihm, klein, dünn, dunkel vor dem geringeren Grauwert seines olivgrünen Anzugs, immer wieder entwinde. Ich höre. Ich höre meine Lügen und Ausreden klar und grell durch den leeren Laden klingen, erschreckend banal.

Muß denn alles immer wieder nach demselben Muster mißlingen? Weshalb klappt es denn nicht? Weshalb kann ich denn nicht? Vielleicht wäre es eine Erlösung von meiner Fixierung an bestimmte Gesten, bestimmte Zärtlichkeiten, bestimmte Stellungen, bestimmte Wünsche. Schon allein dieser riesige Körper, sperrig, unbequem, erdrückend, hart, ist ein zu starker Gegensatz zu dem Körper H.-H.s, den ich gewöhnt bin.

Ich spiele die Unerfahrene. Er öffnet die Hose, und ich ziehe sofort die Hand weg und wende mich von ihm ab. Aber ich habe es schon warm und bei aller Festigkeit weich in der Innenfläche der Hand gefühlt, trocken, weich, angenehm, und die Hand bewahrt die Erinnerung daran. Aber ich kann nicht zufassen. Ich weiß nicht, wie ich es machen, was ich tun soll. Ich bin nicht daran gewöhnt, ich habe Angst, mich zu blamieren, mich unsterblich lächerlich zu machen. Dabei gibt es nur ein kleines Hindernis für meine doch nicht unerfahrene Hand, ein Stückchen Haut, eine Kappe, eine Zipfelmütze über der empfindlichen, glatten, eingedellten Halbkugel, und eben dieses Stückchen Haut ist meiner Hand und meinem Auge widerlich. Ich ekle mich vor der Vorhaut, die zurückgeschoben werden muß, und vor der nassen roten Kuppe. Ich bin an eine sanft braune Kuppe gewöhnt, nur wenig heller als das Glied, an eine trockene Kuppe, die die ausgesonderte klare Flüssigkeit erst nach und nach glatt und rutschig macht. Wie ist das gekommen, daß das bei dir so ist? habe ich H.-H. gefragt. Ich habe als Kind so lange dran gespielt und die Haut zurückgeschoben, bis sie unten geblieben ist, hat er geantwortet. Aber ich bin nun verdorben für andere Männer, ich ekle mich vor dem Rot, ich möchte Braun, möchte die ganz leicht körnige, trockene Kuppe, bin unfähig, an diesem Stückchen Haut zu schieben und den Mann statt in meiner Hand oder in meinem Körper in seiner eigenen Haut hin- und herrutschen zu lassen.

Abgewandt höre ich mich sagen: Ich habe Angst!

Willst du es nicht? fragt er weich.

Ich habe Angst.

Ist ja gut, sagt er und geht aus der Kabine in den breiten, freien Gang vor dem Tresen, schließt den Mantel und stellt den Kragen hoch, als wäre es hier kalt. Wenn du nicht magst...

Auch ich ziehe meinen Mantel an. Umständlich knöpfe ich ihn zu, ziehe den Gürtel durch die Schlaufe, lasse den Gürtel fallen, suche ihn, greife ihn, schiebe ihn in die Schnalle, senke den Kopf, um den Dorn in das richtige Loch zu stecken. Er steht die ganze Zeit da und sieht vor sich hin. Seine Sanftmut überrascht mich. Es ist mir schon passiert, daß mich Männer wild beschimpften, wenn ich sie verschmähte. Hast du keine Angst? frage ich ihn. Nein, sagt er. Das verstehe ich nicht, sage ich. Wovor Angst? Wovor denn Angst, du Dummes? fragt er. Und ich ahne, daß er mir gleich beteuern wird, daß er sich auch bestimmt vorsehe. Angst, Angst vor allem, sage ich, und er schüttelt den Kopf. Er knipst das Licht im grünen Salon aus. Trotzdem ist es weiter hell im Laden, die Neonstäbe des Schaufensters und die Straßenbeleuchtung scheinen bis in die entlegensten Ecken. Wir verlassen das Geschäft. Er schließt die Tür ab.

Angst, dich zu verlieben, sage ich.

Nein, sagt er. Weshalb Angst davor haben?

Nun muß man neue Lochkarten erfinden, neue Chiffren, neue Stechuhren, neue Schablonen, neue Muster, denn hier gibt es keine Verständigung mehr. Verlieben könnte auch verlieren heißen, man weiß doch nie, wo's endet. Abhängigkeit könnte es heißen, Zittern, Warten, Bangen, Saufen. Arbeitsunfähigkeit kann es heißen, Arbeitslosigkeit, Armut, Verkommenheit, Untergang, Auslöschen kann es heißen, Zerstörung kann es sein, Haß, Tod. Unzählige Briefe kann es heißen, unzählige Telefongespräche, Zigarettenrauchen und auf das Klingeln warten, unbeweglich in einem kalten Zimmer sitzen und eine Tür anstarren, tagelang.
Nebeneinander gehen wir die Treppe hinab durch den Tunnel und über die Straße. Wir drehen uns um und betrachten die Fenster oben. Die goldene Kutsche glitzert. Schnee auf den Rücken der Hirsche. Wie findest du es? frage ich. Schön hast du das gemacht, sagt er. Vorsichtig, aber so, daß ich es beinahe nicht gemerkt hätte, sieht er die Straße in beiden Richtungen entlang, als suche er jemanden. Komm, sagt er leise und zieht mich am Ärmel in die Passage hinein, geht voran. Er geht meistens vor mir her, spricht wenig, damit es fremder wirkt. Wir betreten die kleine Kneipe, setzen uns der Neugier der Wirtin aus, die natürlich weiß, wer Ocks ist und daß er verheiratet ist. Vielleicht geht er manchmal Sonntag abends mit seiner Frau hierher. Die Frau kennen sie übrigens in allen Kneipen der Umgebung. In dem kleinen Bierkeller an der Podbielskistraße, schräg gegenüber von H.-H.s Wohnung, sprach neulich der Wirt Erich auf seine Frau an, sie sähe so gut, so gesund aus. Gesund, das ist sie, sagte Erich. Wie alt ist sie? fragte der Wirt. Siebenundzwanzig. Diese Frau ist also nur zwei Jahre älter als ich. Eine große, dicke, breite Frau mit roten Backen, einer spießigen Dauerwellenfrisur. Vielleicht wirkt sie ja sogar auf manche Männer, vielleicht ist sie das, was man ein »prachtvolles Weib« oder ähnlich

nennt, ein Vollweib mit einer Barockfigur oder so. Jedenfalls ein Mensch, ein Körper, in den ich mich nicht hineindenken kann, mir so fremd wie ein Marsmensch. Etwas, mit dem ich mich nicht messen kann. Nun gut, sie hat rote Backen, sie ist kräftig, wenn das nicht täuscht. Bestimmt kann sie weder so schnell laufen noch so hoch und so weit springen wie ich, im Schwimmen bin ich ihr auf jeden Fall überlegen und im Denken auch. Wenn sie sieben Kilometer geht, hat sie Blasen an den Füßen, und einen Kepelschuß hat sie schon mit fünfzehn nicht mehr geschafft. Worin liegt also der Vorteil dieser großen schweren Tiere? Der einzige Vorteil sind die besseren Nerven. Aber auch darin kann man sich sehr täuschen. Dumpfheit befällt sie, Schwermut. Die Füße, die das große Gewicht tragen müssen, schmerzen, das Kreuz tut weh, die Galle macht nicht mehr mit. Ich beneide diese Frauen nicht.
Die Wirtin lächelt falsch, als wir eintreten. Vielleicht kann sie nicht anders. Eine gewisse Amoralität hindert mich daran, ein schlechtes Gewissen zu haben, und so lächle ich sie kindlich und offen an. Meine Amoralität muß ein Ausdruck von Kindlichkeit sein. Was kümmern mich all die Regeln, die Abgrenzungen, Einzäunungen, die Schutzgitter der Erwachsenen? Ich habe ein Recht, mit diesem Mann hier zu sitzen, ich würde mich nicht verstecken. Wir trinken Bier und essen Würstchen. Ocks sitzt mir gegenüber und beugt sich weit zu mir her, spricht pausenlos, leise. Er will mich überreden, mit ihm in einen Tanzschuppen in der Stadt zu gehen, jetzt gleich, wenn wir das Bier ausgetrunken haben. Ich weiß, was er will: Er will meinen Körper eng an seinem fühlen. Und das will ich auch. Erst jetzt, in der Erinnerung, erregen mich die Bewegungen seiner Hüften, seiner Schenkel, die er um mich schlang, erst jetzt vergeht mir das Lachen. Aber kann ich so gehen, wie ich aussehe? Ich zeige ihm die zerrissenen Strümpfe, die Hände mit den schmutzigen Pflastern. Er

lacht leise, lockend. Bei der Beleuchtung da sieht man das nicht! Und wenn schon, meint er. Kannst dir den Strumpf doch gerade erst zerrissen haben. Ja. Dort, sagt er, achtet keiner auf den anderen.
Die Kellnerin, eine herbe dunkle Frau, eine Medea, auf die ich eifersüchtig bin, weil sie Erich Ocks offensichtlich gefällt, kommt an unseren Tisch, sieht die leeren Gläser und fragt: Noch ein Bierchen?
Nein, danke, sage ich, wir gehen gleich.
Er ist überrascht, daß ich so plötzlich einwillige. Gehen wir? fragt er.
Ich muß mich nur noch ein bißchen zurechtmachen.
Mach schnell! sagt er.
Aber der Spiegel in der Damentoilette zeigt mir, daß es so schnell nicht gehen wird. Mein Gesicht ist fahl und fast dreieckig vor asketischer Strenge. Meine Augen liegen in dunklen Höhlen und glänzen. Die Hände sehen furchtbar aus. Nur das Haar geht einigermaßen. Ich suche in der Tasche nach den beiden Perlmuttblättern und knipse sie an die Ohren. Den Puder lege ich dick auf die graue Haut. Die Strümpfe sehen häßlich aus, die Schuhe sind voller Farbspritzer. Ich reibe sie mit Toilettenpapier ab. Müde lehne ich mich einen Augenblick gegen die Kachelwand und starre mich an.
Als ich ins Restaurant komme, ist der Tisch, an dem wir gesessen haben, leer. Das Geschirr ist abgeräumt. Medea steht neben der Theke, hat die Hände unter der kleinen weißen Schürze gefaltet und sieht mich ernst an. Die Wirtin aber ruft mir über die Köpfe der beiden an der Theke sitzenden Männer hinweg zu: Der Herr ist gegangen. Seine Frau hat ihn abgeholt!
Sie liegen alle auf der Lauer, ob ich mich wohl verrate. Nein, ich verrate mich nicht. Euch bin ich schon lange gewachsen. Soso, sage ich. Dann geben Sie mir mal 'n Doppelten auf den Schreck! Ich schiebe mich auf den

dritten Hocker. Schreck in der Abendstunde, sagt die Wirtin und stellt mir das Glas hin, das ich gleich hebe und in den Mund kippe, mit eckigem Ellbogen. Ich stelle es auf die Messingplatte des Tisches, und sie will es gleich wegnehmen. Moment, sage ich, zwei kann ich schon vertragen. Und ich sehe, wie sie mit ihren kurzen Fingern, an denen mehrere Ringe stecken, die Flasche faßt, die vor Kälte beschlagen ist. Auch das Glas beschlägt sofort, wenn es gefüllt wird. Das sieht man auch selten: ein junges Mädel an der Theke, sagt mein Nebenmann gutmütig. Da erkläre ich ihm, daß es doch zeitraubend und umständlich sei, wenn mir die Kellnerin das Glas extra an den Tisch bringen sollte. So ein Gläschen ist schnell geleert. Für die Kellnerin bedeutet das nur Lauferei, wenn man zum Beispiel drei Kurze trinken möchte. Und wenn man es eilig hat, könnte sie ja gleich mit der Flasche neben einem stehen bleiben. Ja, das stimmt.
Die Wirtin hat schon wieder die Flasche in der Hand. Danke, sage ich, heute genügen mir zwei. Draußen merke ich, daß selbst zwei schon zuviel gewesen sind. Ich muß ja das Bier und die Schlucke aus Mädows Flasche auch mitzählen. Und mehr als ein Wurstbrot von Kruse und eine Bockwurst habe ich den ganzen Tag über nicht gegessen. Ich gebe mir Mühe, gerade und sicher zu gehen, beobachte jede meiner Bewegungen. Ich habe es noch nicht gelernt, die Wirkung des Alkohols zu nutzen, statt sie zu unterdrükken. Beherrsche ich auch meinen Körper, mein Gefühl gerät außer Kontrolle. Vorm Buchladen an der Ecke komme ich mir vor wie ein Kind, das die Nase am Spielwarenschaufenster plattdrückt. Armes Kind, sage ich zu mir. Armes Kind. Ich lehne die Stirn gegen die Scheibe. Die Glanzpapierumschläge rutschen zusammen zu einem Riesenbuch mit einem sehr komischen Titel. Dann wieder fühle ich mich erdrückt von all den vielen Büchern, die es gibt, und es erscheint mir verwegen und sinnlos, noch eins

hinzu zu schreiben. Aber schließlich lebe ich auch, und es gibt schon zig Millionen Menschen, die leben, und unzählige haben vor mir gelebt und werden nach mir leben, und die vor mir gelebt haben, haben geschrieben, und die nach mir leben werden, werden schreiben, und von jenen, die zur gleichen Zeit leben wie ich, schreibt eine unermeßliche Zahl. Deshalb die vielen Bücher. Wie die Grabsteine auf den Friedhöfen sind es über dem riesigen Gräberfeld der Erde immer nur einige, die stehen, die eine Inschrift tragen, einen Namen, den Hauch eines vergangenen Lebens. Und dann gibt es ein paar alte Grabsteine, die eine Zeitlang, ein paar Jahrhunderte lang, bleiben. In Prag sah ich das Grab des Rabbi Löw. Hier in Hannover ist es Charlotte Kestner, geborene Buff, die ich an einem Wintertag aufgesucht habe zwischen schweren dunklen Steinen von königlichen Kammerdienern und Ministern. Ich gehe weiter, gehe die Ferdinand-Wallbrecht-Straße entlang, bleibe vor meiner Haustür stehen und sehe zum Café an der Ecke hinüber, zu dieser riesigen Konditorei mit den großen Fenstern, die einem Kleinstadtbahnhof entsprechen. Sonntags kommen die Frauen mit Kuchenpaketen aus der Tür. Ich steige im dunklen Treppenhaus hoch. Dabei rede ich immer noch auf irgendeinen Zweifler oder Gegner ein: Jedes Jahr gebären Milliarden Frauen Kinder. Jedes vergangene Jahr haben Milliarden Frauen das getan, und jedes zukünftige werden sie es tun. Weshalb soll ich also nicht schreiben, bloß weil so viele es tun? Man geht ja auch spazieren, obwohl das alle machen, man küßt, man holt Luft, und eines Tages hört man damit auf, obwohl das doch alle machen. Weshalb also nicht schreiben oder nicht malen oder nicht tanzen? Langsam und furchtlos gehe ich den Flur entlang zu meinem Zimmer. Vor der Spiegelkonsole kriege ich Herzklopfen, einfach nur auch Gewohnheit, denn nachmittags kommt kein Briefträger. Ehe ich noch meine Tür aufgeschlossen habe, fällt mir ein, daß ich den Brief an Ninis

Pflegeeltern im Werkraum zwischen den Modeheften liegengelassen habe.
Aber ich hatte nicht nur den Brief vergessen, auch mein Kind hatte ich vergessen. Was habe ich im Kopf gehabt? Männer und Bücher und Schnaps. Ich schließe meine Zimmertür hinter mir ab und werfe mich im Dunkeln aufs Bett. Nur geil bist du gewesen, geil nach diesem großen, schweren, dicken, alten Mann. Das hat dich geil gemacht, daß du sein Dings in der Hand gehabt hast, und die Hand fühlt es immer noch, hier innen in der Hand fühlst du es noch ganz genau. Ich presse die Hand flach aufs kalte Laken, ich kratze in der Hand, ich beiße mir in den Handballen. Ich tobe wieder gegen mich. Unglück fühle ich heraufziehen, ich zittere vor Katastrophen. Mein Kind wird sterben, oder man wird es mir wegnehmen, weil ich nicht gut für es sorge. Oder Gott wird mich strafen und wird es mir nehmen. Er wird es mir nicht lassen. Bilder aus illustrierten Zeitschriften ziehen an mir vorbei: ein kleiner weißer Sarg, eine große, tiefe, dunkle Grube, über die Bretter gelegt sind, damit die Sargträger eine feste Standfläche haben, um den kleinen Kasten ins tiefe Loch zu senken. Ringsum blühende Büsche. Eine unerkennbare Gestalt liegt neben dem Loch und schreit: Gebt mir mein Kind wieder! Arme strecken sich nach der Gestalt, um sie festzuhalten und hochzuheben. – Auf der Straße liegt ein verbogenes Kinderfahrrad, daneben ein Kinderschuh, und ein paar Meter weiter liegt ein Wolldeckenhaufen oder irgendein formloser Haufen unter einer Wolldecke. Eine Frau schreit: Gebt mir mein Kind wieder! Ein Polizist hält die Frau fest, um sie zu stützen und um sie zur Besinnung zu bringen, um sie vor sich selbst zu schützen. – Eine Hundertschaft vom Grenzschutz durchsucht mit Schäferhunden ein großes Waldgelände. Eine Frau stolpert durch das Unterholz und schreit: Gib mir mein Kind wieder! Ich will auch alles, alles tun, was du willst, wenn du mir nur mein Kind wiedergibst.

Und sie sagt: Lieber Gott! Was sie jahrelang nicht gekonnt und bei anderen lächerlich gefunden hat.
Ich krieche unter das Deckbett und wimmere und stöhne. Und ich weiß jetzt, daß es möglich ist, in einem kleinen möblierten Zimmer zu sterben oder ein Kind zur Welt zu bringen, ohne daß es jemand hört. Nach Stunden stehe ich auf und mache Licht. Ich ziehe die Rollos herab, setze mich an den Tisch, schreibe einen Zettel an Walkowiaks und lege zwei Scheine dazu. Das ist ein einfacher Vorgang. Aber ich habe all diese Stunden im Bett dazu gebraucht, um auf den Einfall zu kommen. Lange habe ich dazu verwendet, herauszukriegen, wie ich an das Geld im Werkraum herankommen könnte. Ich wollte zu Meister Ocks gehen und ihn um den Schlüssel bitten, fürchtete mich aber vor der Frau. Die Adresse des Alten kenne ich nicht. Ich wollte hinunter zur Telefonzelle gehen und beim Alten anrufen, und ich wollte ihm alles von meinem Kind erzählen. Mich ihm ausliefern. In mir war ein richtiger Hunger, mich auszuliefern. Und an H.-H.s Wohnung habe ich in Gedanken zwanzigmal geklingelt und habe ihm, der im Schlafanzug aufmachte, gesagt, was für eine schlechte Mutter ich sei, und er müsse sich, solle das Kind nicht »vor die Hunde« gehen, darum kümmern und irgend etwas tun.
Jetzt ist nur noch Scham in mir über den Exzess meiner Gefühle. Diese Scham wird mich einige Tage niederdrükken. Leise schleiche ich hinaus und bringe den Brief zum Bahnhof. Die Uhr am Lister Platz zeigt ein Uhr siebzehn. Kein einziger Mensch ist zu sehen.

II

Samstag

Wenn ich still liege, sind die Schmerzen erträglich. Sie sind, seit ich die Emulsion benutze, nicht mehr so stechend. Nur noch manchmal beginnt sich plötzlich die Haut auf den Rippenbogen oder innen am Oberschenkel zusammenzuziehen, zu kräuseln , und aus der Tiefe kommt ein Stechen, als fräße sich eine scharfe Säure bis auf den Knochen durch. Es sind fünf handtellergroße Rosen an den Innenseiten der Schenkel und sechs auf der Brust, auf den mageren, fleischlosen Partien über den Rippen und über dem Schlüsselbein. Sie sind kaum geschwollen, aber dunkelrot und heiß. Der Kern, auf dem viele winzige Bläschen sind, die sich langsam mit gelber Flüssigkeit füllen und sich verschmelzen zu einer großen gelben Blase, ist schwärzlich-rot. Unter der weißen Emulsion aber beginnt die Haut abzublassen, und die Hitze läßt nach. Ich kann die kranken Stellen nicht berühren, kann nur die leicht gewölbte Hand darüberdekken wie über eine Kostbarkeit, die man verstecken und derer man sich vergewissern will. So spüre ich in der Handmulde die Glut. Wenn ich die weiße Emulsion auf die Stellen schmiere, geht ein Frost durch meinen ganzen Körper. Überhaupt ist mir eher kalt als warm.

In der Nacht vom Donnerstag auf den Freitag haben Kruse und ich die Filiale dekoriert, nach meinen Entwürfen. Aber Kruse hat fast alles allein machen müssen, ich konnte kaum helfen, weil die plötzlich am Nachmittag entstandenen roten Flecken an den Innenseiten der Oberschenkel immer heißer und größer wurden. Und beim Gehen scheuerten sie aneinander. Ich lief in einem seltsamen Humpelgang hin und her und gab mir Mühe, daß möglichst keiner merkte, wo ich die schmerzenden Stellen hatte. Na, es scheint aber gar nicht mehr zu gehen, sagte Kruse und sah mich zweifelnd an. Was für ein komischer Ausschlag ist das denn? Auf einmal war es mir ganz gleichgültig: Ich hob den Rock und zeigte es ihm. Er erschrak. Um Gottes willen, Sie müssen zum Arzt, sagte er. Setzen Sie sich irgendwo ruhig hin, bis es hell wird! Ach, es geht schon, sagte ich. Nee, ich will nicht schuld sein, wenn Ihnen irgend was passiert. Hauen Sie ab, los! Sein gelbes, langes Faunsgesicht mit den großen Ohren, der großen Nase verzog sich zu dem bekannten Grinsen. Dieses Grinsen war es, das mich immer mißtrauisch machte. Warum eigentlich? Können wir uns, so alt wir auch werden, nicht lösen von der Typisierung unserer Kasperpuppen, die wir als Kinder hatten? Unsere Menschenkenntnis ist doch nicht viel mehr als: Das Gute sieht schön aus und das Böse häßlich. Vielleicht war Kruse der einzige, dem ich von Nini hätte erzählen können. Ich verstehe nicht, daß ein Mensch es ohne Kampf und ohne Rachebrüten hinnimmt, daß ich ihn beruflich langsam ausboote. Er hat doch den Erwerb genauso nötig wie ich, er ist arm. Woher nimmt er seine Sicherheit? Hat er den Alten so fest in der Hand? Irgend etwas stimmt da nicht. Ich darf Kruse nicht trauen.

Als der Alte um acht kam, um zu sehen, wie die Dekoration ausgefallen war, erzählte ihm Kruse gleich von meiner Krankheit. Was er sagte, ob er das, was er gesehen hatte, beschrieb, weiß ich nicht. Na, komm her, Kleines, sagte der

Alte. Siehst ja wirklich beschissen aus. Ich fahr dich zu meinem Freund.
Wir fuhren durch die Stadt, über den Thielenplatz, die Königstraße hinab auf die Eilenriede zu, dann hielten wir uns rechts, fuhren am rechten Saum der Eilenriede entlang in ein Villenviertel mit alten Häusern. Walmdächer, grüne Fensterläden, Treppenstufen, Hecken, rundgeschnittene Bäume. Vor einem großen Haus an der Straße waren in einem Schaukasten Fotografien von abstehenden Ohren, von riesigen Höckernasen, von dickgefalteten Stirnen, von traurigen Augen unter Hängelidern ausgestellt und daneben Fotos von schönen klassischen Nasen, anliegenden Öhrchen, glatten Stirnen, strahlenden Augen. In dem Haus befand sich eine Klinik für kosmetische Chirurgie.
Dr. Sellers wohnte in einer Nebenstraße. Der Alte klingelte an der Haustür. Für die Sprechstunde war es noch zu früh, sie begann erst um zehn. Ein Mädchen öffnete. Eine Housemaid. In der Milchbar an der Alten Celler Heerstraße stieg mir neulich abends ein Student der Musikhochschule fast auf den Kopf, als ich aus irgendeinem Grund von Dienstmädchen sprach. Ein Student, mit Stipendium. Mir und meinem Mann gibt kein Mensch ein Stipendium, sagte ich und bildete mir eine Minute lang ein, H.-H. hätte mich geheiratet, wenn er Geld zum Leben gehabt hätte. Und vielleicht wäre das auch geschehen, vielleicht wäre er nicht darauf angewiesen gewesen, sich von Professoren, Kritikern und Industriellen die Hand halten zu lassen, die Hand und anderes, was er jedoch nie zugab.
Ein Dienstmädchen öffnete, und der Alte sagte Kleines zu ihr, wie sonst zu mir. Kleines, entschuldige bitte, daß wir jetzt schon kommen. Sag dem Sellers Bescheid, ja? Es ist dringend, Kleines! Sie machte die Tür zum Wartezimmer auf, das einen Erker hat, in dem viele Blattpflanzen stehen. Die Möbel waren irgend so etwas Gedrechseltes aus Mahagonie oder Nußbaum, und ein sehr großer runder Tisch in

der Mitte, auf dem Zeitschriften lagen. Also, du solltest doch wirklich wissen, ob das echtes Biedermeier ist, sagte ich zu mir. Hättest eben fleißiger zur Kunstgeschichte bei Merkens gehen sollen, statt in H-H.s möbliertes Zimmer in der Uhlandstraße Nummer sechs in Braunschweig. Weißt du, sagte der Alte und schlug die langen Glenchekhosenbeine übereinander. Die Dekoration ist ja ganz schön, aber es fehlt noch etwas, Kleines. Da laß dir mal was einfallen! Der Entwurf war gut, aber im Großen wirkt es nicht so. Da muß noch ein Spritzer, ein Pfiff hinein. Der Kruse hat das alles so brav gemacht. So geht das nicht. Was meinst du? Naja, mach man, Kleines. Du machst das schon!
Eine große dunkle Schiebetür ging auf, und der Arzt stand im weißen Kittel in dem Spalt. Er war bestimmt zwei Meter groß, zwei Zentner schwer und hatte ein bleiches, großes, rundes Gesicht mit angeklatschtem blonden Haar. Der weiße, an der Passe angekräuselte, in der Taille gegürtete Mantel machte ihn noch breiter. Das Stehbündchen umschloß einen dicken Hals. Darüber lächelte ein Babyface.
Entschuldige, daß ich dich aus dem Bett geholt habe, sagte der Alte. Schau dir bitte die Kleine mal an. Ich ging auf ihn zu, breitete die Hände aus, die Handflächen nach oben: Ich habe mich seit vierundzwanzig Stunden nicht gewaschen!
Macht nichts, sagte der Arzt und schloß die Schiebetür hinter mir. Ich rollte den Pullover vorn hoch bis zum Hals und zog das Hemd herunter. Zwei oder drei der »Rosen« lagen bloß. Sie rochen stark, ein herber, scharfer Geruch, eigentlich nur eine Verstärkung meines Körpergeruchs, durch das Fieber, durch die Hitze verstärkt. Übrigens bleibt die Hitze den Rosen immanent, man hat bei dieser Krankheit kein Fieber. Oh, sagte der Arzt, als er die Stellen am Schlüsselbein gesehen hatte. Er drehte sich um und schrieb etwas auf. An den Beinen habe ich auch noch

welche, sagte ich. Kommen Sie, schieben Sie den Ärmel hoch, sagte er. Ich bekam eine Spritze in die Armvene. Das Blut schoß mir in den Kopf. Die Zentralheizung des kleinen Mannes, sagte er. Ich find das ziemlich teuer! Er lachte. Er war noch nicht alt, und er mußte unheimlich reich sein, auch sein Sprechzimmer war ein Saal, vor dem großen, mehrteiligen Fenster standen Rhododendronbüsche mit schwarzglänzendem Laub. Und auf einmal fing ich an zu reden, redete gegen diesen riesigen Torso im bauschigen Kittel, ging beim Reden mit meinen Augen immer nur bis zum Gürtel, sprach gegen diesen Brustkorb, gegen diesen Magen an: Es waren nur wenige Sätze, ich brauchte kein langes, ausschweifendes Geständnis, wie ich immer gefürchtet hatte. Ninis Existenz war eine so klare Tatsache, daß ich sie ganz schnell beschreiben konnte. Und der Mann verstand und gab mir eine Adresse, die er nicht einmal lange suchen mußte. Ich möchte aber nicht ... im Geschäft weiß es niemand, sagte ich. Selbstverständlich, sagte er und führte mich zur Schiebetür. Der Alte kam nervös auf uns zu, wahrscheinlich hatte es ihm zu lange gedauert. Vielleicht aber zwang er sich auch zu diesen schnellen Bewegungen, um jugendlich und fit zu wirken. Dr. Sellers erklärte ihm, daß ich arbeitsunfähig sei und ins Bett gehöre. Der Alte lachte verkrampft: Na, komm, Kleines, ich fahr sowieso zum Lister Platz. Er sprang die Stufen hinab, sein Mantel wehte, und die rosigen Backen unter der schwarzgeränderten Brille bibberten. Na, Kleines, sagte er, als ich am Lister Platz ausstieg, sieh mal zu, daß du bald wieder gesund bist. Denk mal nach über die Fenster von Kruse, wenn du so allein im Bett liegst! Er lachte wieder, es klang meckernd wie immer, aber plötzlich hatte ich das Gefühl, daß auch er es gut meine mit mir. Ich hatte mehr Freunde als gedacht, und vielleicht sollte ich ihm von Nini erzählen, er hatte schließlich viel mehr Möglichkeiten, mir zu helfen, er kannte viele Menschen, er hatte Geld, Macht, war nicht so arm wie Kruse. Ich kaufte in der Apotheke Ecke Lister Platz/Podbielskistraße die Medikamente, die der Arzt mir verschrieben hatte, und genoß zum ersten Mal bewußt die Macht der Gutsituierten, indem ich mir den Besuch beim Arzt vorstellte: die Villa, das Dienstmädchen, das große Wartezimmer, die schwere, dunkle Schiebetür, den riesigen Torso im weißen Kittel, der extra für mich erschien, mich sofort drannahm, freundlich war, höflich – und das alles verdankte ich dem Wohlstand des Alten. Ohne ihn hätte ich zwei Stunden warten können, ohne ihn hätte man mich überhaupt noch nicht eingelassen. Ich genoß die Erinnerung daran, ich schämte mich nicht. Aber ich schämte mich, wenn mich der gut aussehende Mann der schwangeren Frau, die sich dauernd neue Sachen im Laden an der Alten Celler Heerstraße kaufte und sie von Meister Ocks genüßlich ihrem dicken Bauch anpassen ließ, mich von oben herab behandelte und mich ohne ein Wort des Dankes bis weit nach Feierabend hinunterschicken und neue Kostüme oder auch nur ein Halstuch für seine Frau aus den Schaukästen im Tunnel holen ließ. Wo hatte dieser Mann seine Augen? Sah er nicht, daß ich nicht mehr kriechen konnte? Oder hatte er solche Angst vor der Tyrannei seiner Frau; oder war er selber ein Tyrann, genoß er es, mich rennen zu sehen, genoß er meine schwarze Nase, meine zerrissenen Strümpfe, die Pflaster an meinen Händen, das verstruwelte Haar und die tiefen Ränder unter meinen Augen, die schon die ganze Woche lang die Krankheit angemeldet hatten, die jetzt ausgebrochen ist. Mit mir ist es soweit, daß ich alle Menschen ansehe, alle Männer, in der Suche nach Trost und Hilfe. Und zwar nicht nur nach ein paar guten Worten, obwohl ich auch süchtig nach guten, sogar nach netten, nach unverbindlich freundlichen Worten bin. Ich bin süchtig nach dem Menschen im Mann. Eine irre Sucht ist das, derer ich mich schäme, die alle Schablonen sprengt und alle Bräuche. Ich habe bei Anna

Seghers einen Satz gelesen: Ein Mann fragt die Frau, die er liebt und die die Gefährtin eines anderen ist, er fragt sie: Liebst du ihn? Und Sie antwortet: Er ist gut. Da sagt der Mann: Ich habe dich nicht nach seiner Güte gefragt!
Bei Anaïs Nin las ich von einer Frau, die einen Mann liebt, weil er gut ist, und die so süchtig nach der Güte ist wie ich.
Der Mensch, der Mann, ist gut und schlecht. Er ist der Folterknecht, der Mörder, der Lügner, und er kann gut sein – ich lasse die Aufzählung der Zwischenstationen aus. Für mich ist der Mann der Mensch. Nur nach ihm orientiere ich mich, auch wenn ich eines Tages aufgebe.
Leicht vor Übermüdung, vor Erschöpfung und ignorierten Schmerzen ging ich nach Haus, in mein Zimmer bei Frau Jung, nahm eine dreifache Menge der vom Arzt verschriebenen Pillen, zog mich aus, roch den Körper, roch meine Angst, meine Hormone, meinen Schweiß, als ich das Hemd von den großen, heißen, roten Rosen abzog, beschmierte die Rosen mit der weißen Emulsion, die kalt war, sah die Gänsehaut, die meinen ganzen Körper überzog, und schob mich ins kalte Bett, klapperte noch eine ganze Weile, dankbar, weil der Frost die Rosen am Hitzeentwickeln, am Fiebern, am Blühen hinderte, und lag erst einmal still, Stunde um Stunde, durch den ganzen Tag und die Nacht. Zweimal habe ich mich zum Eimer geschleppt.
Dabei ist die weiße Emulsion, die sich inzwischen durch die Hitze meines Körpers in Puder, in festgetrocknete Puderplacken verwandelt hatte, abgefallen. Der Bettvorleger ist ganz weiß. Das wird Ärger mit Frau Jung geben!
Sie sollen ein privates Kinderheim haben, diese Leute, deren Adresse der Arzt mir gab. Ich habe weder Gutes noch Schlechtes darüber gehört. Gehen Sie hin und sehen Sie es sich an! sagte er. Und je länger ich darüber nachdenke – ich denke vielleicht nicht einmal lange darüber nach, es scheint mir nur so, weil sich der erste, spontane Gedanke

festgesetzt hat und sich in den Schwaden von Bewußtheit inmitten eines durch Tabletten und Schwäche erzwungenen Dämmerns immer in der gleichen Form, auf der gleichen Alarmstufe des Mißtrauens wiederholt. Wenn man schon die Adresse eines Kinderheims weitergibt wie Dr. Sellers, dann müßte man eigentlich ein Urteil über dieses Kinderheim haben. Ich werde ja nicht die erste Patientin sein, der er die Anschrift gab. Selbst wenn er sich das Haus noch niemals angesehen hat – es liegt in einem weit entfernten Stadtteil –, müßte er doch schon etwas über das Heim gehört haben. Ich muß doch den Gedanken ausschließen, daß der Arzt, der ein Heim empfiehlt, Provision erhält vom Heimleiter oder von der Organisation, die das Heim unterstützt. Oder nicht?

Wenn Nini bei Walkowiaks in Peine bleiben könnte, weil ich dazu übergehe, jeden Monat sechzig Mark mehr zu bezahlen, brauchte ich gar nicht an eine neue Pflegestelle zu denken. Ich brauchte sie mir nicht selber anzusehen, wie es Dr. Sellers empfahl. Wenn er mir diese Adresse nun nur gab, um mich loszusein, um mir über den Augenblick hinwegzuhelfen, weil er natürlich erkannte, daß ich verzweifelt war? Diese riesigen Rosen sollen ja eine Nervenerkrankung sein. Wenn er nur deshalb gut, sprich nett, zu mir war und nur scheinbar alle Schwierigkeiten beseitigte oder zumindest milderte? Wenn in diesem Kinderheim vielleicht seit Wochen kein Bett frei ist? Heute kann ich nicht hingehen. Morgen ist Sonntag. Montag werde ich es tun.

Auf dem Flur ist es heute auffallend still. Ich habe weder Stimmen, noch Schritte, noch Türenschlagen gehört. Es ist jetzt kurz nach neun, aber auch um sechs oder sieben habe ich nichts gehört. Es läßt sich nicht damit erklären, daß heute Samstag ist. Die beiden Frauen, die der Toilette gegenüber ihr Zimmer haben, müssen in ihr Geschäft hinunter wie jeden Tag. Die Wohnungsinhaberin und ihr Sohn gehen keinerlei Arbeit nach, heute sowenig wie an anderen

Tagen. Die schrille Stimme von Frau Jung ist nicht zu hören. Entweder ist sie nicht da, oder ihre Stimme entzieht sich meiner unter der Wirkung der Medikamente oder der Krankheit offenbar getrübten Wahrnehmungsfähigkeit. Ein Summen ist in meinem Kopf und übertönt alle anderen Geräusche. Die Pillen wirken deshalb so stark, weil ich seit – ich zähle – seit vierundzwanzig Stunden (so lange liege ich hier), seit sechsunddreißig Stunden (acht Stunden mindestens hat die Nacht gedauert, in der ich mit Kruse seinen Laden dekorierte), seit vierunddreißig Stunden, denn wir gingen abends um zehn in einem Restaurant, das nur Fischspeisen führt, gebratene Heringe essen, seit vierunddreißig Stunden weder gegessen noch getrunken habe. Heute sind keine Putzfrauen auf dem Flur, die mit dem Schrubber gegen meine Türschwelle stoßen. Aber den Briefträger hätte ich doch hören müssen oder wenigstens die Geräusche, die dem Kommen der Post folgen. Denn der Briefträger wird vom Sohn der Wohnungsinhaberin genauso ungeduldig erwartet wie von mir. Manchmal habe ich ihn, während ich noch im Bett lag, an der Spiegelkonsole murmeln hören: Für das Fräulein ... für das Fräulein ... und mir schien dann, als hörte ich sogar das Aufklatschen der Umschläge. Eigentlich müßte der Briefträger schon durch sein. Sollten Walkowiaks immer noch nicht geschrieben haben? Mittwoch, spätestens Donnerstag haben sie das Geld gehabt. Hätte ich auch noch ein Freikuvert mitschikken sollen, damit sie mir gnädigst mitteilen, was aus meinem Kind werden soll? Noch fünf Minuten, dann stehe ich auf, um nachzusehen, ob Post für mich daliegt. In fünf Minuten werde ich soweit sein, daß ich aufstehe und nachsehe. Nur noch ein bißchen atmen.

Jemand klopft an meine Tür. Ich habe keine Schritte gehört. War ich schon wieder eingedämmert? Mir scheint doch, daß ich hellwach, sogar überwach bin. Ich halte den Atem an, ich habe Angst vor den Forderungen, die man an

mich stellen wird. Ich erwarte die scharfe, empörte Stimme der Witwe Jung. Da wird noch einmal geklopft, und eine fremde Frauenstimme sagt ratlos: Hallo, sind Sie da? Machen Sie doch mal auf!
Ich kann nicht, ich bin krank.
Ich bin die Mutter von Frau Jung und wollte saubermachen? Die Stimme hebt sich fragend und immer noch ratlos. Eine Mutter von Frau Jung gibt es also auch noch! Aber das ist doch fast unmöglich! Ich habe schon keinen Vater mehr, und diese trockene, mürrische, magere Frau hat noch eine Mutter! Ich habe nie über das Alter von Frau Jung nachgedacht, sie wirkt alt. Und nun ist sie noch Kind! Hören Sie mich? fragt die Stimme etwas lauter.
Können Sie nicht nächste Woche saubermachen?
Ja. – Nun ist es still. Ich strenge mich an, um ein Atmen zu hören, aber mein Gehör funktioniert anscheinend nicht. Weit weg ist jetzt ein Klappern wie von Töpfen oder von einem Scheuereimer. Etwas summt, wohl die Wasserleitung. Ich entspanne mich. Da ist die Stimme ganz nah, so nah, daß das Holz der Tür mitschwingt: Geht es Ihnen denn so schlecht? Kann ich Ihnen nicht helfen? Machen Sie doch auf!
Sie ist genau wie ihre Stimme: sehr klein und sehr alt. Sie trägt eine lange schwarze Kittelschürze mit kleinen weißen Blumen, eine braune Strickjacke und Hausschuhe. Ich setzte mich auf das Bett. Hier sieht es schlimm aus, sage ich.
Das bringe ich schon wieder in Ordnung, sagt sie und klopft gleich mein Kopfkissen auf. Dann nimmt sie den Eimer. Ich kann nicht bis zur Toilette gehen, sage ich. Sie steht mit dem Eimer neben meinem Bett und scheint den Geruch gar nicht zu merken. Was haben Sie denn? fragt sie. Ausschlag – aber er steckt nicht an. Ach, ich habe keine Angst, sagt sie und geht mit dem Eimer hinaus. Ich lege mich wieder hin, das Summen wird stärker.

Sie kommt zurück, stellt den Eimer neben den Waschtisch, öffnet das Fenster und sagt: Jetzt koche ich Ihnen erst mal eine Tasse Kaffee. Schön zudecken, es zieht vom Fenster! Nach kurzer Zeit kommt sie wieder und setzt ein Tablett auf meinem Nachttisch ab. Ich sehe eine Tasse Kaffee, ein Butterbrot und einen Apfel. Gleich fange ich an zu heulen, aber damit würde ich noch mehr Freundlichkeit erzwingen. Die alte Frau bückt sich und rollte den Bettvorleger zusammen, stellt ihn gegen die Wand. Den klopfe ich gleich. Sie wischt mit einem feuchten Tuch, das sie um den Schrubber legt, den Fußboden auf und erzählt dabei, daß sie im Haus gegenüber wohne und mich schon einmal hier in meinem Zimmer gesehen habe. Ihre Tochter ginge jetzt im Weihnachtsgeschäft für kurze Zeit arbeiten, als Verkäuferin. Sie habe es eigentlich nicht nötig, aber sie wolle sich einen neuen Pelzmantel kaufen. Dabei hat sie schon drei, das dumme Mädchen! Die alte Frau wischt, stäubt aus, lächelt mich an: Na, sehen Sie, es schmeckt! Ihre Tochter komme jeden Mittag zu ihr zum Essen. Auch die Wäsche mache sie für ihre Tochter. Für eine Person lohne es sich ja nicht.
Sie nimmt den Teppich unter den Arm und geht hinaus. Ist Post für mich da? rufe ich ihr nach. Nein. Sie schließt die Tür. Vom Hof herauf höre ich dann Teppichklopfen. Als sie zurück ist und den Läufer ausbreitet, sagt sie: Am Monatsanfang verspätet sich der Briefträger immer, weil er Rundfunk kassiert. Er kommt sicher noch.
Als sie schon lage gegangen ist, horche ich immer noch auf ihren Schritt. Manchmal höre ich ein leises Schlurren, aber es kann auch etwas anderes sein. Ich stelle mir vor, daß sie, wenn sie an meiner Tür vorbeigeht, vielleicht eine Sekunde horcht, aber dann sage ich mir, daß meine Wünsche anfangen, vermessen zu werden, und daß diese alte Frau mich längst vergessen und sich wieder ihren eigenen Sorgen zugewandt hat. Mit dieser Tochter hat sie sicher viele Sorgen. Wie kommt eine so liebe alte Frau zu so einer

fürchterlichen Tochter? Was hat diese Tochter so fürchterlich gemacht?
Wieder überlege ich, wie ich mein Leben verbessern könnte. Meine Gedanken gehen im Kreis, kommen immer wieder zu den gleichen Fixpunkten, dazwischen bleibt wenig Raum. Ich habe mich schon oft dagegen aufgelehnt, hab gesagt: Gib's auf, dir fällt doch keine Lösung ein! Aber warum nicht? Wenn es eine Lösung gibt, muß sie mir auch einfallen, eines Tages muß sie mir einfallen, wenn ich gar nicht daran denke, vielleicht. Für jede Situation gibt es eine Lösung. Stell dir bloß vor, es käme jetzt einer mit seinen Problemen zu dir; du hättest bestimmt gleich ein paar Lösungen parat. Und nur bei deinen eigenen Schwierigkeiten will es dir nicht gelingen? Das ist doch nicht normal, da liegt irgendeine psychische Blockierung vor, irgendwelche Türen sind dir verrammelt, oder du siehst sie nicht. Aber eines Tages, wenn du nur geduldig immer weiter mit deinen Gedanken im Kreis gehst und bohrst und nicht aufhörst, dann wird die Blockierung aufgehoben werden, ohne daß du es merkst. Plötzlich weißt du, was du tun mußt, es wird eine ganz einfache Sache sein. Die qualvolle Wanderung im Kreis, in diesem Zuchthaushof, wirst du vergessen haben. Und ich nehme die Wanderung auf.
Das Zerren an den Verknotungen in meinem Leben hindert mich daran, mich zu entfalten, über Bücher, über Bilder, über Menschen, über Beobachtungen nachzudenken. Es hindert mich daran, etwas zu genießen. Es nimmt mir die Fähigkeit, uneigennützig zu lieben, einfach meine Sympathie hinzugeben, ohne etwas dafür zu verlangen. Es nimmt mir die Freude an den nebensächlichen Dingen, an einem Kleid, einem Schal, einem schönen Gebrauchsgegenstand. Zwar möchte ich den ganzen Tag, auch bei schlechtem Wetter, spazierengehen in der Eilenriede, aber nur, um weiter nachzudenken. Manchmal bin ich erstaunt, wenn ich etwas sehe, einen bereiften Baum oder die Farben der

nassen Blätter, die die Wege bedecken, und ich sage – bedauernd –: Ach, wie schön! Bedauernd, weil ich sofort wieder zurückkehren muß in meine Kerkerwelt, in der man mir statt Tütenkleben die Aufgabe gestellt hat, mein Leben mit einem spontanen Einfall zu ordnen, um dann wieder, in einem geordneten Leben, sehen zu können. Und nicht nur vom Schönen bin ich abgeschnitten, auch für das Unglück anderer habe ich keinen Blick mehr. Flutkatastrophen, Erdbeben, Kriege, Terror, ungerechte juristische Prozesse, Armut, Hunger berühren mich mit einem kurzen heftigen Schrecken, es kann auch passieren, daß ich losheule. Aber dann mache ich reinen Tisch: Ich habe weder Zeit noch Kraft, mir Gedanken über das Unglück anderer zu machen. Es macht sich auch keiner Gedanken über mein Unglück. Was passiert, wenn ich nicht mehr kann, wenn ich zusammenbreche oder durchdrehe? Was passiert, wenn ich nicht mehr arbeiten, nicht mehr zur Zufriedenheit des Alten arbeiten kann? Was wird aus meinem Kind? In welches Heim wird es gesteckt, wenn die Mutter durchdreht und in eine Klapsmühle kommt? Ich muß fit bleiben, auch seelisch. Ich habe kein Radio, und die Illustrierten, die ich in den Gaststätten finde, werde ich nicht mehr lesen.

Es klopft. Bitte! rufe ich laut und setze mich auf, meine Hand ist schon bereit, sich dem Brief, den mir irgend jemand hereingibt, entgegenzustrecken. Das Klopfen, so registriere ich schnell, war hart; auf keinen Fall ist es die alte Frau, die geklopft hat.

Ein lockiger Haarschopf, graubraun, schiebt sich um die Ecke, ein weißes Gesicht mit dunkelrot gemaltem Mund, der sich schmollend schürzt: Och, du mene klene Anemone! Büst du denn sooo krank? Fräulein Herz tritt, gerührt und lustig zwinkernd, an mein Bett und zupft an der stramm sitzenden Jacke des schwarzen Kostüms. Sie will sich auf die Bettkante setzen und mich umarmen, aber ich warne

sie: Vorsicht, Sie machen sich weiß! Ihre Augen schwimmen einen Atemzug lang dunkel und verständnislos vor meinen Gesicht. Alles ist voll Puder, erkläre ich, und sie lächelt, richtet sich auf und bleibt stehen. Ich biete ihr den Sessel an. Nee, du! sagt sie. Meine arme Lüttje! Ich bin bloß schnell hergerannt. Es tut mir ja so leid, wenn ich dich angucke! Der Alte sagt, du sollst heute noch den kleinen Laden in Kleefeld dekorieren, da sind noch Sonnenblumen von Kruse drin. Er hat mit Sellers telefoniert, und Sellers sagt, eigentlich müßtest du können, weil du kein Fieber hast. Och, mein lüttjes Blumengesicht! Hast du wirklich kein Fieber mehr? Sie legt mir die Hand auf die Stirn. Ich schließe die Augen. Oder hast du doch noch Fieber? Warum sagst du nichts! fragt sie vorwurfsvoll. Mir kannst du's doch sagen.
Ich merke, wie mir Wasser durch die Nase in den Rachen läuft als verdünnte Rotze, weil ich die Lider so fest zumache, daß sie kein Wasser rauslassen. Ich ziehe die Nase kraus und drücke die Faust an die Nasenwurzel. Herz sagt etwas, gibt grunzende Laute von sich und streichelt meine Schultern, mein Haar. Ich schüttele sie ab, werfe das Deckbett zurück und setze mich mit einem wütenden Schwung hoch, springe aus dem Bett und zerre an meiner Schlafanzugjacke, reiße sie ab. Nein, ich habe kein Fieber, ich habe bloß Schmerzen, weiter nichts! Ich fühle, wie der Puder an mir herabrieselt. In meinen Ohren knistert es, und ich höre überhaupt nichts mehr. Ich weiß, daß die Herz redet, daß sie jammert, daß sie Angst hat, und ich genieße es, sie in Angst versetzt zu haben. Um diesen Genuß noch zu verstärken, vielleicht aber auch, weil mir plötzlich eine Hitze vom Magen in die Kehle steigt und ich dicht vorm Brechen bin, lasse ich mich seitlich wieder aufs Bett fallen und ziehe die Knie so hoch, wie es geht. Mir ist sehr kalt, aber ich bin froh, so zu liegen und bewege mich nicht. Herz versucht, das Deckbett über mich zu ziehen, doch ich liege zu fest drauf. Dabei spricht sie immer weiter, sinnloses,

albernes, zärtliches Zeug, als wär ich ein Baby. Ich komm nachher rüber, sage ich.
Auf keinen Fall, das geht auf keinen Fall, du bist sehr, sehr krank! So, sage ich, so, dann ruf mal bei Dr. Sellers an, der wird dich schon belehren! Ich sage du zu ihr, was ich bisher noch nie tat, obwohl ich weiß, daß es sie schon immer gefreut hätte. Was für eine Unverschämtheit ist das, den Arzt anzurufen und ihn zu fragen, ob ich arbeitsfähig bin? Es ist das erste Mal, daß ich krank bin! Wie viele Überstunden ich mache, danach fragt der Alte ja auch nicht! Dieser Sklaventreiber!
Gottchen, wie dünn meine Lüttje ist! sagt Herz und betrachtet zwinkernd meinen Busen und die Rippen.
Herzchen! sage ich lachend. Geh wieder ins Geschäft und sag, daß ich gleich komme.
Soll ich dich waschen? Ganz, ganz vorsichtig? Mit einem Wattebäuschlein?
Nee! Also, sei so gut, sage ich und dränge sie zur Tür.
Kann ich denn gar nichts für dich tun? fragt sie.
Kauf mir ein halbes Pfund Heringssalat.
Gut. Ich schließe hinter ihr zu, damit nicht noch einer hereinkommt. Auf der Konsole hat kein Brief gelegen. Im Spiegel sehe ich, daß mein Gesicht lächelt. Darüber bin ich erstaunt. Dann besinne ich mich auf das, was mich vergnügt macht. Ich freue mich auf den Heringssalat. Fisch und Torte und Ochsenschwanzsuppe möchte ich haben. Ich verspreche mir diese Genüsse zur Belohnung und zum Trost. Die ganze Zeit spreche ich mit mir. Nun nimm erst mal Tabletten, sage ich. Ein bis zwei bei Schmerzen. Dann kannst du ruhig vier nehmen, sogar fünf. Fünf? Ja, glaubst du denn, der Hersteller geht nur den Bruchteil eines Risikos ein? Du kannst zehn nehmen, und dir wird höchstens im Magen etwas übel und dir schmeckt auf einmal keine Torte und kein Hering. Also nimm fünf. Gut. Und nun schmierst du die weiße Paste (hm, sieht aus wie Majonnaise!) auf die

Rosen und legst Mull drauf und klebst Pflaster drüber, damit das Hemd nicht festklebt. Jetzt beweg dich ganz langsam, so, mehr gleiten, ganz somnambul. Dazu passen die Augen. Aber Madame, in welchen Lusthöhlen haben Sie die letzten Nächte verbracht? Oder heißt es Lusthöllen? Das kommt auf den Standpunkt an. Totenvogel, Totenvogel, so siehst du aus! Nun aber genug, ich habe eine Tochter, deren Vater in geschnitzten Eichenmöbeln wohnt und violette Schals trägt, zu grünen Socken. Also, schließlich hat er die Socken nicht am Hals! Das würde ich nicht behaupten; wenn sein subtiler Farbsinn ihn zwingt, etwas Grünes am Hals zu haben, nimmt er auch einen Strumpf als Schal. Er heißt nicht Horst! Wie kommen Sie darauf, daß er Horst heiße? Finden Sie Horst so schön? Horst heißen doch so viele. Weil aber unser Sohn und Bruder ein einmaliges Exemplar ist, heißt er Horst-Hermann. Hermann nach seinem Großvater. Wir haben es nicht gern, wenn sein Name verstümmelt wird.
Und auch er hat es nicht gern, nicht wahr, Horst-Hermann?
Ich stehe im Zimmer und sehe mich um. Es sieht alles ordentlich aus. Das Bett habe ich nur aufgeschlagen. Der Unbekannte, der von Samstag auf Sonntag und von Sonntag auf Montag in meinem Bett zu schlafen pflegt, wird überrascht sein. Diese Nacht wird er sich ein anderes Lager suchen müssen, denn ich glaube nicht, daß ich heute abend noch nach Braunschweig fahren kann. Meine Mutter wird den Pufferteig vergeblich angerührt haben. Ach, Puffer! Auf Kartoffelpuffer hab ich jetzt einen wilden Hunger. Mir wird etwas schwindlig. Wenn ich also diese Nacht hier schlafe, werde ich vielleicht entdecken, wer der Wochenendbesucher ist und zu wem er kommt. Aber die Wohnung ist so groß.
Auf dem Läufer sind wieder viele kleine Puderplacken. Was wird passieren, wenn die Emulsion, die jetzt auf meinem Körper ist, getrocknet sein wird? Dann rieselt mir

der Kalk buchstäblich aus den Hosenbeinen heraus. Wir hatten mal Konfirmandenunterricht bei einem Pastor, der sagte... Jetzt aber Schluß, ich mache einen festen Knoten in mein Gedankenbündel. Langsam bewege ich mich auf die Tür zu, breitbeinig. Als ich auf dem Flur bin, höre ich ganz hinten im Gang eine Tür gehen. Ich weiß nicht, wer da kommt, ob überhaupt wer kommt, aber ich muß nun vor diesen Augen, die vielleicht dort hinten im Gang sind und mich beobachten, nach vorn zur Wohnungstür gehen, und ich tue es nicht breitbeinig, sondern genauso schmalspurig und schnell wie immer. Es tut nicht weh! Beim Hinausgehen stoße ich meinen Ellbogen am Türpfosten, und auch das tut kaum weh. Nun gehe ich schnell die Treppen hinab, und auch auf der Straße behalte ich die Schnelligkeit bei. Ich bewege mich schneller und leichter als im gesunden Zustand.

Ein großer Vogelschwarm, Krähen oder Tauben, senkt sich vom Himmel auf den blaugrauen, gezackten, gewellten Saum der Eilenriede herab. Tags gehen alte Männer mit alten Hunden in der Eilenriede spazieren, Kindergärtnerinnen mit dick verpackten Kindern. Aber nachts sollen sich Horden von jungen Burschen in der Eilenriede herumtreiben. Sie ziehen den Mädchen die Hosen aus und binden ihnen die Röcke über dem Kopf zusammen und setzen sie so aus. Ich halte das für ein Gerücht aus früheren Jahren, denn im Moment sind die Röcke der Mädchen zu eng und zu kurz, sie reichten höchtens bis ans Kinn.

Es riecht nach Schnee. Die alte Celler Heerstraße ist bereits dunkel vor Menschen. Es ist der erste Sonnabend im Monat, der verkaufsoffene Sonnabend. Bis in die Abendstunden werden die Menschen in die Geschäfte strömen, um Weihnachtseinkäufe zu machen. Die Uhr am Lister Platz zeigt elf. Ich habe den Austellungsraum in Kleefeld noch nicht gesehen, aber wie man ihn mir beschrieben hat, dürfte ich in drei Stunden damit fertig sein. Es ist kein

Laden, es ist eine kleine Baracke, ein einziger Raum, vier mal vier Meter groß, eine Seite Glas, also nichts als ein großes Schaufenster. Ich habe eine Skizze gemacht, die ich auf die Rückwand übertragen werde: Ein frierendes Liebespaar unter einem kahlen Baum, das einen langen Schal um sich herumgewickelt hat. Auf der Wand ist der Schal gemalt, an das Ende des gemalten Schals wird ein richtiger Schal geheftet, daran wieder einer. Ich schätze, daß ich zehn, zwölf Schals brauche, die ich wie ein Band durch den ganzen Raum ziehe, um die auf dem Fußboden und auf halbhohe Ständer drapierten Kleidungsstücke herum bis vorn an die Scheibe. Kruse hat solche Einfälle natürlich nie! Vielleicht überschätze ich meine Ideen, aber daß Kruse niemals auch nur die geringste Idee hat, das ist klar. Ich bin so schlecht, daß ich mich darüber freue. Ich bin schlecht. Wie schlecht ich bin! Ein herrischer Egoismus kommt in mir zum Ausbruch. Wen ich ansehe, der ist gezwungen, mich anzusehen. Ich bin etwas größer geworden. Ich gehe einen schneidigen Stil. Ich sehe es in den Schaufenstern und merke es daran, daß ich andere, gesunde Passanten überhole. Nur nachts kommt man sonst so leicht und schnell voran. Ich möchte immer so weitergehen. Mir ist, als läge weit weg, am anderen Ende der Stadt, irgend etwas, das ich sehen müßte, oder als läge allein im Gehen und immer Weitergehen Glück. Im Bäckerladen links neben dem Tunnel kaufe ich zwei Stück Käse-Sahne-Torte und ein Stück Schwarzwälder Kirsch. Mit dem großen weißen Paket auf der Hand betrete ich unseren Laden, nachdem ich mit Schulter und Knie die Tür aufgestoßen habe. Wer mich jetzt hindern wollte, meinen Kuchen zu essen, wäre schlecht beraten. Mit meinem starken Willen, meiner Angriffsbereitschaft halte ich die paar Figuren, die meinen Eintritt beobachten, in Schach. Hinter dem Kleiderständer vor meiner Einstiegsluke steht Lehrling Henniger und bewegt einen Kleiderbügel zwischen seinen Beinen vor und

zurück wie ein riesiges Glied. Ich schiebe ihn wortlos beiseite. Mir ist, als röche ich den Heringssalat schon von der Luke aus. Er steht auf meinem Tisch in einem weißen Pappschälchen, bedeckt mit einem Pergamentpapier, durch das Grün von Gurken, Grau von Fisch, Rot von Paprika oder Tomaten schimmert. Noch im Mantel setze ich mich und schaufele den Salat mit einem abgerissenen Stück des Pappschälchens in mich hinein. Es ist Matjessalat mit viel Zwiebel. Nie habe ich etwas so Gutes gegessen! Während ich schlinge und kaue, betrachte ich das Kuchenpaket. Das dünne weiße Papier bauscht sich locker über dem Inhalt und klebt nur an den Seiten fest. Dort ist es feucht und rosa gefärbt. Mein Appetit auf den Kuchen steigt bei jedem Happen Salat. Ich denke, Zwiebel kauend, an Creme, an Sahne, an süßen Schaum. Ich wickele den Kuchen aus. Nie habe ich so guten Kuchen gesehen! Zwischendurch beiße ich auch einmal an, einfach von oben mit offenem Mund in die Creme hinein und sinke, da der Schwung zu groß war, auch mit der Nase ein, wische sie mir ab, lasse den Mantel vom Oberkörper auf den Stuhlsitz fallen. Ihn ordentlich aufzuhängen, habe ich jetzt keine Zeit. Denn schon lockt mich wieder eine hellrote Paprikascheibe neben einem graugrünen Streifen Fisch, auf dem kleine Senfkörner kleben. Erst als ich satt bin, gehe ich nach oben. Es wundert mich, daß niemand nach mir gerufen hat, während ich aß. Entweder haben die, die mich kommen sahen, gespürt, daß mit mir im Moment nicht zu spaßen ist, oder aber ich habe in wenigen Minuten alles in mich hineingeschaufelt.
Herz kommt mir entgegen und ruft: Hast du's gefunden? Als ich ihr danke, weicht sie zurück: Puh, ich merk's schon! Es sind schon viele Kunden im Laden, und Herz geht schnell zurück ins grüne Kabinett. Sie war wohl nur nach vorn gekommen, um Meister Ocks rufen zu lassen. Ich horche, ob die eiserne Wendeltreppe schon in Schwingungen gerät. Auf dem Tresen liegt ein Berg Kleidungsstücke.

Es sind offenbar die Sachen, die nach Kleefeld sollen. Anton kommt in Livree, gehetzt, schlecht gelaunt, schlecht gewaschen, und ruft: Bist du so weit – dann los, hopp-hopp! Er sieht den Kleiderhaufen. Was denn, das soll alles mit? Und obwohl er es ja nicht zu Fuß nach Kleefeld trägt, sondern bloß in seinen Wagen zu laden braucht, schimpft er, hustet unverständliche, kurze, rauhe, böse Worte. Er ist ein Hysteriker, oder sollte er so erschöpft sein, daß ihn die kleinste Kleinigkeit aus der Fassung bringt? Ich aber warte jetzt nicht mehr auf Erich, den ich vor meiner Abfahrt sehen will, den ich zwei Tage lang nicht gesehen habe, ich laufe die Treppe hinauf. Oben sitzt Fräulein Damaschke mit Pelzjacke und Pelzmütze im Chef-Befehlsstand. Sie friert, die Heizung ist kaputt. Der Pudel liegt im Sessel und schnarcht. Der Alte ist nicht da.
In der Schneiderwerkstatt empfängt mich ein vielstimmiges Ah und Oh. Ich bin Ovationen gewöhnt, aber heute sind sie noch lauter und herausfordernder als sonst. Auch ein Oho! ist unter den Ohs. Ein Seht, seht! Die beiden Mädchen, die neben dem Bügeltisch sitzen und die kleinen Änderungen an der Konfektionsware ausführen, verbeißen ein Lachen. Es sind so ein paar Heimliche, die immer für sich flüstern und kichern und so tun, als hörten sie die handfesten Witze der Männer nicht.
Erich, am Zuschneidetisch, dreht sich um, hält die Kreide in der Hand. Er trägt heute einen dunkelgrauen Anzug, seinen guten. Das Dunkle hebt seinen bleichen, schönen Kopf noch besser hervor. Nun sieh dir unser Mädchen an, Erich! Wie unschuldig sie tut! ruft Mädow herüber. Und Kremb, der im Schneidersitz auf seinem Tisch hockt, sagt mit ernstem Nicken: Der Erich hat schon geweint! Sie sehen mich alle an und unterdrücken das Lachen. Geweint? rufe ich. Ihr spinnt wohl! Ich bin krank gewesen, ich habe einen ganzen Tag im Bett gelegen!
Einen ganzen Tag im Bett! Ja, die Krankheit kennen wir,

Mädchen! Einen ganzen Tag! Das nenn ich große Liebe! Große Liebe! Olme mit der schlabberigen braunen Strickjacke protestiert gegen das Wort. Als ich so alt war wie unser Mädchen, na, da bin ich auch vom Kleiderschrank herab ins Bett gesprungen! Ich hatte es vergessen, daß ich noch sehr schwach bin. Mein Herz klopft, und ich kriege nicht soviel Luft, wie ich zu brauchen meine. Ruhig, sage ich zu mir. Ruhig, es ist genügend Sauerstoff da, du kriegst, was du brauchst, jeder kriegt, was er braucht. Nur keine Panik. Ich stütze mich mit beiden Händen auf Mädows Tisch und sehe nach unten. Unter dem Tisch sehe ich die Flasche. Ich starre immer nur die Flasche an. Was ist denn los, Mädchen? sagt Erichs weiche, leise Stimme mit dem spöttischen Klang und dem rollenden R.
Kriege ich nun was zu trinken oder nicht? frage ich, und ich merke, daß meine Stimme herrisch klingt.
Na, klar, Kind! sagt Mädow. Nun setzt dich erst mal. Jemand, vielleicht Erich, schiebt mir von hinten einen Schemel in die Kniekehlen. Ich falle schwer darauf. Vor mir steht ein gefülltes Glas. Die Hand, die es hinstellte, habe ich nicht gesehen. Ich gieße den Schnaps hinunter. Noch einen? fragte Olme. Im Hintergrund sagt Meister Ocks irgend etwas so leise, daß ich es nicht verstehen kann. Na, einen kann ich schon noch vertragen! sage ich.
Olme setzt sich vor mir auf den Tisch, läßt die langen Beine baumeln und sagt: Wir wissen ja, daß du krank warst, Mädchen. Wir haben doch nur Spaß gemacht.
Spaß? frage ich und knalle das leere Glas auf den Tisch. Das nennt ihr Spaß? Das findet ihr noch lustig? Eure Sorgen möcht ich haben! Kommt ihr denn nicht mal für eine halbe Stunde runter von Thema eins? Tut euch nicht mal irgend was weh, habt ihr nicht zufällig mal ne kranke Frau oder ein krankes Kind zu Hause, habt ihr nicht einmal was andres im Kopf als 'n Schwanz?
Hinter mir wird gemurmelt, wird geschimpft. Und Erich

streckt die Hand mit dem dunkelroten Nadelkissen am blassen Gelenk aus, nimmt mir die Flasche weg und sagt: Du, du hast jetzt genug. Devot und lüstern macht Olme ihm Platz. Alle sind still und horchen. Alle diese Familienväter sind plötzlich zu Kupplern geworden. Paß mal auf! sagt Erich und lächelt. Jedem anderen würde ich antworten: Ich passe auf, wann *ich* will. Aber dieser ungebildete, umständlich denkende und sprechende Mann besänftigt mich. Er reizt mich nicht zur Auflehnung. Paß mal auf, wiederholt er. Herzchen war vorhin hier und ließ sich den Puder aus deinem Bett vom Kostüm bürsten. Und sie hat 'n bißchen geredet und sich aufgespielt, verstehst du?

Von Wattebäuschchen und kleinen Brüsten hat sie erzählt, sagt Mädow.

Hinter mir gibt es hastige Bewegungen. Nur Meister Ocks bleibt ruhig, blickt aber über mich hinweg. Ach, hier bist du, Kleines! ruft die Stimme des Alten. Der Anton sucht dich schon!

Als ich durch sein Büro gehe, steht er am Schreibtisch und sieht die Post durch. Geht's besser? ruft er über die Schulter. Aber ich antworte nicht. Hallo, Kleines? ruft er erstaunt, während ich die Treppe hinablaufe, meinen Mantel aus dem Werkraum hole und Anton suchen gehe. Es war richtig, daß ich zuerst im Clo nachsah.

Anton fährt so, daß man für sein Leben fürchten muß. Da ich aber noch eine Tablette genommen habe, ehe es losging, ist mir alles egal. Noch vor ein paar Wochen fuhr Anton mit dem Fahrrad. Der Wagen mußte schon einmal zur Reparatur gegeben werden, weil Anton gleich in den ersten Tagen ein parkendes Auto rammte. Er fährt nicht schnell. Er fährt so schlecht, daß er selbst bei fünfzig, sechzig die unerklärlichsten Fehler macht. Er klammert sich ans Lenkrad, schwitzt. Im Krieg, behauptet er, ist er Fahrer eines Hauptmanns gewesen. Und nun ziehen sie ihn damit auf, Kruse und Hake und die Lehrlinge, und vergleichen die

Straßen mit morastigen Feldwegen und rufen: Vorsicht, Anton, da biegt ein Hase um die Ecke! Anton rammt jede Kuh! Aber diese Wildsau laß bitte leben, Anton! Und Anton flucht vor sich hin, frißt seine Wut in sich hinein und klammert sich am Lenkrad fest.
Das Ausstellungsgebäude in Kleefeld steht an einer breiten Straße. Auf unserer Seite ist Ödland, Bauland, einige kleine Siedlungshäuser oder besser: vergrößerte Gartenhäuser zwischen Kohl und Sonnenblumen, an denen die Meisen hängen. Auf der anderen Straßenseite stehen große neue Häuserblocks mit blauen und orangenen Balkons. Die Büsche und Bäume sind noch so niedrig, daß man sie kaum sieht. Jetzt, im entlaubten Zustand, sind sie nicht mehr als ein dünnes Rutenbündel in der Erde. Der Wind hat hier kein anderes Hindernis als die hohen Häuser; über die Straße und über das Ödland kommt er in breiter Front, und es gibt keinen Schutz gegen ihn. Für einen Moment ahnt man in einer Großstadt, was für eine Gewalt der Wind ist. Aber man vergißt es schnell, die Großstadt hat andere Gewalten, bösere.
Anton fährt den Wagen dicht an die Tür in der Rückwand der kleinen Baracke heran. Als er aufgeschlossen hat, stehe ich in einem Windfang, der so klein ist, daß ich mich gerade umdrehen oder mich bücken kann. Er ist etwa ein Meter breit und zwei Meter lang, wäre also gar nicht so eng, wenn in der einen Ecke nicht Kartons gestapelt wären. Anton holt die neuen Kleidungsstücke aus dem Wagen und wirft sie auf die Kartons. Dann geht er in den Ausstellungsraum und grapscht die Sachen, die auf dem dunkelbraunen Steinholzfußboden ausgebreitet sind. Jeder seiner Schritte hinterläßt einen dunklen Abdruck auf dem staubigen, wie mit einer dünnen Mehlschicht bedeckten Boden. Er wirft alle Sachen in den Wagen, er hat überhaupt keinen Respekt vor feinen, neuen und auch nicht billigen Kleidern. Er tut so, als wäre das ein Berg Lumpen. Ich versuche, in einer

Ecke die Farben anzurühren. Damit ich mich bewegen kann, muß ich die Tür öffnen; Besen, Scheuereimer, Farbdosen muß ich vors Haus stellen. Ich werfe meinen Mantel auf den Kleiderhaufen und ziehe den Kittel an.
Wann soll ich dich abholen? fragt Anton.
In drei Stunden.
Er fährt ab, und ich mache mich an die Arbeit. Zuerst muß ich mir Platz im Windfang schaffen, damit ich mich hier besser bewegen und die Tür schließen kann. Zwar ist es auch im Gebäude eiskalt, aber ich muß aus dem Wind heraus. Wenn ich die Kleidungsstücke hier weg habe, werfe ich die Kartons hinaus. Es soll mir egal sein, wohin der Wind sie treibt.
Ich gehe mit dem Eimer zum ersten Häuschen hinüber und bitte um Wasser. Eine Frau, die eine Katze auf dem Arm trägt, zeigt mir den Wasserhahn außen neben der Haustür und erlaubt mir, soviel Wasser zu holen, wie ich brauche. Bilde ich es mir ein, oder hat sie mich wirklich, nachdem ich die ersten Worte gesagt habe, argwöhnisch angesehen! Und hat sie sich nicht zuletzt, als ich mich bedankte, ein paarmal zu oft bedankte wahrscheinlich, beinahe schroff abgewandt? Weshalb? Wie sehe ich aus? Hält man mich für verrückt?
Das Wasser ist kalt. Ich wische damit den Steinholzboden auf, zweimal, verteile dann die Metallständer auf der Fläche und beginne, die Kleidungsstücke zu drapieren, erst mal nur provisorisch. Der Fußboden bringt mich zur Verzweiflung: Jetzt, wo er wieder tiefbraun, beinahe schwarz ist, machen meine Schuhe helle Abdrücke. Er ist aber so kalt, daß ich es nicht aushalte, in Strümpfen zu gehen. Ich werde zuletzt, wenn alles fertig ist, die Fußabdrücke wegwischen.
Die drei Wände des Raumes sind mit einer billigen, bräunlichen Rankentapete beklebt, die sich an einigen Stellen vor Feuchtigkeit löst. Die Rückwand, auf die ich das Liebes-

paar malen will, streiche ich rot. Vorher muß ich jedoch zum Haus hinüberlaufen und mir einen Stuhl leihen. Diesmal öffnet mir ein Mädchen von zwölf oder vierzehn Jahren. Ich spreche jetzt nur das Nötigste und passe genau auf, wie sie mich ansieht; aber sie ist völlig gleichgültig. Wenn ich auf dem Stuhl stehe, reiche ich bequem bis zur Decke hinauf. Schon nach kurzer Zeit merke ich, daß *ein* Anstrich nicht genügt, um das Muster der Tapete abzudekken. Bei der Kälte trocknet die Farbe nicht. Als die Wand endlich fertig getrichen ist, sind zwei Stunden vergangen. Wie soll ich nun in die nasse rote Fläche, die Blasen wirft, den Baum und das Liebespaar malen? Ich fange einfach an. In mir staut sich schon wieder Wut und Haß und macht mich rücksichtslos. Ohne zu überlegen, ohne auch nur einmal ein paar Schritte zurückzutreten, um die Proportionen und die Wirkung der Zeichnung zu prüfen, tauche ich den Pinsel in die schwarze Farbe und ziehe die Konturen. Die schwarze Farbe läuft in die nasse rote. Es bilden sich seltsame, wie zerfressene Ränder, Farbadern, Klumpen und Geschwüre. Einmal drehe ich mich um und sehe ein Menschenpaar draußen im Wind stehen und zu mir hereinstarren. Sie haben mir bei der Arbeit zugeschaut. Vielleicht warten sie auf einen Bus. Als sie merken, daß ich sie ansehe, zeigen sie einander einen Mantel, der wie die Capa eines Toreros auf den Fußboden geschleudert ist. Dann gehen sie zwei Schritte weiter und betrachten einen anderen Mantel. Sie vergleichen und blicken dann fragend zu mir herein. Der Preis! Wieviel? ruft die Frau. Wieviel? Ich zucke die Schultern, ich müßte erst auf dem Etikett nachsehen. Preisschilder muß ich ja auch noch schreiben! Der Mann und die Frau gehen über die breite Straße, der Wind preßt ihnen die Kleider gegen die Beine. Es ist mir, als würde es bereits dunkel. Die Vorstellung, daß es schon dunkeln könnte, erschreckt mich. Ich horche, ob ich nicht schon den Motor von Antons Wagen höre, und drehe mich nach meinem unvollkommenen Wandbild um. Es ist besser geworden, als ich dachte. Die zerfaserten Konturen geben den Figuren und dem Baum etwas Atmosphärisches, das sehr gut zu der Winterstimmung paßt, die ich erzeugen will. Schnell beginne ich jetzt, viel Weiß, weiße Tupfen oben, dicke weiße Striche unten in das Rot zu malen. Das Weiß unterliegt aber leider einer anderen Veränderung als das Schwarz. Rosa Zuckerwolle, Himbeereis umgibt das sich umarmende Liebespaar. In aller Eile schmiere ich Blau dazwischen, damit aus dem kitschigen Rosa wenigstens ein Violett wird, wie es in der Abenddämmerung oder bei starkem Schlagschatten von den Schneeflächen ausgeht. Ich bin noch nicht ganz fertig, als ich den Wagen vorfahren höre. In diesem Moment schlägt meine Verzweiflung in Hochmut um. Nun, und? Laß ihn doch kommen! Der hat Zeit, der kann warten, bis ich fertig bin. Er steht ja sowieso stundenlang auf dem Clo und bringt alle in Verlegenheit. Den möchte ich sehen, der noch in Ruhe einen fahren lassen kann, wenn er Anton vor der Tür weiß. Das schafft nicht mal Herr Hake.

Und richtig, er sagt: Hopp-hopp!, als er eintritt. Pack ein, Feierabend!

Bring den Stuhl zum Nachbarn! sage ich und male weiter. Er zieht mit dem Stuhl ab. Ich kann es erst nicht glauben. Aha, so muß man mit den Leuten reden. Die wenigen Minuten, die ich ihn los bin, springe ich und arbeite mich in Schweiß, weil ich im Grunde abhängig und der Sklave dieses Menschen mit dem Auto bin. Pfeifend höre ich ihn zurückkommen. Und ehe er wieder seine Befehle bellen kann, sage ich ihm kalt und sachlich, was ich noch zu tun habe, und schlage ihm vor, im Wagen zu warten. Nö, sagt er. Dann fahr ich nach Hause! Und pfeifend geht er zum Auto.

Nun gut, geh zu! Dann brauch ich mich wenigstens nicht abzuhetzen. Ich kann mit dem Omnibus fahren oder mir

eine Taxe bestellen. Statt aber ruhig zu arbeiten, krieche ich zwischen den Farbklecksen umher und wische sie auf, verschmiere sie, beschmutze meine Knie, meinen Rock und heule vor mich hin: Alle verlassen mich, keiner bleibt, keiner kümmert sich um mich, die Reichen sind nicht schlimmer als die, die sich wie Anton selber herausfordernd »Proleten« nennen. Ja, mir scheint, daß die Proleten noch schlimmer sind, weil sie eigentlich wissen müßten, was Schuften, was Kriechen ist, was Angst haben um eine Stellung, um den Erwerb. Aber es gibt bei uns keine echten Proletarier mehr, es gibt nur Kleinbürger. Und sie haben genau den Kleinbürgerverstand, den Dostojewski und Tschechow so genau gekannt und so gut gehaßt haben. Das Raffen, das Zählen, das Abzählen und Sicheinnisten im Nötigsten. Der warme Mief der gehässigen, neidischen, lamentierenden Genügsamkeit ist der Lebensbereich der Kleinbürger. Auf Barrikaden geht keiner mehr von denen. Da müssen andere rauf.
Draußen ist es tief dämmrig. Schutzlos sitze ich in meinem hellen Glaskäfig. Es brauchte bloß einer, der schon weither über das Ödland auf das Helle zu marschiert, in dem er wie in der Zoohandlung ein Geschöpf sich bewegen, sich bücken, sich strecken, sich kratzen sieht, zur Tür hereinzukommen und mir den einzigen Fluchtweg abzuschneiden. Der Wind ist jetzt so stark, daß keine Passanten mehr auf der Straße sind. Niemand sähe und hörte, was mir geschähe. Darüber denkt Anton natürlich nicht nach. Und ich krieche rotzend, in einen Anfall von Selbstzerstörung, auf dem eisigen Fußboden umher und säubere ihn, schütte das Wasser in weitem Bogen draußen ins Dunkel, ziehe den Eimer zu früh zurück und gieße mir Wasser auf die Füße. Dann renne ich gegen den Wind, um mir am Haus frisches Wasser zu holen. Jetzt wische ich den Boden zum letzten Mal auf. Es ist mir gleich, wie er danach aussieht. Meine Hände sind blaurot und unbeweglich. Mit diesen starren

Fingern schreibe ich anschließend Preisschilder, die dementsprechend werden, aber man kann sie lesen. Die Kleidungsstücke lege ich neu aus, raffe sie, werfe sie im Schwung auf den Boden, polstere mit zusammengeballtem Seidenpapier aus, stelle die Preisschilder hin und muß zuletzt noch die Schals aneinanderstecken und durch den Raum schlängeln. Um nicht wieder helle Schuhabdrücke zu hinterlassen, laufe ich in Strümpfen. Die Kälte hat jetzt meinen ganzen Körper gepackt. In mir ist eine atemlose Wut. Ich schleudere alles, Eimer, Werkzeug, zwei Kleidungsstücke, die ich übrig habe, in den Windfang. Anton kann das nächste Woche aufräumen. Ich schließe ab und gehe über den windigen Acker. Auf meine Dekoration werfe ich keinen Blick mehr.
Im Sieglungshaus ist ein Fenster erhellt. Immer noch denke ich an den merkwürdig abschätzenden, einstufenden Blick der Frau, als ich um Wasser bat. Bin ich vielleicht wahnsinnig, ohne es zu wissen? Oder sieht man mir den nahen Tod an? Fürchtet man mich? Ich gehe immer weiter von den Häuserblocks weg, die als Lichtraster in der Dunkelheit hängen. Ich komme in eine Straße mit kleinen alten Häusern und gehe immer weiter auf die Stadt zu. Ich gehe schnell und suche im Gehen nach einem Schmerz an den Beinen, die gegeneinander scheuern, und nach einem Schmerz auf der Brust, über der sich der Mantel durch die Bewegungen der Schultern und Arme hin- und herschiebt. Aber ich finde keinen Schmerz; erst nach langem Horchen finde ich ein leises Stechen und Fressen.
Drei Stunden später sitze ich im Eilzug nach Braunschweig. Ich habe in meinem Zimmer noch einmal Tabletten genommen und in einem Ausschank am Bahnhof drei Schnäpse getrunken und fühle mich jetzt gut, hellwach, ganz leicht. Meine Wut und meine stille Bosheit sind eingeschläfert worden. Die Lichter der im Dunkeln vorbeisausenden Dörfer wecken keinen Neid in mir wie sonst, wenn

sie mir friedliche, idyllische Familienszenen suggerieren. Der Zug ist überfüllt. Sogar im Gang stehen sie, mit Taschen und Paketen beladen. Die Pakete sind alle in Weihnachtspapier eingewickelt. Man kann sehen, wie viele Menschen im Kaufhof waren, der Plastiktüten mit Tannenzweigen und seinem Schriftzug verteilt. Die Türken, die im Peiner Walzwerk beschäftigt sind, reden laut, und man glaubt, etwas zu verstehen. Wenn ich eine fremde Sprache zu verstehen glaube, ist das ein Zeichen dafür, daß ich ein Land oder ein Volk oder eine Sprache nicht mehr als fremd empfinde. Das geht bei mir sehr schnell. Ich habe, obwohl das Porträt mein Spezialfach war, in der Menschenbeurteilung keinen Sinn für rassische Merkmale, ich sehe nur den Einzelmenschen. Wenn ich schwarze Schlagerstars im Fernsehen sehe, brauche ich oft die ganze Zeit ihres Auftritts, um den Kordon des Rassischen zu durchbrechen. Das ist gerade bei Negern besonders schwer, weil ihr Körper, ihre Farbe sich vordrängen, weil sie ihren Körper mehr als andere Rassen als Ausdrucksmittel benutzen, weil sie wissen, wie schön er ist, wie animalisch er auf Weiße wirkt. Sie betonen den Körper mit entsprechender Kleidung, mit engen Hosen, mit Fransen, mit Gürteln. Und es macht mir viel Mühe, den Menschen hinter der Verkleidung des Rassischen, der rassischen Merkmale, zu finden; eine Angst und Unruhe in den Augen oder anderes, das nur dieser eine Mensch hat. Und wenn ich es nicht finde, interessiert mich dieser Mensch nicht. Aber ich finde es immer. Ich finde immer etwas hinter den rassischen Merkmalen, weil ich gleich bis dahin vorstoße, und deshalb gibt es für mich keinen wirklich fremden Menschenschlag. Mit den Menschen akzeptiere ich ihre Art zu leben, ihre Landschaften, ihre Ortschaften, ihre Bauwerke, ihre Speisen. Aber nicht vorbehaltlos. Nachdem ich den Kordon des Rassischen durchbrochen habe, kann ich Sympathien und Antipathien entwickeln wie in meinem Land.

Mir gegenüber sitzt ein dunkelgekleideter Mann, der ein schwarzes Büchlein liest. Er läßt sich nicht stören von den beiden jungen Männern, die neben ihm sitzen und mit dem, der neben mir sitzt, knobeln. Sie lachen viel, sehen dabei immer wieder zu dem Lesenden hin, als wollten sie ihn provozieren. Aber er blickt nicht auf. Auch ich muß lachen. Sie sehen es und fragen, ob ich mitspielen möchte. Ja, gern, sage ich. Aber passen Sie auf, ich knobele nicht schlecht! Um so besser! rufen sie. Der Dunkle blickt mißbilligend auf. Er fürchtet wohl, daß es jetzt im Abteil noch lauter wird. Ich spüre, wie früher schon öfter, daß ich Gedanken lesen oder in den Augen meiner Mitspieler lesen kann. Ich kann es nicht immer. Ich kann es an *den* Tagen niemals, an denen ich solche Fähigkeiten für asozial halte und mich ihrer schäme. Ich kann es niemals, wenn ich müde bin, weil diese Fähigkeit Energie fordert. Aber sie fordert nicht nur Engergie, sondern auch Eitelkeit, Hochmut. Wenn sie gelingt, bringt sie einen starken Selbstgenuß, den ich ein paarmal kennenlernte und den ich verachtete. Heute aber schäme ich mich nicht. Meine Mitspieler werde ich niemals widersehen, sie gefallen mir nicht besonders, sie sind bieder, derb, laut und haben Bier getrunken. Ich probiere meine Fähigkeit, in ihnen zu lesen und ihnen etwas zu suggerieren, ein bißchen aus, und ich gewinne, gewinne. Seien Sie froh, daß wir nicht um Geld spielen! sage ich laut lachend. Der Schwarze zieht jetzt eine Kette aus braunen Holzkugeln aus der Manteltasche und spielt daran herum, während er starr vor sich hinblickt. Er tut es auffallend unauffällig. In mir beginnt, Wut zu knistern und stachelt mich zu noch lauterem Lachen an. Wie macht sie das bloß? fragt einer der Jungen, als ich wieder eine Runde gewonnen habe.
Auf dem Gang, den die Türken mit Sack und Pack verstopfen, setzt ein Gedränge und Geschiebe ein. Wir nähern uns der Kleinstadt Lehrte. Männer und Frauen mit Aktenta-

schen und Einkaufstaschen müssen über die Pakete der Türken, die alle bis Peine fahren, hinwegsteigen. Um die Jungen und den Beter zu schockieren, sage ich: In Peine lebt meine Tochter.
O! Wie alt ist die denn?
Was glauben Sie denn? Ich bin mehrfache Großmutter! sage ich. Bestimmt! ist die trockene Antwort. Aber der Beter sieht nicht auf, zieht immer weiter die Kugeln durch die Hand. Ich glaube ihm nicht. Er hört jedes Wort, bemerkt jede Bewegung, aber gibt es nicht zu. Er genießt es, anders als wir zu sein, er genießt seine Frömmigkeit. Na, wie alt schätzen Sie mich denn? frage ich die jungen Männer. Sie schätzen mich auf zweiundzwanzig, dreiundzwanzig. Na, da geben Sie mal zehn Jährchen zu! sage ich und sehe ihre Überraschung. Das ist kaum zu glauben! Da haben Sie sich aber gut gehalten! Ich will das Thema aufgeben. Es war nicht mal ein Test, ich wollte nur meine Macht über diese Jungen ausweiten. Ich bin euch nicht nur im Knobeln überlegen, wollte ich ihnen sagen, ihr könnt mich überhaupt nicht erreichen, ihr Knäblein! Aber sie kriechen mir nicht zu Füßen, sie ziehen sich zurück, werden kühler, blicken an meinen Augen vorbei, lachen, als täten sie mir damit einen Gefallen, lachen pflichtschuldigst. Ich habe eine Entdeckung für die Zukunft gemacht: Die Menschen ducken sich unter den Terror der Zeit, weil sie ihnen hilft, etwas einzustufen, etwas zu beherrschen, etwas zu verurteilen. Man ist schuldig, wenn man zu alt oder zu jung ist.
Die Türken werden plötzlich mitten auf freier Strecke unruhig und schleppen noch mehr Pakete und Säcke aus den Abteilen auf den Gang. Sie sehen auf die großen Uhren an ihren Handgelenken, immer wieder tun sie das. Ihre dunklen Augen wandern über mein Gesicht, sehen aber schon Bahnhöfe, sehen schon Bahnsteige, sehen schon schaukelnde Lampen an hohen Lichtmasten, sehen schon ganz bestimmte helle Fensteranordnungen in unsichtbaren

Häusern, schon einen ganz bestimmten Schrankenbaum und eine ganz bestimmte Straße dahinter, und drehen sich nach der anderen Seite um, nach der schwarzen Scheibe, die ihnen auch wieder bloß die Gesichter in den Abteilen zeigt. Ihre Unruhe steckt mich an. Meine Faust, die die Streichhölzer verbirgt, ist innen naß von Schweiß. Wenn ich sie öffne und die Hölzer vorweise, sehe ich es, und die Männer sehen es sicher auch. Ich mache Fehler im Spiel, ich verliere. Einer der Türken gähnt mit weit offenem Mund, während er mich ansieht. Er klappt den Mund zu, Wasser steht in seinen Augen, die mich weiter ansehen. Fast alle diese dunklen Augen liegen in entzündeten Lidern, die Zivilisation bekommt ihnen nicht. Ein zweiter gähnt. Auch ich muß gähnen. Es ist wirklich schon zu spät, um Nini zu besuchen. Sie liegt um diese Zeit schon im Bett. Ich hoffe, daß es so ist, daß Frau Walkowiak nicht neue Sitten eingeführt hat. Aber weiß ich denn, was mit meinem Kind geschieht? Habe ich mich je darum gekümmert, wann man es schlafen legt, und wann man es weckt? Was es zu essen bekommt, und wie oft es gewaschen wird, und was man ihm anzieht? Habe ich es je gefragt, ob die Schuhe drücken oder das Höschen kneift? Wenn ich ein Kleid oder einen Pullover für Nini kaufen will, muß ich vorher bei Frau Walkowiak anfragen, welche Größe sie hat. Ich weiß nicht, ob sie genug Obst bekommt, ob man ihr vorsingt und vorliest, ob ihre Haut gecremt wird, und ob ihr Deckbett warm genug ist. Ich weiß überhaupt nichts Genaues. Liebe ist Genauigkeit, hat mein Vater gesagt. Komisch, hab ich gedacht. Man rechnet genau – das hat mit Liebe doch nichts zu tun. Man guckt genau hin, hört genau hin – also doch? Hat er recht gehabt?
Der Beter steht auf, geht zur Tür, schiebt sich zwischen die Türken. Was kommt jetzt? fragt einer der jungen Männer. Peine, sagt der Beter und sieht mich dann, zum ersten Mal, schnell, versteckt an.

Na, wie ist's? Machen wir noch ein Spiel? frage ich die Jungen. Wenn ich jetzt ausstiege und zu Walkowiaks ginge, brächte ich nur Unruhe. Vielleicht läge die Frau, die ja krank ist, im Bett. Schüsseln und Tücher sehe ich in dem engen, muffigen Wohnzimmer verteilt. Sie schlafen im Wohnzimmer, Mann und Frau, aber ich habe bisher, bei meinen Besuchen, nur ein Sofa entdecken können, keine weitere Liegestatt. Ob sie Matratzen auf den Fußboden legen? Ich sehe die kranke Frau auf dem Sofa liegen, höre sie stöhnen und jammern ... nein, ich höre sie kichern, weil sie immer kichert, weil ich sie nicht anders als kichernd kenne, auch ihr Jammern und Klagen wird kichernd vorgetragen. Sie ist sehr klein und dick, ihre Kinder sind schon erwachsen. Sie ist tierlieb, sie hatte früher immer Hunde und Katzen. Jetzt hat sie nur noch eine Gast-Katze, eine streunende Katze, die sie anlockt, in die Stube hereinläßt, auf dem Arm wiegt. Sie hat auch drei Pflegekinder. Tiere, sagt sie, ziehen die Krankheit aus dem menschlichen Körper, wenn man sie auf den Schoß nimmt. Die Katze will immer nicht, weil sie merkt, wie die Krankheit auf sie überspringt, aber sie hält sie fest, quietschend und kichernd und ohne den kleinsten Skrupel. Hält sie sich etwa die Pflegekinder aus demselben Grund? Aber das sind doch nur dumme, naive Vorstellungen, Aberglaube! beruhige ich mich. Doch die Grausamkeit, die in dieser Frau stecken muß, beunruhigt mich. Wie konnte ich ihr mein Kind ausliefern? Von ihrem Verhältnis zu den Tieren hat sie mir schon vor vielen Monaten erzählt und ist sich wunder wie schlau dabei vorgekommen, weil sie die Tiere richtig zu nutzen versteht. Weshalb fällt es mir jetzt erst ein, daß Nini bei dieser Frau in Gefahr sein könnte? Womit habe ich mich die ganze Zeit belogen und womit belüge ich mich jetzt, da Peine mit den Lava sprühenden Schmelzöfen hinter mir bleibt?
Natürlich würde ich Ninis Schlaf stören, das stimmt. Aber

ich würde selber auch Zeit verlieren, zwei Stunden bis zum nächsten Zug, und würde erst zwei Stunden später, vielleicht erst um Mitternacht, in die »Borste« kommen und würde Augustin dort nicht mehr finden und auch die beiden anderen Engel, Heinz und Michael, nicht mehr. Aber auch abgesehen von den drei Engeln bin ich süchtig nach der Atmosphäre der »Borste«, wo ich Leute treffe, denen ich mich zugehörig fühle, bei denen ich mich von den sechs Tagen Hannover erhole. Ich benutze sie, und wäre ich gesund, würde ich sie wahrscheinlich verachten. Es sind Leute, die offen von ihren Neurosen und ihren Liebschaften reden, die nichts verbergen, sondern alles zeigen, was in ihnen ist, das und noch viel mehr – mit einem Wort, es sind Schauspieler, Schausteller ihrer selbst. Und auch die Architekten, die Zeitungsredakteure, die Maler, die Tänzer, Operettentenöre und Mannequins sind nichts anderes, und auch ich will hier nichts anderes sein als Schausteller meines Ichs, beinahe schamlos, unter meinesgleichen. Aber an manchen Tagen sitze ich nur da und schweige, das sind die Tage, an denen Augustin nicht da ist oder mit einer anderen zusammensitzt.

Die »Borste« liegt in einer Wohnstraße mit alten grauen Mietshäusern, die schon sehr reparaturbedürftig sind und so aussehen, als sollten sie bald abgerissen werden. Hier lohnt sich keine gewöhnliche Kneipe, die Lage ist zu schlecht. Die Kunden der »Borste« aber finden bei jedem Wetter den Weg in diese dunkle, abgelegene Straße, sie werden wie ich süchtig nach dieser Atmosphäre, in der man sich gehenlassen oder Eigenschaften entwickeln kann, die man sonst verbergen muß. Von außen ist nur ein fensterloser Anbau an einem der Häuser zu bemerken, der ungefähr die Größe eines Ladens oder einer Doppelgarage hat. Er hat nur eine einfache schmale Holztür, über der an den Tagen, wenn die »Borste« geöffnet ist, eine Lampe brennt, eine milchige Halbkugel wie über vielen Haustüren. Jedes-

mal wenn ich um die Straßenecke biege, fürchte ich, die Lampe könnte nicht brennen. Ich weiß nicht, was ich dann täte. Wahrscheinlich liefe ich wie in Hannover solange in der Stadt umher, bis ich müde bin.
Meistens öffne ich die Eingangstür sehr leise, um im Windfang noch einen Moment stehen und horchen zu können, nicht lange, denn Sammy hat ein sehr feines Gehör und kommt nachsehen, wer an der Tür ist. Durch den dicken Vorhang, der den Windfang vom Lokal trennt, horche ich auf die Tonbandmusik und auf die Stimmen. Manchmal ist es so still, daß ich erschrecke. Ich ziehe den Vorhang auseinander und sehe drei, vier Figuren trübsinnig hinter ihren Biergläsern sitzen. Und keiner ist dabei, der mich interessiert, keiner, mit dem ich auch nur zehn Worte sprechen möchte. Aber Sammy kommt mir schon entgegen und versucht, mich zu verkuppeln, um die Stimmung zu heben. Er ist der geborene Kuppler. Groß, unglaublich dürr und alt kommt er hinter der Theke hervor und empfängt mich mit tiefernstem Gesicht. Seine trüben schwarzen Augen sind hinter den hängenden Lidern so weit versteckt, daß man nur ab und zu das Glitzern der Pupille sieht. Sein Gesicht ist gelb und zerfurcht und so fürchterlich traurig, daß man es für zynisch hält. Schwarzgefärbte ölige Haarsträhnen sind wie Streifen über den Schädel gebürstet. Ein schwarzes Bärtchen auf der Oberlippe, Goldzähne. Er trägt schöne farbige Hemden in Rosa, Türkis, Lila, Gold, geblümt oder gestreift. Am Handgelenk eine dicke Uhr, ganz in ein breites schwarzes Lederarmband eingebettet, Ringe an den langen braunen Fingern, zwischen denen immer eine Zigarette steckt. Er ist polnischer Jude, sehr mißtrauisch und empfindlich, wenn man ihn darauf anspricht. Er kann lange zuhören, schweigen, resigniert mit dem Kopf nicken; wenn er aber dann zu sprechen anfängt, überschlagen sich die Worte, es klingt aggressiv, drohend, weil man nicht recht versteht, was er meint, weil er in

einem Slang aus verschiedenen Dialekten redet. Anfangs glaubt man, er berlinert; er muß lange in Berlin gelebt haben. Aber dann gibt es auch Worte, für die man eine Übersetzung braucht. Ich nehme an, es ist Jiddisch; aber auch Amerikanisch und Französisch scheinen darunter zu sein. Sammy hat eine Vergangenheit, über die nur geflüstert, nur gemunkelt wird. Sammy hat ein Herz für die »Kinstler« und fühlt sich als Mäzen. Jeden Monat darf einer seiner malenden Stammkunden Bilder in der »Borste« ausstellen. Auch für Sammy ist die Atmosphäre hier wohl so etwas wie Medizin gegen die Welt. Hier hat er seinen Schlupfwinkel. Sehr selten sieht man ihn, elegant gekleidet, mit einem Spazierstock durch die Stadt gehen, Bohlweg und Steinweg hinauf und hinab. Wegen seiner ungewöhnlichen Magerkeit wird er von allen Seiten angestarrt.
Obwohl ich zuletzt so schlecht geknobelt und mich für über Dreißig ausgegeben habe, will mich einer der jungen Männer nach Haus bringen. Ich sage, daß ich es sehr eilig habe. Er trägt meine Tasche durch die Sperre und fragt warum. Ich will heute abend noch ausgehen! Soso, mit wem? Allein! Wohin? Kennen Sie die »Borste«? Er kennt sie nicht, will mich aber begleiten. Ich erkläre ihm, daß man ihn dort nicht einließe. Es ist ein Clublokal, sage ich und tue geheimnisvoll. Es werden dort nur ganz bestimmte Leute eingelassen. Absichtlich halte ich meine Auskünfte über die »ganz bestimmten Leute« ungenau. Er aber gibt nicht nach. Warum er dort nicht hingehen könne, er habe eine Menge Geld und könne zahlen. Und ich sage immer wieder, es sei ganz unmöglich, mit Geld habe es nichts zu tun, außerdem gäbe es gar nichts zu erklären, er gehöre eben nicht dazu, so! Und ich lache, als sei er begriffsstutzig, und als hätte jeder andere längst begriffen. Er steht vor mir, nicht sehr groß, weder besonders dunkel noch besonders hell, nicht auffallend, vielleicht nicht einmal bemerkenswert, jedenfalls für mich in diesem Moment überhaupt

nicht, aber jung und ordentlich, ein Handwerker wahrscheinlich, der viel im Freien arbeitet, auf dem Bau vielleicht oder in einer Gärtnerei. Ich sehe in sein gerötetes Gesicht und sehe ihn überlegen, was ihn zu einem Menschen zweiter Klasse mache, der in ein bestimmtes Lokal unmöglich eingelassen werden kann, selbst wenn er noch so viel Geld hat. Ich nehme an, daß er noch lange überlegen wird, daß ihm einfach nicht einfallen wird, wohin man mit Geld nicht gehen kann. Dabei hätte Sammy ihn bestimmt eingelassen. Wenn sein Lokal leer ist, läßt er jeden rein. Besonders lieb sind ihm Theaterbesucher, die sich durch ihre Kleidung ausweisen, sich unsicher durch die Portiere schieben und ihre Augen ganz flink über alle Anwesenden gleiten lassen, um den Star des Abends zu entdecken, den sie, nachdem er das Hamletwams abgelegt hat, in Kaninchenfellweste und Jeans kaum erkennen.
Ich weiß, daß ich gemein bin, aber ich muß den jungen Mann jetzt abwimmeln, um meinen Bus noch zu kriegen, der an der Haltestelle steht. Ich renne los und zweifle nicht daran, daß er in dem Moment abfahren wird, wo ich die Hintertür erreicht habe. Trotzdem renne ich weiter, und die Frage, ob ich den Bus noch erwische oder nicht, wird so wichtig, wird so metaphysisch, daß ich losheulen würde, wenn er abführe. Es sieht so aus, als sollte ich zerstört werden, systematisch, mit vielen kleinen Schlägen, die den Körper und die Seele zersetzen. Wenn dieser Bus jetzt abfährt, ist alles aus. Es ist blöd, ich weiß, und trotzdem: Dann ist alles aus! Die hintere Tür des Busses ist offen. Er ist überfüllt, die Menschen drängen sich, aber für einen ist immer noch Platz. Die Leute im Bus sehen mich kommen, vielleicht sind auch sie auf eine träge Weise erregt, ob ich es noch schaffe. Da torkelt mir ein betrunkener Mann in den Weg. Wir stoßen hart zusammen, der Mann verliert ein Päckchen, weiß eingeschlagen wie Kuchen oder etwas anderes Eßbares.

Paß doch auf, du Schwein! schreie ich und springe aufs Trittbrett, umklammere die Stange. Der Mann hebt sein Päckchen auf. Aber statt in seiner Betrunkenheit weiterzugehen, steht er breitbeinig auf dem Fußweg und brüllt zu mir auf: Wer ist ein Schwein, du alte Sau? Du altes Saustück, du, du alte Sau!
Wenn der Bus doch abführe! Worauf wartet er noch! Ich stehe unbeweglich vor den Menschen, die keinen Kommentar zu dem Geschehen geben, und höre die Beschimpfungen des Mannes an, der sich auf einmal groß fühlt und immer neue Worte findet, um das Unrecht, das ihm geschehen ist, zu rächen. Hätte nur einer in der schweigenden Menge hinter mir eine Bemerkung gemacht, ich wäre ihm an den Hals gegangen. Da endlich fährt der Bus ab. Ich stehe steif da, sehe gegen die Scheiben der geschlossenen Tür. Hinter mir die Menschen, deren Mäntel, Haar und Atem ich rieche, deren Bewegungen ich spüre. Vor mir diese nicht genau erkennbaren Spiegelbilder, von oben beleuchtete Gesichter mit dunklen Höhlen, hellen Wulsten. Der Bus fährt in meine Gegend, es ist so gut wie sicher, daß Menschen mitfahren, die mich kennen und die meine Beschimpfung miterlebt haben. Und die vor allen Dingen gehört haben, was ich zu dem Mann sagte. Denn darin liegt meine Erniedrigung. Und sie kehren alle in ihre Dreizimmerwohnung mit Bad zurück und haben, wenn je einen Hurendialog, dann doch keinen auf offener Straße vor bürgerlichen Zuschauern geführt wie ich. Und darüber freuen sie sich. Und wenn! Und wenn! Ich erteile mir Absolution und Segen. Für die meisten gibt es kein Loch, in das sie fallen können, weder in ihrem Innern noch in der Welt. Ich drehe mich der riechenden Menge zu, stelle meine Augen auf weit, um den Nahen nicht ausgeliefert zu sein, und gähne mit offenem Mund, gähne, schüttele mich wie ein Hund und springe, als die Tür sich öffnet, hinaus auf die schwarze, nasse Straße. Ich bin schon um die Drogerie an

der Ecke, in deren Schaufenster ein roter Lichtpunkt hin- und herzuckt und für ein Kreislaufmittel wirbt, als ich die Schritte der anderen Aussteigenden höre. Sie gehen alle in andere Richtungen, hauptsächlich auf den großen Häuserblock zu, keiner geht die kleine dunkle Straße entlang, in der rechts als viertes mein Elternhaus liegt, groß und weiß über einer weißen Stützmauer, die das erhöhte Plateau zur Straße hin absichert. Aber nur nachts im Laternenlicht wirken die Mauern weiß, am Tag sieht man, daß der Putz Risse hat und abbröckelt, daß sich die Farbe von den Fensterrahmen löst.

In den Zimmern der Studenten Backhus und Schönig ist Licht, im ersten Stock im Zimmer meines Großvaters und in der Mansarde bei Fräulein Sieber. Meine Mutter hat im Erdgeschoß nur ein Zimmer für sich behalten, in dem sie wohnt und schläft. Küche und Bad sind für alle da, und immer steht einer der Studenten oder ihrer Freunde am Herd und brät oder kocht. Krankheit und Tod meines Vaters, das Studium meines Bruders kosten immer noch viel Geld. Meine Mutter ist arm. Nach einem seltsamen Gesetz ist alles im Haus auf einmal zerschlissen, abgenutzt, verrottet. Eine verständliche Nachlässigkeit und Interesselosigkeit meiner Mutter allem Materiellen gegenüber kommt dazu, um das ganze Haus düster und unordentlich zu machen. Es liegen keine Teppiche auf dem Fußboden, die Gardinen und Tapeten sind braun. Die Studenten haben an die guten Stücke aus Mutters Aussteuer Plakate und Zeitungsbilder geklebt. Die untere Wohnung riecht immer nach kaltem Bratfett, nach Öl und Curry, die obere nach Zigarrenrauch und Urin. Ein Zimmer in dieser Etage gehört mir, die anderen bewohnt der Großvater allein. Er braucht Raum für seine nächtlichen Wanderungen. Man könnte ihn nicht in ein Zimmer einsperren. Man fände auch keinen, der das nächtliche Beten und Weinen des alten Mannes ertrüge. Der Großvater war Schulrat und bezieht eine gute Rente, mit der er uns alle unterstützt. Selbst mich versorgt er jede Woche mit »Naturalien«, wie er es nennt, so daß ich manchmal überhaupt nicht essen gehe in Hannover, sondern nur aus dem Papier lebe. In meiner Mutter scheint er nicht mehr sein Kind zu sehen, das er beschützen, dem er helfen muß, vielmehr benimmt er sich ihr gegenüber so, als wäre sie seine Mutter, der er sein Leid klagen und dabei hemmungslos weinen darf. Oder er macht die Augen zu, rutscht im Sessel zusammen und seufzt ab und zu wie jemand, dem eine Last das Herz abdrückt. Die Stricknadeln meiner Mutter klappern leise, sonst ist es totenstill. Das Radio wird nur zu den Nachrichten angestellt. Jede Art Musik zwingt den alten Mann zum Weinen. Das Gesicht meiner Mutter ist über die beweglichen Hände gebeugt. Es ist hart, verschlossen. Die Lippen, schon immer schmal, sind nur noch ein Strich. Man spürt, wie es in ihr kocht. Man merkt, daß sie aufatmet, wenn sie ihren Vater verlassen kann. Dann endlich, wenn sie in ihrem Bett liegt, kommen ihr die Tränen. Manchmal auch schon vorher, wenn sie in der Küche aufräumt, und die Musik aus Backhus' Radio durch die Wohnung schallt. Wenn die Studenten merken, daß sie weint, kommen sie, um sie zu trösten. Sie drücken sich nicht. Schönig aus Bremerhaven steht nur so herum, tut so, als sähe er ihr verweintes Gesicht nicht, und erzählt irgend etwas. Backhus aus Kiel setzt oder stellt sich neben sie und streichelt ihren Rücken. Er macht ihr auch manchmal Komplimente, so daß ich mich verwundert frage, ob er wirklich etwas Schönes an meiner Mutter sieht, und ich versuche, die Züge, die ihren harten, unnachgiebigen und verbohrten Charakter verraten, von ihrem Gesicht wegzudenken, aber es gelingt mir nicht.

Das Fenster meiner Mutter ist dunkel, sie sitzt also noch oben beim Großvater. Das Fenster von Backhus ist einen Spalt geöffnet, zur lauten Musik trommelt er mit einem

harten Gegenstand auf den Tisch. Er besitzt ein kleines Bambusstöckchen, mit dem er immer spielt. Ich gehe am Haus entlang zur Rückfront, wo die Haustür ist. Der Garten ist dunkel. Aber ringsum sind Lichtvierecke in der Nacht, die Fenster der Nachbarhäuser, Straßenlaternen, die jetzt, da die Bäume kahl sind, von entlegenen Plätzen herüberstechen.
Ich drücke den oberen Klingelknopf, höre nur das erste kurze Anschrillen und dann ein wütendes, sich überschlagendes Kläffen, das alle anderen Geräusche übertönt. Aber wenn ich auch nichts höre, so spüre ich doch, wie das ganze Haus erzittert, wie Bohlen schwingen, die Schwingungen sich fortsetzen, weil der Großvater durch die obere Wohnung und die Treppe hinabgeht. Es klingt übertrieben: das ganze Haus, aber es ist tatsächlich so. Nachts, wenn alles still ist, erzittert das ganze Haus vom Schritt eines Vorübergehenden. Selbst wenn dieser nächtliche Passant Schuhe mit ganz weichen Sohlen trägt, so daß kein Geräusch zu hören ist, spürt man, auf der Seite liegend, auf dem Ohr, das nach unten geöffnet ist, die Erschütterung des ganzen umliegenden Geländes und des ganzen darauf stehenden Hauses. Wenn der Großvater sich aus seinem Sessel erhebt und in die andere Zimmerecke geht, um sich eine Zigarre aus dem Rauchtisch zu holen, klirren in der unteren Wohnung die Lampen. Darüber haben wir früher oft gelacht, wenn wir zum Beispiel am Mittagstisch saßen und die Lampe mit den Glasschalen klirrte. Mein Vater war ein schwerer Mann, aber er ging so leise, daß man ihn kaum hörte. Nicht daß er sich Mühe gab, leise zu sein, er brauchte keinen Lärm, es hätte ihn Mühe gekostet, Türen laut zu schließen und betont fest aufzutreten. Und der Großvater mit seinen Hausschuhen bringt das Haus zum Beben wie ein ferner Bombenteppich. Kläffend wetzt Struppi die Treppe herab. Ich kratze an der gewellten Glasscheibe und rufe ihn und frage mich, ob er meine

Stimme durch sein lautes Bellen hindurch hört, ob er mich riecht oder ob er vor Aufregung und Angst nichts mehr aufnimmt. Dann wird es hell hinter der dicken trüben Glasscheibe, in deren Rinnen und Mulden sich Staub angesetzt hat. Es wird nicht sehr hell, weil schon seit Wochen eine der beiden Treppenhauslampen keine Birne mehr hat. Etwas großes Dunkles kommt näher und verdeckt das Licht. Und von innen kratzen Pfoten ans Glas am unteren Scheibenrand und rutschen ab aufs Holz. Der Großvater öffnet die Tür weit, tritt beiseite und zieht mit Schwung sein grünes Mützchen. Struppi beschnuppert meine Füße, streicht kalt und weich an meinen Waden entlang und läuft zur Straße, als erwarte er noch jemand. Der Großvater nimmt mein Gesicht in beide Hände, sieht mir in die Augen, während ich versuche, dem bohrenden, pathetischen Blick auszuweichen, und küßt mich auf die Stirn. Sein Schnurrbart kitzelt, ist stachlig und feucht; der Zigarrenrauch ist nicht gerade angenehm, und auch die Hände, in denen mein Gesicht liegt, riechen, wie eben seine Haut, sein Körper riecht. Sicher werde ich mich später mal nach diesem Geruch sehnen, aber jetzt fühle ich mich diesen vielen Eindrücken nicht gewachsen und muß mir erst mal Platz schaffen. Nun ist's aber genug, ich hab mich heute schon gewaschen! sage ich lachend und wende mich der Mutter zu, die vier Stufen über mir vor ihrer Wohnungstür steht, schwarz gekleidet. Sie lacht mir entgegen, und ich weiß, daß wir jetzt eine Viertel- oder eine Halbestunde lang lustig sein werden, als gäbe es nie Tränen in diesem Haus.
Der Großvater setzt sein Mützchen wieder auf, ein schäbiges Mützchen aus grünem Mantelstoff, das ich ihm einmal schnell zusammengenäht habe, als ich seinen Geburtstag vergessen hatte. Er wünschte sich immer ein mit Perlen besticktes Samtkäppchen à la Spitzweg und hat es nie bekommen. Ich schäme mich, wenn ich sehe, wie sehr er

diese Mütze braucht und schätzt. Sogar im Bett hat er sie auf. Sie ist verbeult, schief und speckig. Ich habe ihn mit dieser Mütze gemalt und habe sie so häßlich gemalt, wie sie ist. Für das Bild habe ich Zeit gehabt, aber für eine neue Mütze nicht. Der Großvater aber ist sehr stolz auf sein Porträt mit der Mütze und zeigt es jedem. Er hat für diese Mütze eine gewisse Zärtlichkeit, und oft hört man ihn fragen: Wo hab ich denn mein Mützchen hingelegt, habt ihr mein grünes Mützchen nicht gesehen? Und er streicht sich mit der Hand über die weißen Stoppeln auf seinem langen, schön gebildeten Schädel, den er alle zwei Monate scheren läßt. Er friert dann und kann ohne die Mütze nicht sein. Soll ich mir nicht meine Haare wachsen lassen und einen Scheitel kämmen? fragt er und streicht mit der Hand über den Kopf, um die Haarfülle zu taxieren. Ja, mach doch! rufe ich dann. Aber er läßt sie doch immer wieder schneiden, weil sie ihn, wenn sie etwa ein Zentimeter lang sind und wie in weißer Schimmer seinen Kopf umgeben und sein Gesicht schmaler, seine Augen größer erscheinen lassen, beim Schlafen stören. Sie pieken mich, sagt er. Sie scheuern am Kopfkissen. Aber ich streiche zu gern mit der Hand über diese dichte, weiche, die Handfläche prickelnde Bürste.
Mein Großvater hat kleine, schmale Hände, die nie grobe Arbeit getan haben. Sie haben nur immer in einer schnellen, kleinen, spitzen Schrift geschrieben, tagein, tagaus. Griechische Buchstaben, Zahlen, Übersetzungen in vier Sprachen, Briefe, Tagebücher, Einkaufszettel, imaginäre Transaktionen aus imaginären Lotteriegewinnen. Immer noch schreibt er mit einer spitzen Stahlfeder, kann sich nicht an einen Kugelschreiber gewöhnen. Und immer wieder kippt er ein Tintenfaß um, verdirbt die Schreibtischplatte, seinen Anzug, die Bücher und Hefte. Er legt den Deckel stets nur lose auf das Tintenfaß, schraubt ihn nicht fest. Dann denkt er nicht daran, hebt das Glas am Deckel hoch, um es woan-

ders hinzustellen. Resigniert sitzt er da, sagt nur: Ta-ta-ta!, hebt die Hände und läßt die Tinte über den Tisch laufen und auf den Boden tropfen. Es berührt ihn nicht weiter, daß die Dinge verdorben werden. Ob eine Tischplatte Flekken hat oder nicht, ist ihm gleich. Hauptsache, man kann ein Heft darauf legen, die Ellbogen aufstützen und schreiben. Aber er hat Angst, gescholten zu werden. Dann sagt er: Mein liebes Kind, werde du erst mal so alt wie ich! – Ach, du hast schon vor fünfzig Jahren die Tintenfässer umgekippt! – Ja, ja, mit mir ist nicht mehr viel los.

Wenn er nicht so Angst vor Schelte hätte oder vor den hysterischen Schreien und dem Aufruhr, der dem Umkippen des Tintenfasses folgt, würde er vielleicht zupacken und nicht wie erstarrt dasitzen und die Tinte immer weiter fließen lassen. Er gehört nicht zu der Sorte Schulmänner, die glauben, sie verständen alles. Er ist demütig und wird immer demütiger. Manchmal fährt er mit der Hand vor der Stirn hin und her, als wolle er eine Fliege verjagen, und sagt: Alles weg! Alles weg! Alles vergessen, meint er, alles vergangen. Es bringt mich immer auf, wenn er im Gespräch über Bilder oder Bücher sagt: Davon verstehe ich nichts. Es gibt einen Haufen Leute, die lieber einen martervollen Tod sterben würden, als zuzugeben, daß sie von einer Sache nichts verstehen. Aber man darf die Unvollkommenheit des menschlichen Geistes nicht so sehr betonen, daß schließlich der Eindruck einer vollkommenen Unwissenheit entsteht; das ist kokett. Bemühe dich! schrie ich ihn an. Aber dann sah ich ihn da sitzen, so zart und schön, mit diesem lieblichen Haarflaum. Ich gebrauche diese Worte ganz bewußt, weil es keine anderen gibt, um diese Gestalt meines Lebens zu beschreiben. So saß er da: die blassen Hände über der bekleckerten Jacke und der bekleckerten Hose gekreuzt, das speckige Mützchen schräg, lächerlich schräg in der gewölbten breiten Stirn. Die hellblauen Augen, die wie bei Tolstoj eigentlich klein

und stechend waren, eine kleine Iris mit einer engen, punktartigen Pupille, darunter schwere Tränensäcke, schlugen sich groß zu mir auf, waren im Blick groß und weit, als staunten sie. Du mußt dich aber noch sehr ändern, ehe du so wie meine Mutti bist. Er sagte: Mutti. Hätte er doch wenigstens Mutter gesagt oder Mama. Mutti ist das Hilfloseste, das ich mir denken kann. Aber ich war auch empört. Ich war fünfundzwanzig Jahre alt, und dieser Mensch von zweiundachtzig erwartete, daß ich wie seine Mutter sei. Und in meinen Augen war seine Mutter, die ich nur von Fotos kannte, ein altes Scheusal mit einem Buckel, ausgemergelt, in einem steifen Sonntagskleid. Und doch geht es durch die Generationen, und ich habe es auch schon Nini erzählt, daß diese Frau als erste in der Kleinstadt Schöppenstedt eine Laterna Magica besaß und auf Kinderfesten ihre beweglichen und auch farbigen Schattenspiele zeigte. Da muß sie jung gewesen sein, eine Mutter von sieben Kindern, von denen die drei ersten starben.
Mein Großvater sieht das vor sich, als wäre es gestern gewesen. Er bemerkt nicht, daß Elemente des Mode- und Zeitgeschmacks dazwischen getreten sind, die es mir unmöglich machen, diese Frau zu lieben oder nur in ihrem mageren Habichtsgesicht zu lesen.
Wir rufen den Hund aus dem dunklen Garten herein. Er kommt nicht. Wir hören ihn hinten am Zaun, unter dem Nußbaum, knurren und wütend arbeiten. Er hat wieder einen Igel! ruft meine Mutter. Neulich erst habe ich einen toten gefunden. Ich habe ihn über den Zaun geworfen. Struppi, Struppi, kommst du her! Hierher! Na, warte, Bürschchen! Das Bürschchen ist ein Hundemädchen von zehn Jahren, ein kleines, struppiges, mutiges Tier, das auf den ersten Blick geschlechtslos wirkt wie die meisten kleinen Hunde. Eben ein Es, ein Tier. Aber dieser kleine, etwas zu dicke, asthmatische, struppige Kerl hat ein Löwenherz. Das Herz einer Löwin. Für ihn, eigentlich müßte es heißen:

für sie, gibt es keine Hindernisse. Diese arme Igelfamilie rottet er aus, kommt mit blutigem Maul zurück, mit glänzenden Augen und wackelndem Stummelschwanz. Er wird immer wütender, je öfter er sich an dem zusammengerollten Stachelbündel sticht, wühlt die Schnauze unter den Igel, wirft ihn hoch und beißt ihn tot. Ich will nur hoffen, daß er wenigstens gleich tot ist und nicht noch stundenlang oder tagelang zwischen dem nassen, verfaulenden Laub liegt, ehe er stirbt. Ich gehe den Mittelweg entlang, rufe den Hund, der irgendwo unter den Büschen sitzt und knurrt. Auf einmal sehe ich seine Augen funkeln, das Licht von der Haustür trifft genau hinein. Ich sehe kleine, weiße, scharfe Zähne im Knurren gebleckt, mir, die droht und schimpft, entgegengebleckt, und obwohl ich lachen muß, habe ich Angst. O, es wäre nicht das erste Mal, daß sich das kleine Tier gegen uns zur Wehr setzte! Man darf ihn nicht aus seinen Schlupfwinkeln verjagen. Wenn er sich in Gefahr unter der Couch; unter einem Bett oder unter den Schränken versteckt, bringt man ihn nur mit einem Trick heraus. Man muß den Schlüssel zur Vitrine, in der die Keksbüchse steht, in die Hand nehmen. Hier im dunklen Garten drehe ich mich also um, gehe zur Haustür zurück und sage: Na, komm! Stell dich nicht an! Wir tun dir ja nichts! Komm, komm, Kekschen, kriegst auch ein Kekschen! Aber er traut mir nicht. Erst als wir alle ins Haus gehen, als wir den unteren Flur betreten und im Zimmer meiner Mutter Licht machen, kommt er, hechelnd, so daß es aussieht, als lache er. Die Haare an seinem Mund sind schwarz und klebrig von Blut. Na, hast du dich schön gepiekt? fragt meine Mutter. Aber mir kommt heute zum ersten Mal der Gedanke, daß es gar nicht sein Blut ist, was ihm die Haare verklebt, sondern das Blut des Igels. Er springt auf die Couch, legt den Kopf auf die Pfoten und sieht uns an. Er hechelt immer noch, aber nach und nach zieht er die Zunge ein, schließt die kleinen weißen Zähne zusammen und preßt ein hohes, pfeifendes, klagendes, alarmierendes Geräusch zwischen den Zähnen hervor, das uns alle nervös macht. So weint er seit zwei Jahren. Sein Gesicht sieht lustig dabei aus, und wir schnauzen ihn an, er soll endlich still sein, man kann es nicht mehr hören, dieser Ton dringt durch alle Ritzen, aber er hört nicht auf, er weint weiter und wird erst dann still sein, wenn er in seiner mit Flaschenhülsen aus Stroh gepolsterten Holzkiste, zugedeckt mit einer alten Strickjacke, neben dem Bett meiner Mutter eingeschlafen ist. Mindestens dreimal in der Nacht deckt sie ihn wieder zu. Dabei wird sie gar nicht mehr richtig wach. Sie dreht sich um, blinzelt zum Hund oder tastet mit der Hand hinab und deckt ihn zu.

Ich sitze mit angezogenen Füßen im Sessel, der Großvater auf der Couch, die schon mit den weißen Kissen für die Nacht hergerichtet ist. Mutters zerdrücktes Nachthemd liegt ausgebreitet über dem Kopfkissen. Sie ist jetzt schon zu alt dafür: es hat keine Blutflecken mehr. Durch die Wand hört man Radiomusik und das Pfeifen und Klopfen des Studenten Backhus. Über den Flur kommt Zwiebelgeruch und das Zischen von Wasser und Fett. Meine Mutter backt Kartoffelpuffer für mich, obwohl es schon halb zehn ist. Sie hat während des Tages alles zum Backen vorbereitet, weil sie weiß, daß ich jeden Sonnabend einen Heißhunger auf Puffer habe. Es ist schon eine Gewohnheit daraus geworden. Manchmal, wenn ich erst einen Zug später komme, wie es auch heute passiert wäre, wenn ich Nini besucht hätte, steht sie noch nachts zwischen elf und zwölf am Herd, und ich sitze, genau wie jetzt, mit hochgezogenen Füßen im Sessel und esse. Auch nachts um fünf würde ich noch Hunger auf Kartoffelpuffer haben. Wenn ich einen Zug später komme, haben sie schon im Bett gelegen, allerdings ohne zu schlafen. Sie haben gehorcht und gewartet. Das Bett auf der Couch ist dann zerwühlt, und auch auf dem Laken ist keiner der Flecke, mit denen meine

Mutter mich früher, ohne es zu wissen, schockiert hat. Ich dachte dann immer: Wenn er es sieht! Der Vater. Ich konnte mir als Mädchen nicht vorstellen, daß der Mensch mit der Zeit andere Maßstäbe setzt und andere Werte als die ästhetischen hat. Liebe ist Überwindung des Ekels, habe ich mal irgendwo gelesen. Jedenfalls werde ich Nini anders erziehen, als ich erzogen worden bin: Ich werde ihr meinen Körper zeigen, werde mit ihr baden, werde ihr zeigen, was dieser Körper ist, außerhalb des Ästhetischen. Daß ein Mensch nicht immer sauber, nicht immer geruchlos sein kann, werde ich ihr erklären. Ich werde ihr sagen, daß es sehr schade wäre, wenn der Körper keinen Geruch hätte. Und ich glaube, daß Nini jetzt schon anders denkt, als ich zu denken gelernt habe. Ich habe sie ja einige Male bei mir im Bett gehabt. Stell deine kalten Füßchen an meine Beine, hier auf meine Oberschenkel, hab ich zu ihr gesagt. Und ihre kleinen kalten Füße kamen immer weiter nach oben. Da sind die Kitzelhärchen, sagte sie. Ich will auch mal Kitzelhärchen haben. Immer wieder wuschelten die Füßchen in meinen Haaren. Ich kann heute noch nicht die dünner und grauer werdenden Schamhaare meiner Mutter ansehen, ohne Widerwillen und zugleich eine so bittere, vergebliche Liebe zu ihr zu spüren, daß ich mein ganzes bisheriges Leben mit all seinen Gedanken umkrempeln, neu anfangen möchte. Aber dann sehe ich, daß ich auf meinen Tod zu gehe und daß ich, selbst wenn ich noch fünfzig Jahre lang gehe, den falschen Ansatz eines Gefühls nicht wieder zurechtbiegen kann.

An solchen späten Samstagabenden geht meine Mutter in der Kittelschürze umher, unter der das Nachthemd hervorhängt. Ihr graues Haar ist aufgelöst, die nackten Füße stecken in ausgetretenen Schuhen, die sie als Pantoffeln benutzt. Sie schiebt mir aus der alten schwarzen Riesenpfanne einen Puffer auf den Teller, den ich auf den hochgezogenen Knien halte, und fragt, ob er so richtig sei. Ich mag die Puffer gern dick, nur leicht gebacken, so daß sie innen noch nach roher Kartoffel und roher Zwiebel schmecken. Mein Großvater sitzt dann, wenn es nachts um elf ist, mit Bademantel und grünem Käppchen auf Mutters Bett, genau wie jetzt, und sagt, was er auch jetzt sagt: Iß nur, mein Kind. Hast sicher seit Mittag nichts gegessen.

Ich kaue und nicke und denke an meine letzte Mahlzeit, denke an den Heringssalat und den Kuchen, die ich in meinem Keller in mich hineingeschaufelt habe, denke an Herz und Meister Ocks, an meine Verzweiflung in der Ausstellungsbaracke in Hannover-Kleefeld, an Anton, an meine Krankheit, die ich ganz vergessen habe, an die Beschimpfungen des Betrunkenen vorm Hauptbahnhof – und alles ist so weit. Mit der linken Hand halte ich den Teller auf meinen Knien, und meine hochgezogenen Knie sind dicht vor meinem Kinn. Mit der rechten Hand zerpflücke ich den Puffer zu großen Fladen und stecke sie in den Mund. Das Fett läuft mir von den Lippen und Fingern. Warst du diese Woche in Peine? frage ich den Großvater. Meine Mutter kommt gerade mit dem dritten Puffer herein. Ich esse immer drei. Mehr schaffe ich leider nicht, weil sie so dick sind. Ich möchte einmal acht oder zehn Puffer essen, möchte diese Gier nach Puffer einmal gründlich stillen. Aber mein Magen faßt nicht mehr als drei.

Die Frage nach meinem Kind stelle ich absichtlich neutral. Ich habe es mir angewöhnt, nie preiszugeben, wie wichtig mir etwas ist, und gerade in den ganz privaten Dingen halte ich an diesem Brauch fest, obwohl sich ja jeder denken kann, daß ich Nini liebe, daß ich mir Sorgen um sie mache. Ich wollte heute vorbeigucken, sage ich, aber es war zu spät geworden, sie hätte schon geschlafen. Ich schiebe den letzten dunklen, grüngrauen Pufferplacken mit den Fingern im Fett hin und her.

Die Frau ist krank, sagt der Großvater. Hat irgend was an

den Armen. Bin nicht klug daraus geworden. Die Arme sind rot, tun ihr weh oder jucken. Es ist aber kein Ausschlag. Die Ärzte wissen nicht, was es ist, sagt sie. Sagt sie. Eine schrecklich dumme Person! O Gott, ist die dumm! Und der Mann, das ist ja ein ganz plumper Mensch!
Soll ich das Kind nun wegholen oder nicht? unterbreche ich ihn. Wegholen? Weshalb denn wegholen? fragt die Mutter. Er hat mir doch geschrieben, ich soll Nini holen, und ich hab sechzig Mark hingeschickt, damit sie erst mal eine Hilfe nehmen. Wo soll ich denn so plötzlich hin mit dem Kind?
Das verstehe ich nicht. Davon war keine Rede, sagt der Großvater und sieht hilfesuchend seine Tochter an. Meine Mutter bekommt die steile Falte zwischen den Brauen und den gepreßten Mund, der ihr einen lachenden Ausdruck gibt. Als Kind habe ich immer gezweifelt, daß sie wirklich böse ist, habe gelacht und probiert, ob sie nicht auch gleich in lautes Lachen ausbrechen würde, aber damit habe ich es nur schlimmer gemacht, habe ich sie herausgefordert, mir Wunden zuzufügen, die sie vielleicht für heilbar hielt, die aber unheilbar waren. Mit diesem lachenden, harten Tiergesicht sieht meine Mutter ihren Vater an und verbeißt sich eine Bemerkung. Ich fürchte diese Bemerkung, die sie sich nur eine Weile verbeißt und dann losläßt wie einen Kettenhund. Sie sieht ihren Vater an, wie er da sitzt, die Füße weit auseinandergestellt, die Unterarme locker über die Knie gehängt. Die Hände pendeln zwischen den Knien. Schön sieht der breite Trauring aus rotem Gold aus. Warum nur nimmt man heute lieber das grelle gelbe Gold?
Und Nini? frage ich.
Ist ganz mobil, sagt er. Ein aufgewecktes Dingelchen. Das erste, was sie sagt, ist immer: Hast du mir was mitgebracht? Wenn ich ihr dann Geld gebe für Eis oder fürn Lutscher, geht's ab wie die wilde Jagd, die andern Kinder hinterher. Da ist irgendwo 'ne Bude.

Sind die anderen Kinder denn auch noch da?
Weshalb denn nicht?
Wegen der Krankheit oder dem Unfall!
Ach! Er winkt ab. Furchtbar dumme Menschen, furchtbar! Ich kenne diese Typen. Lügen ohne es zu wissen. Das geht alles drunter und drüber. So was habe ich früher in der Hilfsschule gehabt!
Du hältst sie also nicht für krank? frage ich. Er winkt nur matt ab. Für ihn ist das Thema erledigt. Die Nazis hatten ihn als Schulrat abgesetzt und ihn zum Rektor einer Hilfsschule gemacht. Aber da der Drang zu lernen in ihm so stark war, einfach zu lernen, was ihn lockte, ohne auf Anerkennung zu rechnen, trug er die Vernichtung seiner beruflichen Karriere gelassen. Das nächste Mal machen sie mich zum Pedell, sagte er. Vielleicht hätte er es für eine Auszeichnung gehalten. Ich kenne diese Geschichten nur vom Erzählen her. Aber ähnlich hätte es ihm gesehen, sich geehrt zu fühlen, wenn er mit dem Besen über den Schulhof hätte fegen müssen, wo jeder wußte, daß er mehr konnte als alle, die in dem Gebäude, dessen Stufen er kehrte, unterrichteten. Er übt das Lernen eigentlich so aus wie ein Künstler, der sich bemüht, immer besser zu werden. Das Werk, an dem er, unterbrochen von Schwermutsanfällen und Blutandrang im Gehirn, immer noch arbeitet, ist er selbst, denn weder die griechische noch die lateinische Sprache, weder Algebra noch Geometrie werden bereichert, wenn einer, irgendeiner, sich in ihnen übt. Und man fragt ja heute immer nach dem Sinn und nach dem Nutzen. Er war alles in einem: Künstler und Werk.
Ich stehe auf und bringe meinen Teller in die Küche. Mein linker Fuß ist eingeschlafen, und ich trete damit immer eine Stufe tiefer als mit dem rechten. Obwohl es ein unangenehmes Gefühl ist, wenn auch kein Schmerz, muß ich darüber lachen, daß es mir einfach nicht gelingen will, die der Schwerkraft entsprechende Gewöhnung in eine neue

Erkenntnis umzustimmen. Ich stelle den fettigen Teller in die Spüle, lasse Wasser darauf laufen, das abperlt, aber dann doch, da der Teller eine Vertiefung hat, drin stehenbleiben muß. Ich höre meine Mutter mit dem Großvater sprechen, in einem vorwurfsvollen, zänkischen Ton, leise zischelnd, damit ich es nicht hören soll. Der Großvater antwortet theatralisch wie immer auf Vorwürfe. Er seufzt, sagt jaja, sagt ach und ach Gott.

Ich versuche zu verstehen, was sie sagen. Es gelingt mir aber nicht. Es muß etwas sein, das mit Nini und Walkowiaks zusammenhängt. Aber was? Die Haltung meiner Mutter dem Kind gegenüber hat sich verhärtet. Es ist möglich, daß sie das Kind längst liebt, aber der Haß auf den Vater des Kindes ist stärker. Sobald sie an Nini die Züge ihres Vaters sieht, wird sie ganz steif. Sie sieht Nini dann so an, wie sie H.-H. ansah, als ich ihn das erste Mal mit nach Haus brachte; ohne Scham, daß er ihre Ablehnung spüren könnte. Er ist so blaß, hieß es, als er gegangen war. Vielleicht ist er lungenkrank? Bedenke, mein Kind, was es bedeutet, ein Leben lang an einen kranken Mann gefesselt zu sein. Wenn er gesund wäre, ja, dann hätten wir eine ganz andere Einstellung zu ihm. Wenn er dann noch den Beweis erbrächte, daß er eine Familie ernähren kann, stimmten wir eurer Heirat zu. Gern natürlich nicht. Mir ist dieser Mensch einfach unsympathisch. Aber wenn du ihn magst, wenn er dir gefällt, dann bliebe uns schließlich nichts anderes übrig. Doch so? Ein kranker Mann, der dich noch anstecken wird? Welche Mutter wäre mit so einem Mann einverstanden?

Ich bat H.-H., sich röntgen zu lassen. Er tat es, er war völlig gesund. Aber das änderte die Meinung meiner Mutter überhaupt nicht. H.-H. schien es gelassen zu tragen, aber innerlich hatte sich alles aufgespeichert, was wir ihm antaten. Der Großvater hatte sogar einen Privatdetektiv engagiert, der H.-H.s Familienverhältnisse und seine Herkunft in Erfahrung brachte, indem er einfach an den Wohnungstüren der Podbielskistraße klingelte und sich erkundigte, dann noch beim Einwohnermeldeamt nachfragte und von meinem Großvater das vereinbarte Honorar kassierte. Es ließ sich nichts gegen H.-H.s Familie sagen. Sie gehörte derselben bürgerlichen Schicht an wie unsere Familie. Das wäre das einzige, was sich gegen sie sagen ließe, finde ich heute.

Backhus kommt auf den Flur und will ins Bad. Das Licht aus seinem Zimmer fällt auf den dunklen Flur, und die laute Musik dringt heraus, und davor steht der große, schlaksige, junge Mann in einem gestreiften Schlafanzug, das Handtuch über die Schulter geworfen und die Seife in der Hand. Er pfeift das Lied aus dem Radio nach, grinst dann, schlurrt mit zurückgeneigtem, hohlen Oberkörper und vorgeschobenen Unterleib an mir vorbei, in dieser Haltung sehr langer, dünner Menschen, die dauernd zu fürchten scheinen, daß ihnen jemand in den Hintern tritt. Backhus hat irgend etwas an mir auszusetzen, ich weiß nicht was, aber er legt es darauf an, mich abzuwerten, mich fühlbar geringzuschätzen, und zwar alles an mir, mein Aussehen, meine Kleidung, meine Art zu sprechen und zu fluchen. Und das provoziert mich so, daß ich noch zweimal öfter Scheiße! rufe als unbedingt nötig. Wahrscheinlich bin ich für Backhus ein gefallenes Mädchen. Es sähe ihm ähnlich, daß er solche moralischen Maßstäbe setzt, aber selber, weil er das zur Selbstbestätigung braucht, jedes Mädchen mitnimmt, das er kriegen kann. Meine Mutter liebt ihn, nimmt ihn in Schutz, wenn ich mich bei ihr über seine Arroganz beschwere. Lachend trägt sie ihm die Post ins Zimmer. Heute haben nur vier geschrieben! sagt sie und hält ihm die Briefe wie ein Spiel Karten hin.

Als ich ins Wohnzimmer zurückkomme, sitzt der Großvater mit tief geneigtem Kopf auf der Couch wie vorher. Wenn er den Kopf so tief hält, schwellen die Adern an

seinen Schläfen dick an und sein Blick wirkt trunken. Ach, mein Kind, mit mir ist nichts mehr los, nichts mehr los! klagt er, ohne seinen theatralischen Ton, mit dem er sich bei irgend jemandem beschwert, aufzugeben. Meine Mutter sitzt im Schreibtischsessel, durch die Zimmerbreite von ihm getrennt.
Was ist denn passiert? frage ich.
Ich habe die hundert Mark verloren, die ich deinem Bruder schicken wollte!
Die hat dir einer weggenommen, in der Post! ruft meine Mutter.
Backhus hat sein Radio abgestellt. Es ist plötzlich so still, daß wir zu flüstern anfangen, weil wir über die letzten lauten Worte, die meine Mutter sagte, erschrocken sind. Sie selber auch. Wir hören, wie der Student nebenan die Schranktür bewegt, wie er hin und her geht, hören das schleifende Geräusch seiner Slipper, hören, wie er die Uhr aufzieht. Zwischen dem Zimmer meiner Mutter und dem Zimmer des Untermieters war früher eine breite Tür, die jetzt mit einer Sperrholzplatte vernagelt worden ist. An dieser Seite steht der Bücherschrank davor, drüben der Kleiderschrank. Aber die Schränke können nicht genügend dämpfen. Vielleicht läßt Herr Backhus deshalb den ganzen Tag das Radio so laut laufen, schafft eine akustische Wand. Auch Struppis hohes Winseln, das vorher nicht zu hören war, ist jetzt laut, durchdringend und aufpeitschend. Mit großen schwarzen Augen sieht er uns an, richtet sich dann auf, lehnt sich gegen den Kissenwulst und beginnt sein Gesäuge zu lecken, aus dem, weil er schon wieder scheinträchtig ist, Milch kommt. Das Tierchen ist krank, ein kleiner, hilfloser Neurotiker.
Neulich hat er sich in der Stadt verlaufen! zischt meine Mutter und sieht ihren Vater an.
Er schüttelt den Kopf über sich. Dann sieht er mich an, und die linke Braue zuckt steil hoch vor Selbstironie: Seit

zwanzig Jahren gehe ich jede Woche in die Stadt, und das muß mir passieren! Ich stand auf einmal vor einer Straße, die ich noch nie gesehen hatte. Eine Dame hat mich zur Haltestelle gebracht. Entschuldigen Sie bitte, hab ich zu ihr gesagt, aber vielleicht geht es Ihnen in fünfzig Jahren auch mal so wie mir. Ich hätte es nicht geglaubt, wenn man es mir prophezeit hätte. Eine nette Dame...

Die Dame war sicher fünfzig oder sechzig Jahre alt. Ich weiß doch, wie mein Großvater die Cour schneidet! Man kann seinen Charme nur mit diesem altmodischen Wort bezeichnen. Selbst bei einem akuten Herzanfall ist er noch höflich und charmant. Im Omnibus entschuldigt er sich bei einer vor ihm stehenden jungen Frau: Er sitze nur, weil er gerade einen Schwächeanfall gehabt habe, es sei sonst nicht seine Art. Und ich stand daneben und wußte nicht, ob ich ihn noch lebend nach Haus bringen würde, sein Gesicht war blaurot, er atmete mühsam.

Also, ich geh jetzt rauf, sage ich. Der Großvater steht auf, um mitzukommen. Er küßt meine Mutter auf die Stirn, die manchen bösen Gedanken gegen ihn verbirgt, und tappt hinter mir die Treppe hinauf. Vor seiner Korridortür küßt er auch mich noch einmal und sieht mich mit einer solchen Verzweiflung an, daß ich meine Augen ganz flach machen muß, um seinen Blick nicht eindringen zu lassen. In diesem Haus kann man nur leben, wenn man naiv und unwissend ist. Ich drehe meinen Kopf aus seinen Händen und gehe in mein Zimmer, das einen separaten Eingang hat. Er schließt die Glastür auf und tritt auf den Flur. Die knarrenden Bohlen verraten, wohin er geht. Er geht in die Küche. Ich höre, daß er den Wasserkessel auf den Herd stellt. Er macht sich warmes Wasser für die Schlaftablette.

Der Bretterfußboden meines Zimmers, auf dem kein Teppich liegt, hat bunte Farbkleckse. Die Staffelei steht leer mitten im Raum. Große Holzfaserplatten, die ich nicht wegräume, weil ich sie nicht mehr berühren mag, stehen

mit der bemalten Fläche zur Wand. Es könnte sein, daß ich sie, wenn ich sie auf den Schrank oder unter das Bett lege, wieder ansehe, kritisch ansehe und wieder den alten Zweifeln und den alten Zielen verfalle. Aber mein Stimmungsbarometer darf jetzt nicht zwischen Können und Nichtkönnen hin und her tanzen, ich muß mich um andere Sachen kümmern, um meine körperliche Existenz, von der auch Ninis Existenz abhängt.
Ein häßlicher dunkelbrauner Kleiderschrank, ein Bett, ein Tisch mit einer alten schwarzen Bürolampe aus Gußeisen – das ist die ganze Einrichtung. Ein Spiegel an der Wand, so groß, daß man Gesicht und Hals darin sehen kann; eine weiße Kugellampe an der Dekce. Ich hatte mir Vincent van Goghs Zimmer in Arles als Vorbild genommen. In dem Raum, in dem ich malte, sollte es keine Ablenkung geben. Ich habe nur einen Stuhl, keinen Sessel, nichts Weiches. H.-H. und ich haben uns, wenn wir das Bett nicht zerdrücken wollten, auf den Fußboden gelegt. Das zerdrückte, nicht schnell genug wieder herzurichtende Bett hätte uns verraten. Die Tür abzuschließen wagten wir schon gar nicht, das wäre zu eindeutig gewesen, damals, als alle noch lebten, und als es noch fröhlich war im Haus, fröhlich bis auf die Mißstimmung gegenüber H.-H., in der sich plötzlich ein bürgerliches Vorurteil kundtat, das ich heute, da ich eine Tochter habe, verstehen kann, denn wer gäbe seine Tochter schon gern einem Mann, der auch die Männerliebe oder in erster Linie die Männerliebe kennt, und, so gesehen, deckt sich plötzlich das Bürgerliche mit dem Elementaren, dem ganz und gar Primitiven, das das sexuelle Glück als höchstes Glück preist. Nein, nein, einen Homosexuellen, und wäre es einer mit den schönsten seelischen Werten, wünsch ich mir für Nini nicht! Um Gottes willen, nein! Einen normalen Mann, ein schönes Tier, mit einer guten Hand, mit der traurigen Einsicht der Tiere in alles Vergebliche. Aber damals eben, und es kommt mir vor, als wäre es ewig

her, kam dauernd einer in mein Zimmer, wenn H.-H. bei mir war, was oft geschah: Er war manchmal mehrere Tage Familiengast. Soviel Angst hatten sie vor mir, daß sie H.-H. einluden, über die Festtage zu bleiben. Vielleicht war ich, das weiß ich heute nicht mehr genau, hingegangen in die Küche zu meiner Mutter und hatte gesagt: Horst-Hermann fährt erst nächsten Samstag wieder nach Hannover, und meine Mutter gab ihm dann ein Lager in diesem geräumigen Haus, in dem damals noch Teppiche lagen, und noch keine Studenten wohnten, und noch niemand nachts weinend umherging, in dem allerdings alle außer mir den armen Horst-Hermann kalt ansahen, seine lila Hemden, seine grünen Hosen, seine rosaroten Schals und seine langen schwarzen, auf und ab fächernden Wimpern, seine Hände, die so raffiniert das kleine, struppige, scheinträchtige Hundeweibchen zu streicheln verstanden, daß ich eifersüchtig wurde. Was für eine Puppe! haben sie vielleicht gedacht. Aber er ist keine Puppe, er ist kundig und *seine* Träume möchte ich nicht haben.

Eine Zeitlang habe ich auch das Zimmer unter diesem Zimmer bewohnt, das, in dem jetzt der Student Schönig wohnt. Vor dem Fenster liegt die Terrasse. Den ganzen Sommer über blieb das Fenster weit geöffnet. Unter dem Fenster stand der Tisch. Man konnte auch über den Tisch direkt ins Freie gehen, sich auf die Fensterbank setzen und die Beine hinausbaumeln lassen oder hinabspringen auf die Terrasse. Damals besaß ich zwei Stühle. H.-H. und ich saßen nebeneinander am Tisch, mit dem Rücken zum Zimmer, mit dem Gesicht zum Fenster. Eine Illustrierte lag vor uns, in der wir nicht lasen. Unsere Beine und Körper waren bis zur Taille unter dem Tisch verborgen. Und wir hatten unsere Hände unter dem Tisch. Hinter der Terrasse waren Büsche und der Stamm des Birnbaums. H.-H. saß aufrecht und unbeweglich, aber ich hatte auch den Kopf nach unten gebeugt, als ich plötzlich ein Hüsteln hörte und hochfuhr.

Im selben Augenblick, so daß ich bis heute nicht weiß, ob er meine Bewegung noch gesehen hat oder nicht, trat mein Vater von außen vors Fenster und hielt uns, scheu lächelnd, eine Schale voll Weintrauben, die er gerade geerntet hatte, entgegen. Wir saßen wie erstarrt hinter dem Tisch, keiner bewegte sich, ich lächelte mit ganz nassen Lippen und nassem Kinn den Vater an, der die Schale auf den Tisch stellte und wieder ging. Er hatte die Ärmel seines hellblauen Oberhemdes aufgekrempelt; seine kurzen breiten Unterarme, die zu verhältnismäßig zarten Handgelenken ausliefen, waren dunkel behaart. Sie waren warm, gut anzufühlen. Ich nannte ihn »Bär«. Und wenn die Mutter ihm abends im Schlafzimmer den Rücken mit einer Bürste massierte, weil sich unter der Haut juckende Geschwülste bildeten, die ersten deutlichen Anzeichen des den ganzen Körper bereits verseuchenden Krebses, dann sah es aus, als striegele sie ein Tier, und ich streckte die Hand aus und ziepte ihn an seinem Fell.
Ich stehe mitten in meinem Zimmer und horche ins Haus hinein. Ich will noch einen anderen Pullover anziehen, ehe ich in die »Borste« gehe. Ich höre den Großvater seufzen. Ich nehme das Seufzen immer als Ausdruck des Kummers. Das ist wahrscheinlich falsch. Es gibt Herzkrankheiten, Atembeschwerden, Sauerstoffmangel, es ist eine langsame Blutvergiftung, die den Kranken seufzen, die ihn weinen und traurig sein läßt. Aufgespeicherter Schmerz kommt ihm plötzlich ins Bewußtsein, wenn die Leber oder die Nieren nicht gut funktionieren. Da ist es sehr witzig zu behaupten, der Geist beherrsche den Körper.
Ich öffne meine Tür, trete ins Treppenhaus, öffne die Flurtür ebenso leise und horche. Im Schlafzimmer des Großvaters ist es jetzt still. Auf dem Flur riecht es unangenehm. Im Badezimmer ist der Geruch noch stärker. Das Toilettenbecken ist schmutzig, ein Belag von Wasser- und Urinstein hat sich auf dem weißen Porzellan angesetzt.

Auch das Waschbecken ist schmutzig. Niemand außer dem Großvater benutzt das Badezimmer. Hier ist seit Wochen nicht geputzt worden. Der Heizkörper ist warm und steigert den scharfen Geruch noch. Watte und Salbe liegen umher. Die Wärme macht mich schläfrig. Je länger ich hier sitze, um so weniger bemerke ich den Geruch. Ich hebe meinen Rock hoch und sehe auf meinen zusammengedrückten Bauch hinab und auf die weißen breiten Schenkel mit den roten Flecken an den Innenseiten. Es ist jetzt ein ganz blasses Lilarot. Ich schiebe das Kleid weiter nach oben, bausche es unter meinem Kinn zusammen und sehe an mir hinab. Die Flecke auf den Rippen sind ebenfalls blaß und nicht mehr heiß. Nur noch ein feines, grelles Stechen steigt vom Knochen auf, wenn ich darauf achte. Ich schlucke noch einmal zwei Tabletten mit dem abgestandenen Wasser aus dem Boiler, ich schlürfe das Wasser aus der Hand. Bevor ich das Haus verlasse, nehme ich in Großvaters Küche noch einen langen Zug aus der Steinhägerflasche.

Draußen sehe ich am Haus hoch: Es liegt jetzt ganz dunkel da, kein einziges Fenster ist mehr hell. Alle sind in ihren Betten. Die Studenten schlafen bestimmt, meine Mutter schläft oder weint, der Großvater betet. Alle Häuser dieser kurzen Straße sind dunkel oder fast dunkel. Bei Böhme schimmert Licht durch die herabgelassenen Jalousien des Schlafzimmers. Bei Heidenreich ist im Badezimmer Licht, ein zitronengelber Vorhang ist zugezogen. Ein Windstoß schiebt mich voran, bleibt mir im Rücken, die Richtung stimmt, ich gehe zu Fuß, unter großen Brücken hindurch, am Bahnhof vorbei, vor dem ein Weihnachtsbaum steht, den ich vorhin, als ich zum Bus rannte, nicht bemerkt habe. Es hätte keinen Zweck, auf einen Bus zu warten. Erstens fahren die Omnibusse jetzt nur alle zehn oder zwölf Minuten, und bei meinem Tempo gehe ich in zwölf Minuten wer weiß wie weit. Und außerdem müßte ich in der Innenstadt umsteigen, führe also riesige Umwege, denn so, wie ich gehe, berühre ich die Innenstadt überhaupt nicht, sondern komme über Plätze, Wallanlagen, alte Wohnstraßen. Und jedesmal, wenn ich um eine Ecke biege, frage ich, wie viele Fenster wohl in dieser Straße noch erleuchtet sein werden. In den Straßen mit den vielgeschossigen Häusern sind es eine ganze Menge Fenster, ich sehe hinauf und versuche an dem Licht zu erkennen, ob es sich um ein Wohnzimmer oder ein Schlafzimmer handelt. Aber ich bleibe nicht stehen. Ich weiß, daß ich es in einer Stunde quer durch die ganze Stadt schaffe, und Hannover schaffe ich in zwei Stunden von einem Vorort bis zum anderen, nachts, wenn ich dieses Tempo habe, an dem ich mich freue. Tags könnte man so schnell nicht vorankommen, dauernd liefe einem wer in den Weg. Aber nicht nur deshalb. Tags ist alles schwerer, tags vergißt man die Fähigkeiten seines Körpers, tags ist man durch zu viele visuelle und akustische Erlebnisse behindert. Der Schritt ist auf das nächste gerichtet, ist klein. Weites kann man nicht übersehen, es gibt nur den engen Raum. Ich genieße das Gehen in dieser Dunkelheit und Weite. So geht man, wenn man frei ist. So möchte ich gehen, barfuß, in Irland oder in Afrika, acht Stunden pro Tag möchte ich so gehen und gehen, stehenbleiben, mich umsehen und weitergehen. Radfahren ist auch gut, ich bin auch schon mal Rad gefahren nachts, beschwingt, beschwipst. Aber der Schwips ist lange nicht so gut wie diese Mischung aus Tabletten und Alkohol, auch Baldrian und Schnaps ist gut, man müßte einen Baldrianlikör erfinden. Dieses schnelle Gehen versetzt mich in einen Machtrausch. Es freut mich, meinen Körper so gut funktionieren zu sehen. Wenn ich nur immer so schnell und frei in der Bewegung sein könnte, ich glaube, daß mein Inneres dann mitgerissen würde, und daß ich nicht mehr ängstlich und kleinmütig wäre. Ich fühle mich jung, und trotzdem flüstere ich immerzu vor mich hin: Die Toten und die Greise reiten schnell! Und niemals hat mir eine Parole soviel Schwung gegeben, nie habe ich eine Parole so sehr auf mich bezogen. Und ich breite die Arme aus und atme tief und bin glücklich. Alles wird mir gelingen! Heute wird mit Augustin endlich alles klar werden, klar und einfach: Ich liebe ihn. Und so wie du bist, so akzeptiere ich dich, ich will nichts an dir ändern, ich will mich nicht einmal fragen, ob du anders besser wärst, besser für mich.

Ich gehe die breite Ringstraße entlang, überquere die Kastanienallee. Als ich mich der Straße nähere, in der die »Borste« liegt, ist mir plötzlich, als wüßte ich es ganz genau, daß das Lokal heute geschlossen ist, weil es renoviert wird, oder aus einem anderen Grund. Ich werde mich vergeblich die ganze Woche lang gefreut, mich nach Augustin gesehnt haben, ich werde in eine neue Woche gehen müssen, ohne zu wissen, ob ich ihn wiedersehe. Dann wird mir nichts anderes übrigbleiben, als mich abzufinden mit der Trauer im Elternhaus, mit Hannover und mit Nini in Peine.

Die Lampe über dem Eingang brennt. Ich öffne die Tür so leise wie möglich und halte sie offen, damit ich mich wieder verdrücken kann, falls ich das will. Am liebsten liefe ich sofort wieder weg, ohne zu überlegen. Ich horche, aber es ist nicht zu unterscheiden, ob drei oder zehn Personen im Lokal sind. Die Musik ist zu laut. Paul McCartney singt: Let it be, let it behee, let it be, let it be, speaking words of wisdom, let it beheehehiiiiiiii... Ich teile den Vorhang. Der Raum ist fast leer. Weil es Durchzug gibt, muß ich die Tür zumachen. Sammy steht seitlich neben der Theke und hat mich längst entdeckt. Puppa, seine Frau, steht hinter der Theke und beobachtet, wie ich hereinkomme. Röschen, die Serviererin, steht in der Tür zwischen Theke und Clo und beobachtet mich, wie ich hereinkomme. Eine männliche Figur sitzt mit dem Rücken zu mir auf einem

Barhocker vor der Theke. Zwei Figuren, eine weiblich, eine männlich, sitzen an einem Tisch hinten rechts. O Gott! Mir rutscht alles nach unten. Ich fühle meine Augen riesig werden, weil das Wangenfleisch fällt. Ich drehe allen diesen Menschen den Rücken zu, hebe den zweiten Vorhang auf, der gleich neben dem Eingang ist, und hänge meinen Mantel an einen Garderobenhaken. Diese Garderobe ist eine kleine Kabine, genauso groß wie der Windfang und direkt daneben. Soll ich den Grundriß aufmalen? Zwei Kabinen, einsfünfzig mal einsfünfzig nebeneinander. Hinter der Garderobe und vor der Theke entsteht eine Ecke, in der ein runder Tisch steht, eine Wandbank. Ein Spiegel hängt in der Garderobe, eine Wandlampe daneben. Ich habe Frauen gekannt, die an keinem Spiegel, an keinem Glasschrank, an keinem Bild vorbeigehen können, ohne ihr Spiegelbild zu suchen. Ich glaube, ich habe mich in diesem Spiegel noch nie gesehen, jedenfalls nicht nah. Ich bin viel zu ungeduldig, wenn ich Augustin entdeckt habe, und viel zu unglücklich, wenn ich ihn nicht sehe. Ich bin seit vierzehn Stunden ununterbrochen auf den Beinen; nein, ich will nicht übertreiben: Während der Bahnfahrt habe ich gesessen und die zehn Minuten, in denen ich die Kartoffelpuffer in mich hineinschlang, habe ich gesessen. Aber was habe ich nicht alles getan an diesem einen Tag! Er kommt mir vor wie drei Tage. Heute morgen lag ich noch krank im Bett, und die Mutter der Witwe Jung stäubte den Puder von meinem Bettvorleger und brachte mir Frühstück. Dann kam Herzchen im schwarzen Kostüm und holte mich zum Rabotten. Und dann war ich in Kleefeld, und es war kalt und windig, und zwei Menschen sahen in meinen Glaskäfig hinein, und ich sah, daß sie froren. Und dann... Ich habe, bevor ich von Zuhause wegging, Lippenstift aufgelegt, ein bißchen Make-up, Wimperntusche. Aber es lohnt sich wirklich nicht, jetzt noch in einen Spiegel zu sehen. Für wen auch? Für den alten Sänger, den Opernchargen, dessen Rücken schmal und arm im grauen Jackett vor der Bar war, neben Puppas großem Teiggesicht? Sie ist nicht fett, sie ist breit und kurz, schmal im Profil, aber breit in der Front, breit und flach der Körper und darüber das große, flache Gesicht, im Profil so schmal, daß ihm Kinderbrillen paßten, aber von vorn so breit und weiß wie ein Lebkuchenbild. Langes Madonnenhaar, ein schmaler, böser Mund. Wenn Sammy siebzig ist, aber er kann auch viel jünger sein oder viel älter, dann ist Puppa ungefähr fünfzig. Sie hat kein Fett an diesem Knochengestell; das wirkt seltsam. Man hat nämlich nicht den Eindruck, daß sie mager ist. Eine breite Frau, aber hart. Ich habe immer ein Unbehagen ihr gegenüber, als wäre sie eine Zwergin, eine Mißgeburt, die man nicht offen anzusehen wagt, weil man fürchtet, man könnte sie kränken. Dabei ist das alles Unsinn: Puppa nutzt jeden schönen Tag, um im Bikini im Stadtbad schwimmen zu gehen, und fühlt sich selber ganz normal, und wahrscheinlich finden auch alle anderen sie normal gebaut, eben mit kleinen Schönheitsfehlern, wie sie jeder hat, aber keiner außer mir merkt, daß Puppa ein Krüppel ist.

Rose, so pikiert, altjüngferlich, klosterfraulich, immer leise, immer ernst. Für manche könnte das ein Reiz sein, ist es aber offenbar nicht. Zu anstrengend, zu anspruchsvoll. Vielleicht ist sie noch Jungfrau? Mit dreißig. Ich habe gehört, sie habe einen fernen Verlobten. Das vereinfacht ungeheuer. Die Männer streicheln ihre Hand, die das Bier vor sie auf den Tisch stellt, und wenden sich dann Frauen zu, die weniger ernst sind. Sammy mit seinen beiden Weibern! Ich kann ihn mir weder mit der einen noch mit der anderen vorstellen.

Sammy, heute im lindgrünen Hemd und lila Schlips, sieht mich an und beugt sich dann zum Opernsänger hinab, auffällig wie ein Schmierenkomödiant. Der zuckt herum, lächelt drauflos, rutscht vom Hocker und kommt auf mich

zu: Gnädige Frau? Sammy wendet sich ab und kramt in einem Karton oder tut so. Sie wollten mich sprechen? fragt der Opernsänger.
Ich komme extra deshalb her, antworte ich und schiebe mich auf den Hocker neben seinem. Auch er rutscht wieder hoch, hebt die rechte Backe, klemmt sie auf den Sitz aus schwarzem Lederimitat und zieht den Rest nach. Puppa sieht mich fragend an. Ich bestelle Bier, ich muß sparsam sein, Operettentenöre können Sekt trinken. Es hat hier schon Nächte gegeben, wo ich nicht einen Pfennig ausgegeben habe. Ich kann mich nicht darum kümmern, ob ich ein überflüssiger oder ein gerngesehener Gast bin. Vielleicht steigere ich ja den Umsatz einfach durch meine Anwesenheit. Von Puppa und Rose kommt Feindschaft. Ich erwarte nicht, daß Frauen mich mögen. An anderen Tagen, wenn es hier voller ist, wenn sich die drei Engel um mich scharen, Augustin Engel und Heinz Engel, der Vater, beide Schauspieler, und Michael Engel, Cocacola-Vertreter, neunzehn Jahre alt; wenn die Architekten Felte und Dr. Mucki, der Tänzer Heribert und der Schauspieler Leberecht in seiner Kaninchenfellweste, der Segelflieger Bartelmé, zwei Zentner schwer mit Babygesicht, und der rothaarige Kai, der Maler, der mit H.-H. und mir gemeinsam studierte und jetzt schon Preisträger ist, wenn alle diese Männer da sind, dann könnte meine Anwesenheit Sammy eventuell sinnvoll erscheinen, selbst wenn ich nur das Bier aus fremden Gläsern trinke. Felte bringt oft eine Journalistin mit, mit der er lebt und die er schlecht macht, wenn sie es nicht hört. Manchmal ist eine rundliche Frau da, die sie das singende Mannequin nennen, und eine sehr schöne Araberin oder Spanierin oder Südamerikanerin, die in all dem Trubel finster und unansprechbar da sitzt und auf jemanden zu warten scheint. Und ich finde sie in all ihrer Schönheit und Traurigkeit komisch und bedenke nicht, daß auch ich mal so da saß, als Augustin sich an den Nebentisch gesetzt

hatte. Unsere Schultern und Ellbogen berührten sich manchmal durch einen zwischen den Tischen hängenden Strippenvorhang hindurch. Irgendeiner, ich glaube, es war der Mann des singenden Mannequins, ein Turnlehrer, provozierte mich, und ich sagte zu Augustin: Hilf mir doch! Und er sagte über die Schulter: Hilf dir doch selber! Ich trug ein dunkelgraues Seidenkleid mit einem rosa Schal, den ich wie eine Krawatte gebunden hatte. Und drüben an den Zwei-Personen-Tischen saß Achmed, der Türke, und machte, als er ging, eine schweigende tiefe Verbeugung zu mir herüber. Wenn ich daran denke, wie ich mich in Hannover an Achmeds tiefer Verbeugung aufgerichtet habe! Aber der Türke war seither nie mehr hier. Einmal war auch Augustins und Michaels Mutter hier, die Frau von Heinz Engel. Eine kleine, zierliche Frau, noch ganz jung. Und zweimal hat Augustin ein Mädchen mitgebracht, ein großes, dickes, dunkelhaariges Mädchen in einem dunkelroten Samtkleid. Sie ist seine Cousine und seine Geliebte zugleich. Heinz Engel hat einen Bruder, Karl Engel, der ein großes Baugeschäft besitzt und sehr wohlhabend ist. Und dessen Tochter ist Augustins Freundin, falls Augustin nicht übertreibt. Das letzte Mal ist er um Mitternacht mit ihr gegangen und saß zehn Minugen später schon wieder neben mir an der Theke. Links Augustin, rechts Michael, beide völlig verschieden. Links war Schweigen, drohendes, kaltes, böses Schweigen, rechts war Lachen, Sprechen, Zwinkern. Michael, schlank, klein, blond, mit einer Knollennase. Augustin groß, dunkel, mit Augen, deren Pupille nicht mitten in der Iris sitzt, sondern zu weit nach innen. Die Augen schielen nicht, nur die Pupillen schielen. Eine reizvolle, beunruhigende Mißbildung. Augustin gibt sich böse, jähzornig. Michael ist unkompliziert und intelligent. Sicher wird Augustin in zehn Jahren den Jago spielen und in zwanzig oder dreißig den Tartuffe. Er ist einundzwanzig, und ich lasse keine Gelegenheit aus, ihm zu zeigen, daß ich ihm um vier Jahre Lebenserfahrung überlegen bin – wie vorhin den jungen Männern im Zug. Er wird böse, wenn ich den Altersunterschied betone, dann spricht er nicht mehr, er weiß sowieso nichts zu sagen. Aber seine Hände sind schön, groß wie Tischlerhände, die die eichenen Särge machen. Seine Augen sind schön und suggerieren eine impertinente Intelligenz, die er gar nicht hat. Aber mir ist es gleich, wie klug oder wie dumm er ist. Daß er das Gymnasium, auf das ihn ein ehrgeiziger Vater schickte, in der achten Klasse verlassen mußte, das heißt, nach dem vierten Jahr, ist mir völlig egal. Ich bewundere seinen Mut, mit einem Maß von über einsneunzig Schauspieler zu werden. Was kann er schon spielen? Er ist viel zu schön! Es gibt ja keine Rollen für einen so schönen Mann! Aber ich werde sie dir schreiben, Augustin! Doch sitze ich dann in meinem Zimmer bei der Witwe Jung oder im Café hinterm Opernhaus oder auf einer Bank in der Eilenriede, dann fallen mir viele Rollen für Michael ein, aber für Augustin keine. Wie schade, Augustin, daß du so schön und so stark und so groß bist! Die beste Mitgift für einen Schauspieler ist ein Dutzendgesicht. Du weißt doch, weshalb dein Vater kein großer Schauspieler geworden ist? Weil sein Gesicht genau dem eines komischen, traurigen Komparsen entsprach und auf einem bestimmten Grad der Traurigkeit, der Dummheit, der Seltsamkeit festgerostet oder festgerastet war. Im Leben deines Vaters hat es bisher zwei, drei große Rollen gegeben, aber über lange Jahre hinweg hatte er nichts anderes zu spielen als den Schneider oder den Wassermann im Weihnachtsmärchen oder irgendwelche Trunkenbolde, Landstreicher, kleinkarierten Schreiber und Advokaten.

Und ich? Was bin ich, daß ich so über andere urteile? Ich gehöre zu denen, die die Ritterkreuze kriegen. Schweißabsonderung und Durchfall wird von keiner Statistik aufgenommen. Prost Sammy!

Sammy beugt sich über die Theke. Seine Haut ist olivfarben. Er hat so wunderhübsche Goldzähne zwischen den feuchten Lippen. Er trinkt niemals, aber er raucht ununterbrochen. Sammy! sage ich. Ach, Sammy, warum trinkst du niemals? Trink doch mal, einmal – mir zuliebe! Wie ist? fragt er. Malst du wieder? Er schüttelt den Kopf: Du malst nicht, du malst nicht, ich weiß. Du nicht!
Na und?
Er schüttelt tief bekümmert, resigniert den Kopf. Warum willst du nicht malen? Ich helfe dir, daß du malen kannst. Ich weiß, du bist unglücklich, sehr unglücklich! Na, wie ist, was ist? Willst du malen oder willst du nicht?
Aber mir geht's doch gut, Sammy! Hast du meinen neuen Mantel nicht gesehen? Hier, meinen neuen Pullover? So gut ist's mir noch nie gegangen wie jetzt.
Nun gut, du mußt wissen. Aber wenn du malen willst, ich kann das machen, ich kann dir Geld geben. Ich mach, daß du malen kannst!
Sammy, du sagst doch immer dasselbe!
Nun, du willst nicht, du willst nicht, du kannst sagen, was immer, du willst nicht malen, sonst würdest du ja sagen!
Ich wünschte, Kai träte jetzt hinter mich, wie neulich, legte die eine Hand auf meine Schulter, kratzte sich mit der anderen im Nacken und sagte: Sie malt ja – nun laß sie, sie malt ja! Obwohl Kai natürlich weiß, daß ich keine Zeit und keine Kraft mehr zum Malen habe, aber Kai war derjenige, der es umhererzählt hat, daß ich seiner Meinung nach gut male. Und Kais Meinung ist nicht irgendeine Meinung. Kai ist eine Respektsperson für uns jüngere Maler. Wir fühlen uns geehrt, wenn er, so besoffen wie nur er es schafft, inmitten eines Durcheinanders von bemalten, bunt und spärlich bekleideten Körpern plötzlich davon zu reden anfängt, einer Mieze, die er im Arm hält, zu erklären anfängt, daß der oder jener gute Bilder malt. Und das hat

er von mir einmal gesagt, vor langer Zeit, auf einem Fest der Kunstakademie. Damals hatte ich noch kein Kind. Ich bekam ausreichendes Taschengeld, und mein Vater zeigte meine ersten Bilder in seinem Büro umher und versprach mir ein Atelier unter dem Dach mit einem schrägen großen Fenster nach Norden. Aber er war immer so müde, der Vater, und er bemalte die Anfangsbuchstaben in der Zeitung und die Streichholzschachteln, wenn wir glaubten, er läse oder er schriebe. Er hat uns kunstvoll bemalte Streichholzschachteln hinterlassen, mit einem Netz von feinen Rotstift- oder Kugelschreiberlinien bedeckt; im Manierierten der Fragezeichenschwünge liegt schon das Emotionslose, der Tod.

Puppa fischt Würstchen aus dem Topf, der auf einem elektrischen Kocher steht. Sie legt die langen dünnen Würste auf einen Teller, streicht Senf an den Tellerland, legt ein Brötchen dazu und tut so, als habe sie nicht gehört, was Sammy zu mir gesagt hat. Vielleicht hat sie es wirklich nicht gehört, weil Daliah Lavi so laut singt. Puppa gibt Rose ein Zeichen mit den Augen, und Rose folgt, nimmt den Teller und trägt ihn zu einem Tisch hinten im Raum. Rosemarie! ruft eine Männerstimme. Mein Großvater sang immer ein Lied, ich war damals noch ganz klein, das Lied ging so: Rosemarie, Rosemarie, siehieben Jahre mein Herz nach dir schrie. Ich mochte das Lied nicht. Dieses »schrie« mißfiel mir sehr, war mir unheimlich, oder: ich fand es verrückt. Ich sehe, daß ich mich nicht geändert habe, obwohl ich natürlich jetzt weiß, was mit einem schreienden Herzen gemeint ist. Auch mein Herz hat schon geschrien, aber mir war nicht ganz wohl dabei. Ich glaube, daß Herzen und Menschen, denen man weh tut, niemals schreien.

O, Rosemarie! ruft der Mann nochmal.

O, Sammy, sage ich, du hast ja keine Ahnung, was ein Mensch zum Leben braucht, ein Mensch und ein Kind.

Informier dich doch erst, ehe du solche Angebote machst.
Ich weiß, was ich sage! Sammy geht zur Theke. Ich weiß, was ich will, aber du weißt nicht, weißt nicht!
Sie malen? fragt der Opernsänger.
Ja. Und was ist Ihr Beruf? frage ich.
Tannhäuser! sagt Sammy.
Nanana! Der kleine ältliche Mann hebt abwehrend die Hände. Puppa, gib uns noch ein Bierchen, sagt er und deutet auf mein und sein leeres Glas. Was tut er hier? Hat er nicht zu Hause eine Frau, erwachsene Kinder, Enkel? Eine Stube mit Sofa und Ölgemälde darüber? Puppa öffnet die Flasche und füllt unsere Gläser. Es gibt hier nur Flaschenbier, sie haben keinen Bierhahn. Sollte ich ihn mal nach seiner Frau fragen? In diesem Augenblick sehe ich, daß seine Jackenärmel vorn durchgestoßen sind. Er hebt das Glas und trinkt, sein Handgelenk ist mager und hat innen weiße Haut mit blauen Adern. Vielleicht ist seine Frau tot, vielleicht fängt er an zu weinen, wenn ich ihn frage.
Jedesmal wenn die Tür geht, gibt es einen Luftzug, weil Rose die Tür zum Toilettengang und die Tür der Herrentoilette, in der die Luke offensteht, aufgemacht hat. Auf dem schmalen Gang, von dem die beiden Türen der Toiletten abgehen, stehen die Bierkästen. Jedesmal, wenn man den Luftzug hinter sich fühlt, dreht man sich um, um zu sehen, wer gekommen ist. Hier scheint jeder auf wen zu warten.
Die Araberin ist es. Sie setzt sich wortlos an einen Tisch dem Eingang gegenüber. Sie stellt den Stuhl schräg und lehnt den Rücken gegen die Wand, so daß sie Theke und Eingang im Blickfeld hat. Sie trägt eine schwarze Hose und einen schwarzen Pullover, keinen Schmuck, kein Make-up. Rose wartet nicht ab, sondern geht mit Flasche und Glas zu ihr hin. Mit leiser, tiefer Stimme bittet sie um

Zigaretten, nennt nur die Marke, sagt Danke. Sie spricht französisch, aber es ist heute keiner da, der das kann. Englisch wäre besser. Französisch ist in Norddeutschland seltsam unpopulär. Ich sehe sie an, ich finde sie sehr schön und begreife nicht, weshalb sie herkommt. Es ist doch so, daß wirklich schwermütige Menschen, die aus einem einsamen Zimmer in eine Kneipe fliehen, sich anpassen und Kontakt suchen zu jedem Beliebigem. Zieht sie eine Schau ab und für wen? Ist denn einer hier, um den es sich lohnte? Sie muß meinen Blick spüren, reagiert aber nicht, raucht und starrt vor sich hin, tiefernst, streng, verschlossen.
Erwartest du wen? fragt Sammy.
Ich? Das weißt du doch: den blonden Segelflieger! sage ich.
Das Riesenbaby? Was willst du denn mit dem? Der ist doch viel zu groß für dich. Das kommt dir ja beim Kopf raus!
Auch so etwas sagt Sammy unbewegt und traurig. Er ist nicht mal neugierig, wie ich solche Bemerkung hinnehme, er wendet sich ab und zählt Zigarettenschachteln in einen Karton.
Wieder spüre ich den Zug im Nacken und an den Beinen, aber diesmal drehe ich mich nicht um, den Gefallen tue ich Sammy nicht. Puppa und Rose sehen an meinem Kopf vorbei zur Tür. Ich kippe den Kopf unwillkürlich zur Seite, als könnten mich die Blicke streifen wie ein Schuß. Auch Sammy hört einen Moment auf zu zählen und blickt unter der geneigten Stirn hervor. Der Opernsänger dreht sich auf seinem Sitz um, er winkt. Aber ich drehe mich nicht um. Ich horche. Trotz der lauten Musik müßte man Stimmen hören, wenn mehrere Menschen gekommen wären. Es scheint nur ein einziger Mensch zu sein. Wer ist es? Eine Frau, da der Opernsänger winkt? Aber einer Frau würde man anders winken, und Sammy würde auf jeden Fall seine Goldzähne entblößen. Einer vom Theater? Möglich, hier

sind ja die meisten vom Theater. So komme ich nicht weiter. Nach einer Weile rutsche ich vom Hocker herab, um zur Toilette zu gehen, anders erfahre ich nicht, ob Augustin da ist oder nicht. Ich wage nicht, nach ihm zu fragen. Sammy, dieser Kuppler könnte zu vieles verderben, wenn er es wüßte.

Es ist nicht Augustin, es ist Heinz Engel. Er sitzt am Tisch der Araberin, ohne mit ihr zu sprechen, ohne überhaupt von ihr bemerkt zu werden. Ein Tisch verbindet nicht nur mehrere Gäste, ein Tisch kann sie auch trennen. Sie sitzen, obwohl der Tisch nur einen Meter Durchmesser hat, sehr weit von einander entfernt. Heinz hat seinen Stuhl in den Raum geschoben, kann gerade bei ausgestrecktem Arm sein Bierglas berühren, das Rose ihm gebracht hat. Ich gehe an ihm vorbei, um zur Tür zu kommen, die vom Gästeraum her auf den schmalen Toilettengang mit den Bierkästen führt. Ich muß um seinen Stuhl herumschwenken und lege dabei meine Hand auf seine Schulter, fühle den harten, billigen Stoff seines braunkarierten Jacketts. Er legt den Kopf in den Nacken und sieht zu mir auf. Seine vorquellenden Augen und die lange Nase erinnern an Augustin, seine kleine bewegliche Figur an Michael. Manchmal sitzt er den ganzen Abend hinter einem Glas Bier. Er ist wirklich arm und einsam. Er hat mal als Tänzer angefangen und ist später, als er nicht mehr elastisch genug war, zur Schauspielerei übergegangen und hat in beiden Berufen wenig Glück gehabt. Er ist nicht wandlungsfähig. Fremde in dieser Stadt sind von seinem Spiel sehr beeindruckt, aber wenn man ihn wie ich durch viele Jahre hindurch gesehen hat, kennt man seine Gesten, seine Pausen, seine Schritte und sein Zögern zu gut, um nicht genau vorhersagen zu können, was jetzt kommt, was er jetzt gleich machen wird. Bei einer Wanderbühne englischen Stils könnte er sogar der Star sein.

Auf der Toilette ist es kalt. Hier kann man nicht ausruhen

wie auf dem Clo in der Firma. Es ist so ein »Sprung-auf-marsch-marsch-Clo« wie bei der Witwe Jung. Aber eine Minute muß ich hier schon bleiben; alles, was ich tue, muß echt wirken. Ich sehe in den Spiegel. Heute morgen war ich noch krank, im Bett, nachher in Kleefeld. Ja, das hast du schon gesagt. Und dann bin ich mit dem Zug gefahren. Da war der Beter, dieser Angeber mit seiner Klunkerkette, und die Türken, und die Feuergarben, die aus den Schmelzöfen in den dunklen Himmel schossen. Der Himmel über Peine, den Nini vielleicht von ihrem Bett aus sieht, muß rot sein wie von einem Großfeuer. Nini hat Angst vor Feuer. Und dann sagte der Mann: Du Sau, du alte Sau! Und hundert Leute oder sechzig, soviel wie eben in einem vollbesetzten Bus drin sind, hörten es und sahen mich.
Ich schiebe den Riegel zurück und trete auf den Flur. Sammy schließt die Tür, die zur Theke führt, und steht neben mir. Es wirkt wie ein Zufall. Ich bin deshalb auch nicht darauf vorbereitet, daß er mich packt und küßt. Vor Ekel presse ich Zähne und Lippen fest zusammen, das ist meine einzige Gegenwehr. Ich stoße ihn nicht zurück, dazu fehlt mir die Überzeugung, daß ein aufgezwungener Kuß etwas ist, auf das man so heftig reagiert. Überall wird geküßt, in jeder Firma, in jeder Kneipe, auf jeder Fete. Man wischt sich den Mund ab und denkt nicht mehr dran. Ein Kuß ist gar nichts; kein Grund, sich einen Mann zum Feind zu machen.
Ich liebe dich! sagt Sammy.
Du? Du kannst doch gar nicht lieben! antworte ich lachend, wende mich ab, reiße die Tür auf, die zum Gastraum führt, und stehe Augustin gegenüber. Schnell lasse ich die Hand sinken, mit der ich mir den nassen Mund abwischen wollte. Zwischen diesen Türen, Wänden, Gängen sind immer nur Zentimeter, Bruchteile von Sekunden, weil alles so eng ist. Augustin muß Sammys Rücken im lindgrünen Hemd noch gesehen haben. Ob er meinen nas-

sen Mund sah, weiß ich nicht. Ob er einen Verdacht hat? Sammy steht schon wieder hinter der Theke, spricht ruhig mit Rose und stellt die Bierflaschen, die er sich nach dem Kuß aus dem Kasten nahm, um ein Alibi zu haben, ins kalte Wasser. Heinz Engel faßt, als ich an ihm vorbei will, meine Hand, hält sie fest und sagt, ich solle mich zu ihm setzen. Der Opernsänger sitzt auch schon an diesem Tisch. Sie sitzen nebeneinander. Hinter dem Tisch aber lehnt die Araberin an der Wand und raucht, ohne die beiden Männer zu beachten. Ich lasse mich sofort auf den vierten Stuhl fallen, denn in der Ecke, auf der Eckbank neben der Garderobe sitzt die »Cousine« in dem dunkelroten Samtkleid. Groß, voll, siebzehn Jahre alt, braunes Haar in braven Wellen, rote Backen, eine Kette mit einem goldenen Herzchen auf der Brust: ein Barockengel. Ich winke zur Theke hinüber, rufe: Bitte, ein Bier! Sammy blickt auf und sagt etwas zu Rose, die eine Flasche aus dem kalten Wasser nimmt, sie an einem Lappen abtrocknet, kurz hersieht, ob ich noch ein Glas habe, ein Glas vom Blech nimmt und mir beides bringt. Erst als ich getrunken habe, wage ich, mir den Mund zu wischen. Ich trinke mein Glas halbleer, fülle es nach und gieße den Rest in Engels Glas. Es ist nur noch wenig. Quelle Chance! sagt er und sieht den Opernsänger an.

Augustin kommt zurück, geht fremd an uns vorbei und setzt sich neben die Cousine. Er hätte sich ja auch mit dem Rücken zu uns setzen können, aber er wählt seinen Platz so, daß er genau in unsere Richtung sieht. Und wir drei sitzen, um ja nicht zu nah an die offensichtlich unansprechbare Araberin heranzukommen, ebenfalls nebeneinander und sehen genau auf die beiden, die sich so ähnlich sind wie Geschwister in ihren dunklen Farben, ihrer Größe, ihrer stumpfsinnigen Schweigsamkeit. Ihre Lippen bewegen sich manchmal, aber verstehen kann man nichts. Schon wieder, wohl zum vierten Mal, seit ich hier bin, ist das Tonband bei den Beatles und »Let it be«. Aber wenn sie auch manchmal reden, sie lachen nicht, bewegen sich kaum, sehen sich selten an. Es ist keine Spannung zwischen ihnen. Dieses Mädchen ist doch nur ein Vorwand, denke ich.

Acht Gäste sind im Lokal, obwohl es schon halb zwölf ist. Jetzt wird keiner mehr kommen. Ich frage mich, wie Sammy und seine Weiber von den Einkünften leben können. Ob Rose ein regelrechtes Gehalt von Sammy bekommt? Ob sie vielleicht nur abends hier ist und am Tag einem anderen Beruf nachgeht? Und was tut Sammy am Tag? Sollte er wirklich viel Geld haben, eventuell Zinsen aus einer gut angelegten Entschädigungssumme, die ihm die Bundesrepublik zahlt, weil er im KZ war oder emigrieren mußte und vieles zurückließ? Bin ich die einzige, der er Geld anbietet? Im Geschäft weiß ich von jedem etwas aus seinem Privatleben, manche erzählen bei jeder Gelegenheit von ihrer Frau, ihren Kindern, sie können nichts für sich behalten. Hier weiß man vom anderen nichts, weil jeder eine besondere Nachtexistenz vorschiebt, die mit seinem Alltag nichts zu tun hat. Hier spricht keiner über Mieterhöhungen, Schulzeugnisse, Ehezwist, Schnupfen, Mißerfolg. Hier ist man eine einsame und einmalige Gestalt, mit Träumen, Visionen, Ängsten und Dämonen. Aber ich wüßte gern viel von Sammy. Mensch, hör doch auf, mir hier den Verruchten vorzuspielen! möchte ich sagen. Dir tut doch auch mal was weh, du hast Krampfadern oder Hämorrhoiden oder Angst vorm Sterben.

Bartelmé, der Segelflieger, kommt herein, blinzelt ins Licht, streicht sich übers blonde, glatte Haar und setzt sich zu Augustin und dem Mädchen. Ob Sammy mich für so dumm hält, ihm zu glauben? Wenn er mich herumkriegen will, weshalb gebraucht er dann ausgerechnet so abgenutzte Worte wie »Ich liebe dich«? Oder hat er sie zynisch benutzt, eben weil sie so verbraucht und wertlos sind? Das wäre allerdings ein Zynismus, zu dem er die Gebrauchsan-

weisung mitliefern müßte. Aber nicht einmal das wird es gewesen sein, er wollte bloß mal wieder eine kleine Szene spielen, eine Verwicklung stiften, experimentieren.
Man müßte doch mal mit ihr reden, sage ich leise zu Heinz Engel und deute mit dem Blick zur Araberin hinüber.
Warum? fragt er.
Sie sieht so traurig aus.
Er schüttelt den Kopf, er findet nicht, daß sie traurig aussieht, und wenn schon! Er erklärt dem sich fragend vorbeugenden Opernsänger, die »Dame« erwarte, daß sie beide einen Annäherungsversuch bei der Araberin starteten. Wir sehen die Fremde an. Sie muß es merken, aber sieht nicht auf. Sammy hat uns beobachtet, kommt zu uns, nimmt die leere Flasche vom Tisch. Was ist? fragt er mißtrauisch. Sie tut mir leid, weil sie so allein ist, sage ich. Er sieht sie kurz an. Nein, laßt sie in Ruh, sagt er. Das ist schon in Ordnung.
Er hält die Flasche in der Hand. Wir sehen zu ihm auf. Er streckt die andere Hand aus, um einen Kronenverschluß in den Aschenbecher zu legen. Ich sehe genau, was diese Hand vorhat. Sammy aber muß es plötzlich vergessen haben, denn seine Hand geht an meinen Oberschenkel, von dem der Rock weit zurückgerutscht ist. Er hebt den Saum noch etwas mehr an. Hellblau! verkündet er und nickt vielsagend, als ließe sich aus der Farbe irgend etwas schließen. Hellblau! ruft er zum Tisch hinüber, wo Augustin fragend die Brauen hochzieht. Er sieht noch einmal auf den hellen Streifen unter dem dicken dunklen Stoff, dessen Saum seine langen Finger mit den braunen Kuppen immer noch festhalten. Ich wehre seine Hand nicht ab, sondern frage Heinz Engel: Wo haben Sie heute Ihren anderen Sohn?
Michael ist verreist.
Sammy geht langsam und nickend hinter die Theke zurück, stellt die Flasche in den Kasten. Der Kronenverschluß liegt noch auf dem Tisch neben dem vollen Aschenbecher.

Tcha, sagt Heinz Engel und streckt sich müde. Ich geh jetzt. Er steht auf und knöpft seine Jacke zu. Er legt mir die Hand auf die Schulter und fragt gleichgültig: Kommen Sie mit?

Der Segelflieger schiebt seinen Stuhl vom Tisch ab und dreht sich dem Raum zu. Er sitzt breitbeinig da, ein Koloß. Der Stoff der grauen Hose spannt sich über den Oberschenkeln, die schwer aufliegen und wie Fladen auseinandergehen, weil er die Füße von sich streckt. Sein Jackett hängt über der Stuhllehne. Das weiße Hemd liegt ihm so straff an, daß es kaum Falten wirft. Die Wölbung des Rumpfes reicht von den Schultern bis zu den Leisten, nicht mal der Hosenbund schneidet ein. Augustin sieht spöttisch auf seinen Vater und auf mich. Heinz Engel nimmt die Hand von meiner Schulter und streckt sie aus, um mich hochzuziehen. Ich kann mich aber nicht entschließen, meine Hand in seine zu legen. Als säße Augustin nicht da und sähe mich an, betrachte ich den Körper des Segelfliegers. Dieser Leib ist so preisgegeben, in männlicher Unbedenklichkeit bloßgestellt, schamlos und überheblich. Ich taste ihn ab, als wollte ich ihn zeichnen, wandere die Linien entlang. Der Mann ist für mich genauso Objekt, wie die Frau es für den Mann ist. So wie ihr sie abschätzt, taxiert, kann auch ich einen Mann taxieren, kann ihn mit den Augen ausziehen. Und ich habe diesen Entkleidungsblick gut studiert, ich kann ihn gut imitieren. Es ist ein Blick, den ich noch nie an einer Frau gesehen habe, den Frauen nicht haben. Aber ich habe ihn und benutze ihn, um den Mann zu beleidigen, um Augustin zu zeigen: das ist mir ein Mann – ein Körper, den ich entkleide.

Na, ich hol erst mal meinen Mantel, sagt Heinz Engel und geht in die Garderobe.

Ich bewege mich nicht, ich starre auf den Bauch in der straffen grauen Hose, auf die dicken Oberschenkel, auf das Dreieck, das der auf den Oberschenkeln ruhende Leib bil-

det. Da ist viel zuviel im Sitzen hochgeschobenes, breitgequetschtes Fleisch, als daß man das Geschlecht als Abdruck unter dem Stoff bemerken könnte, so ein kleines, weiches, eingeklemmtes Stückchen – nicht mal das. Aber ich starre weiter dort hin, bis Augustin ruft: Na, wo guckst du denn hin!
Ich sehe ihn an und gähne, lächle Heinz Engel zu, der mit meinem Mantel aus der Kabine kommt, lasse mir von ihm in den Mantel helfen und gehe mit ihm hinaus. Ich sehe noch, daß die Araberin die Füße auf einen der freigewordenen Stühle legt.
Es ist kalt. Heinz Engel schauert zusammen, er trägt einen Regenmantel. Darf ich mich bei Ihnen einhaken? fragt er und tut es und geht in seine Richtung. Ich müßte in die entgegengesetzte Richtung. Er fragt nicht, wo ich wohne, und ich kann mir nicht denken, daß er es weiß. Vielleicht glaubt er ganz naiv, die Richtung stimmt, wahrscheinlich aber denkt er gar nicht darüber nach, sondern geht automatisch seiner Wohnung zu. Nicht einmal Augustin und Michael wissen genau, wo ich hier in Braunschweig wohne. Keiner von beiden hat mich bisher nach Haus gebracht. Einmal, als Augustin den ganzen Abend schweigsam und finster neben mir saß, ging ich mit Michael fort. Kaum waren wir auf der Straße, stand Augustin hinter uns. Der eine hakte mich links, der andre rechts unter. Wütend und schweigend gingen sie los, immer schneller, ich zwischen ihnen. Ich gab das geschmeichelte, kokette Lachen bald auf. An der ersten Telefonzelle bestellte ich mir eine Taxe. Sie standen schweigend nebeneinander am Straßenrand, einige Meter von mir entfernt, und belauerten einander. Dann kam Augustin zu mir, und ich fragte ihn, ob er nicht mit mir fahren wolle. Wozu? fragte er. Um ein bißchen zu reden, sagte ich. Bis wohin? fragte er. Bis wohin mit? Bis vor die Haustür, sagte ich. Nicht bis ins Zimmer? Nein, das geht nicht, sagte ich. Dann komm ich nicht mit, sagte er.

Er stand noch eine Minute da, schwieg und wartete. Dann kam Michael auf uns zu. Augustin lachte und ging beiseite. Michael fragte: Wann seh ich dich wieder, wann kann ich dich sehen? – Vielleicht nächstes Wochenende, rief ich und lief auf die Taxe zu, die langsam näherkam. Ich winkte und stieg schnell ein. Die Brüder standem am Straßenrand, beide hatten die Hände in den Taschen. Michael hat einen Kamelhaarmantel, Augustin einen schwarzen Mantel mit Kapuze. Er sieht aus wie Savonarola.
Sie wohnen in Hannover? fragt mich Heinz Engel und geht mit mir auf die Paulikirche zu, an der er vorbei muß, wenn er nach Haus will.
Woher wissen Sie das?
Das spricht sich herum.
Soso.
Es ist sehr einfach, darauf zu schließen, wenn man bei seinem Sohn eine Fahrkarte nach Hannover findet.
Durchwühlen Sie öfter seine Taschen?
Für wen halten Sie mich?
Für einen Schauspieler.
Aber Sie haben mich nie gesehen, auf der Bühne?
Aber oft!
Das glaube ich nicht! In welchem Stück zum Beispiel?
In vielen.
Das glaube ich nicht.
Na, zum Beispiel in »Mäusen und Menschen« und in ...
Stimmt.
Und in ... wiederhole ich, aber mir fällt kein weiteres Stück ein. Dabei weiß ich, daß er in jedem Stück irgendeine Chargenrolle kriegt. Ich habe ihn sogar schon in zwei verschiedenen Rollen, zwei verschiedenen Masken, in einem Stück gesehen, ich glaube in einem Canetti, in diesem Massenaufgebot von Personen und Typen. Wenn er zwei konträre Typen spielt, sind beide überzogen. Das, was er ist, liegt dann genau zwischen beiden. Er ist nicht wand-

lungsfähig, und wenn er eine Person darstellen muß, eine Rolle spielen muß, die ihm nicht paßt wie sein abgetragenes Jackett oder sein Regenmantel, dann ist er schlecht. Aber wenn er in Jahrzehnten *eine* Rolle findet, die ihm richtig paßt, vollkommen, dann ist er gut, dann glaubt man ihm bis ins Letzte.

Was haben Sie mit meinen Söhnen vor? fragt er.

Nichts.

Wirklich?

Wirklich!

Wir gehen um die Paulikriche herum, die unheimlich ist wie alles Häßliche im Dunkeln. Der Mond, eine dicke, bleiche Spelze, rutscht hinter schnellen schwarzen und dunkelgrünen Wolken vorbei. Wir gehen in eine enge Wohnstraße hinein. Hier stehen mehrstöckige Häuser der Jahrhundertwende, mit Eisengitterbalkons, Rundbogenfenstern, Steinornamenten, Glasparavents an Veranden. Zwischen den alten, dunklen Häusern sind flache, helle Fassaden, die an die im Krieg halbzerstörten Häuser angeklebt worden sind, ohne daß man es verantworten oder bezahlen konnte, die Räume dahinter mit ihren heute ungewöhnlichen Maßen zu verändern. Deshalb haben auch diese modern wirkenden Häuser viel zu hohe und zu schmale Fenster. Unten in die Häuser sind Läden gekommen, Drogerien, Lebensmittelgeschäfte, eine Reinigung, ein Uhrenladen, Textilien. Schilder neben den Haustüren: Ärzte, Rechtsanwälte, eine Fahrschule, eine Versicherung, eine Sekte. Obstkisten und Fahrradständer vor den Läden, am Straßenrand. Nur noch ab und zu ein rundgeschnittener, aber schon wieder formlos ausgewachsener Baum, wahrscheinlich Rotdorn. Am Ende der Straße ist eine dunkle Fläche, so hoch wie die Häuser: der Stadtpark. Am letzten Haus rechts eine Freitreppe zu einem Restaurant, das dunkel ist. Wäre es noch offen, würde ich Sie zu einer Tasse Kaffee einladen, sagt Heinz Engel.

Das macht nichts, sage ich. Ich bringe Sie bis an Ihre Haustür. Es ist ja schönes Wetter. Ich deute mit dem Kopf nach vorn, gegen die Parkwand, hinter der er wohnt. Es soll mir nun auf ein paar Meter und ein paar Minuten nicht ankommen, ich habe nichts zu versäumen. Heute morgen war ich noch... Und dann heute mittag... Und heute nachmittag in Kleefeld, und heute abend: der Zug und die Türken und hinterher das Elternhaus. Oder muß man gestern sagen. Wie spät ist es? frage ich.
Keine Ahnung! Er hebt das Handgelenk, zuckt die Schultern. Ich auch nicht. Wir lachen. Aber zwölf wird es doch schon sein?
Zwölf oder drei, wer will das wissen, sagt er. Seine Hand liegt leicht auf meinem Unterarm, auf dem dicken Mantelärmel. Wir gehen im Gleichschritt, gehn leicht, die Stoffe, die uns umgeben, berühren sich kaum. Wir sind ungefähr gleich groß.
Augustin ist wirklich vor einiger Zeit in Hannover gewesen. Eines Abends, als ich reglos, in meinen Mantel gewikkelt, im Sessel saß, kam der Sohn der Wohnungsinhaberin zu mir und flüsterte aufgeregt: Da ist ein junger Mann, der Sie sprechen möchte! Mich? flüsterte ich zurück. Ja. Wie sieht er denn aus? Er kam einen Schritt näher, schwärmte: So groß! Ganz groß, ganz dunkel! Ich zog die steifen Beine unter mir vor, stand auf und ging hinter diesem Mann, der eine weiche, weite Hose und eine hellblaue Strickjacke trug, den Flur entlang und erkannte schon von weitem Augustin im schwarzen Mantel mit hochgeschlagener Kapuze. Ich überholte den Sohn der Wohnungsinhaberin, der zur Seite trat, der in die zweite Tür links vor der Wohnungstür ging und dann, als ich Augustin mitgehen hieß, den Flur entlang in mein Zimmer, dort stand vor einer gemütlichen Tischlampe und vor viel Dunklem, Plüschigem, Altmodischem. Ich hatte bisher nicht bewußt, daß ihm dieses Zimmer gehörte, ihm oder seiner Mutter oder ihnen

gemeinsam. Ich beneidete ihn sofort heftig um dieses vollgestopfte Zimmer, auswattiert wie ein Nest.
Wie erschlagen von der Häßlichkeit meines Zimmers blieb Augustin stehen. Sein Kopf wäre an die Ampel aus marmoriertem Milchglas gestoßen, wenn er noch einen Schritt gemacht hätte. Ich schloß die Tür hinter ihm und sagte: Sprich leise, meine Wirtin erlaubt keinen Herrenbesuch. Er sagte gar nichts, er ließ sich von mir in den Sessel schieben, in dem ich bis jetzt gegessen hatte. Ich zog jetzt den Mantel aus und warf ihn aufs Bett. An meinem Aussehen ließ sich so rasch nichts ändern. Ich trug eine lange, zu weite, zu grobe, auftragende gelbe Strickjacke, Rock und flache Schuhe. Neben Augustin war ich eine Zwergin, die schwere, grobe Kleidung machte mich plump, ließ mich gedrungen wirken. Ich wechselte die Schuhe, zog welche mit etwas höheren Absätzen an. Aber das brachte nicht viel, wir hätten uns im Stehen kaum küssen können.
Du hast genauso eine Jacke wie der Sepp, unsere Heldenmutter! rief Augustin erheitert.
Ein schöner Vergleich!
Wieso? Ich werd mir auch so eine Jacke kaufen. Wo hast du sie her? – Meine Mutter hat sie gestrickt.
Trotz seines Lobes war ich unsicher und versuchte, unauffällig in den Spiegel zu sehen. Ich war ungekämmt, ungewaschen, meine Fingernägel waren schmutzig, ich spürte den Geruch meiner Achseln. Hätte man mir nur zwei Minuten Zeit gegeben, ich hätte Lippenstift aufgelegt und die Hände gewaschen. Nun war an meiner Erscheinung nichts mehr zu korrigieren. Hätte ich jetzt angefangen, zu waschen, zu malen, zu kämmen, wäre es dem Mann aufgefallen, er hätte mich kritisch betrachtet. Er hätte auch die Instrumente, die ich dafür benutzte, und die hygienischen Mißstände dieses Zimmers bemerkt, den Waschtisch mit Kanne und Waschbecken und neben dem Waschtisch den scheußlichen Eimer für Schmutzwasser und Urin. In der

Fensterbank stand der Kochtopf mit dem Tauchsieder; über der Stuhllehne hingen auf einem Handtuch gewaschene Strümpfe zum Trocknen; auf dem Tisch lag ein Klumpen Butter im zerquetschten Papier, Brotscheiben in aufgefetztem Staniolpapier, Brotkrümel, ein Tempotaschentuch. Vielleicht bemerkte Augustin nichts von alledem. Er hatte die Hände in die Taschen geschoben und sah vor sich hin. Er hatte kein Interesse mehr an mir. Wer weiß, was er sich unter mir, die er nur in der »Borste« gesehen hatte, vorstellte. Vielleicht eine Frau unter einer Bronzelampe vor einer Bücherwand. Das Zimmer ist so häßlich, sagte ich zu ihm, daß es sich nicht lohnt, etwas daran zu verändern. Er sah auf, er sah sich um, uninteressiert. Ich will es auch nicht verändern, sagte ich. Je häßlicher es ist, um so besser! Er rührte sich nicht. Sonst *bleibt* man womöglich noch! sagte ich lachend. Es war ein verkrampftes Lachen. Wie sollte er meine Worte verstehen? Er lebte ja im Elternhaus. Mit ein paar Tüchern, ein paar Posters kann man jedes Zimmer erträglich machen. Niemand würde verstehen, daß es gerade darauf ankam, in unerträglichen Zuständen zu leben, damit man eines Tages etwas ganz Neues machen konnte.
Ich ging auf den Tisch zu, um mich Augustin gegenüberzusetzen. Er hatte seine Beine so lang ausgestreckt, daß ich um die Füße herumgehen mußte, um an den Tisch zu kommen. Und auf einmal erschien mir der Weg zum anderen Stuhl so weit, und der Weg zu Augustin so nah. Du, wir haben uns ja noch nie geküßt! sagte ich zu ihm. Er streckte eine Hand nach mir aus, ich setzte mich auf seinen Schoß. Wir hatten beide genug Erfahrung, um gut zu küssen, und nicht genug Erfahrung, um das Küssenkönnen zu vergessen. An diesen Kuß erinnere ich mich als an etwas Zu-Gut-Geratenes, Vollkommenes, Langweiliges. Eine sich durch meine Mundhöhle wälzende dicke Zunge. Kein Hauchen, kein Atemholen, kein Schlürfen und halbes Sprechen,

keine Zärtlichkeit, kein Necken, nichts, das sich Zeit läßt. Nach diesem Kuß konnte man sich gleich auf die Couch legen, auf die verbotenen Brokatkissen der Witwe Jung. Und hinter der Couch war die Wand, und hinter der Wand die Witwe Jung. Ich rutschte von Augustins Knien. Es schien mir, als wollte auch er den Kuß nicht wiederholen. Er suchte in den Taschen nach Zigaretten, fand aber keine. Ich bot ihm an, unten aus dem Laden welche zu holen, welche Sorte? Er nannte sie, und ich lief den Flur entlang, und hinter mir lief Frau Jung, aber ich ahnte nicht, daß sie mir nachlief, ich wußte nicht einmal, daß sie es war, ich hatte nur eine Tür gehört, kaum Schritte, und war schon im Treppenhaus, hörte auf der Steintreppe nur meine eigenen Schritte. Da rief sie von oben meinen Namen. Ich beugte mich zur Seite, sah über den Treppenschacht schräg nach oben und sah sie da stehen, eckig, stöckerig, trocken, mit roten Flecken im Gesicht. Sie rief laut und schrill, so daß es bestimmt im ganzen Treppenhaus zu hören, von jeder Wohnungstür aus zu verstehen war: Fräulein, ich wünsche keinen Herrenbesuch! Das wissen Sie, das habe ich Ihnen gesagt, als Sie eingezogen sind. Ich hätte Sie sonst niemals genommen! Ich habe zu schlechte Erfahrungen damit gemacht!
Es ist ja nur ein Freund meines Bruders, der zufällig nach Hannover gekommen ist. Wir gehen sowieso gleich weg.
Merken Sie sich das, für alle Zukunft! rief sie, als habe sie meine Worte nicht gehört.
Ich lief weiter, zog die Zigaretten aus dem Automaten, der im Eingang des Lebensmittelladens hing, rannte wieder rauf und fragte mich die ganze Zeit, was Augustin in meinem Zimmer mache, ob er in den Schubladen stöbere, aber mir fiel nichts ein, was er nicht hätte sehen dürfen. Im Nachttisch lag Ninis Foto. Er wußte von Nini. Im Geschäft wußte niemand von ihr, aber in der »Borste« wußten es alle. Sammy hat mir sogar mal zehn Mark gege-

ben, dafür sollte ich ihr ein Geburtstagsgeschenk kaufen. Vom Onkel Sammy, sagte er grinsend. Ich kaufte etwas, aber ich sagte Nini nicht, von wem. Es gibt gerade genug Onkel und Tanten in ihrem Leben, nur keinen Vater und auch eine Mutter kaum.
Morgen muß ich unbedingt zu meiner Tochter fahren, sage ich zu Heinz Engel, und er drückt meinen Arm, als wollte er mir sagen: ich weiß, ich weiß. Im Augenblick ist mir nicht klar, ob ich ihm selber schon von meinem Kind erzählt habe oder nicht. Ach, ich habe Sorgen, die Pflegeeltern spuren nicht! sage ich und bereue es sofort, oder ich bereue den hilflosen, hilfesuchenden, schwachen Tonfall. Ich weiß doch Bescheid: Die Männer, alle Männer ergreifen die Flucht, wenn ich andeute, daß es schwierig mit mir werden könnte, daß ich nicht dauernd lustig und bettbereit bin, sondern daß es da die Alltagssorgen gibt, vor denen die Männer gern fliehen möchten zu einer Frau wie mir. Intelligent und aggressiv möchten manche Männer die Frau und schwärmen mir von Barbarella vor, fragen mich, ob ich den Film gesehen habe, diesen dollen Film mit Raquel Welsh. Mit Jane Fonda, sage ich, obwohl ich den Film nicht gesehen habe, aber ich habe Jane Fonda gesehen, wie sie für die Gleichberechtigung unterdrückter Minderheiten in den USA kämpft, und ich kenne diesen Vadim, mit dem sie verheiratet war, und der inzwischen anderen Barbarellas nachläuft, ohne zu begreifen, daß Kinder Rotznasen, Masern und Keuchhusten haben, und die Mütter der Kinder Senkfüße, Krampfadern und splitternde Fingernägel, und die Väter der Kinder... Lassen wir die Väter, sie spielen keine Rolle.
Stopp! Das stimmt nicht. Denk nicht an H.-H., denk an deinen Vater, den du jede beliebige Nacht rufen konntest, wenn eine Mücke dir um den Kopf summte, und du nicht einschlafen konntest. Dann kam der Vater, ohne Protest, jede beliebige Nacht, manchmal zweimal in einer Nacht,

kam im langen weißen Nachthemd mit einem Besen, den er aus der Küche holte, während du noch halb schliefst, und ging mit dem Besen im Zimmer umher, verfolgte die an der Decke kreisende Mücke mit dem Besen und zerquetschte sie, wenn er sie erwischte. Oft dauerte es mehrere Minuten, ehe er den immer wieder verschwindenden Schatten der Mücke fixiert und sie getötet hatte. Den Besen drückte er mehrere Male vergeblich gegen die Decke oder die Wand, suchte vergeblich in den dichten schwarzen Borsten nach der kleinen Mückenleiche. Endlich hatte er eine erwischt, und während ich im Halbschlaf die Beine streckte, sagte er: Ich stelle das Schießgewehr hier in die Ecke, wenn noch eine da sein sollte, rufst du mich. Dann ging er. Ob er wieder einschlafen konnte? Darüber habe ich mir keine Gedanken gemacht. Ich schlief sofort, kaum daß er gegangen war und das Licht ausgeknipst hatte. Damals gab es noch keine Schlafprobleme für mich. Und wenn mich die nächste Mücke durch ihr Gesumm vor meinen Ohren weckte, dann rief ich, und rührte mich nicht aus dem warmen Bett, meinen Vater herbei, und er kam. Ich mußte höchstens zwei- oder dreimal rufen, dann war er da, nicht böse, nicht müde, sondern freundlich und wach. Er ergriff den Besen und ging mit erhobenem Gesicht in meinem Zimmer umher, stieß gegen den Stuhl, stieß gegen den Tisch, drückte viele Male vergeblich die Borsten des Besens gegen die Decke, rief mehrmals vergebens: Jetzt habe ich dich! Warte, jetzt krieg ich dich! Und erlegte endlich das winzig kleine Wild, damit ich ungestört schlafen konnte. Aber er kam auch ungerufen, er kam, wenn ich, ohne ganz wachzuwerden, hustete. Plötzlich stand er vor meinem Bett, ich sah ihn kaum, weil es dunkel war im Zimmer; hinter ihm war ein Lichtschimmer vom Korridor. Ich erkannte seine Stimme, roch seinen Körper, seine Hände; verstand zwar seinen Befehl, den Mund aufzumachen, nicht, aber in mir war die Erfahrung, daß er nur aus zwei

Gründen kam, und ich sperrte den Mund auf und ließ mir etwas Sirupartiges und scharf Riechendes in den Mund giessen. Hörte noch ein Murmeln, als ich schon wieder unter das Deckbett kroch und einschlief.
Ich habe so wenig Zeit für meine Tochter, sage ich zu Heinz Engel. In meinem Leben ist kein Platz für sie, kein Eckchen!
Quelle tristesse! sagt er.
Idiot!
Obwohl er so leicht neben mir geht, seine Hand so leicht auf meinem Arm liegt, ist sein Ellbogen offenbar in diesem Winkel festgerastet und lockert, dehnt sich nicht, selbst dann nicht, wenn wir um Ecken schwenken, an denen man üblicherweise stehenbleibt und eine angenehme Nacht wünscht. Schon treten meine Füße auf karierte Platten, auf ein Podest aus dicken Glasfließen vor einer Haustür, neben der eine Lampe angeht, die er angeknipst haben muß. Gleichzeitig geht das Treppenhauslicht an. Durch die Glastür sieht man die gesprenkelten Steinstufen bis zur Parterretür links.
Na, dann: Gute Nacht, schlafen Sie schön! sage ich und schlängele meinen Arm aus seinem hartgewinkelten heraus.
Wollten wir nicht noch eine Tasse Kaffee trinken? War das nicht abgemacht? fragt er erstaunt.
Mitten in der Nacht? Was soll den Ihre Frau sagen?
Sie ist sowieso noch wach. Kommen Sie! Er schließt die Haustür auf und zieht mich hinein.
Ich muß jetzt nach Hause, sage ich.
Das ist doch Unsinn. Kommen Sie!
Aber das geht doch nicht!
Nicht so laut! Die Leute!
Bitte, lassen Sie mich los! Ich ziehe an meinem Ärmel. Das Licht geht aus. Wenn ich den einen Arm freibekomme, hält er den anderen fest. So lächerlich es ist, wir kämpfen

miteinander, ich fühle seine kleinen, harten, unerwartet kräftigen Hände. Und dabei redet er leise auf mich ein; ich solle mich nicht anstellen, er bringe oft noch abends Leute mit nach Haus zu einem Gespräch, zu einem Drink. Das sei doch nichts Ungewöhnliches, für eine Schauspielerfamilie sei Mitternacht nicht spät. Seien Sie doch nicht so bürgerlich! sagt er, und das verfängt für einen Augenblick bei mir. Auch meine Malerkollegen haben mir schon vorgeworfen, daß mein Großvater Schulrat und mein Vater Beamter war, daß ich in einem weißen Haus mit Garten wohnte und in ihren Augen eine höhere Tochter war, behütet, zart, sanft und unfrei. Ich aber fand *sie* unfrei, die sich gezwungen fühlten, alte gammelige Kleidung und lange speckige Haare und die lächerlichsten Bärte zu tragen. Wenn sich einer meiner Ateliergenossen an einen drei Schritt entfernten Baum stellte und pißte, dachte ich: du hast es nötig, so nötig, daß du nicht bis zum nächsten Gebüsch gehen kannst. Trotz allem verstanden wir uns gut. Übrigens hat der freieste von uns inzwischen eine schlesische Gräfin geheiratet und schwärmt von ihrem alten Familienschmuck und von dem Kardinal, der im siebzehnten Jahrhundert aus dieser Familie hervorgegangen ist. Aber sie haben mich so lange mit meiner bürgerlichen Herkunft getriezt, daß ich immer noch auf diesen Vorwurf hereinfalle. Ich gebe meine Verteidigung auf. Wir stehen im Dunkeln innen neben der Haustür, der Mann und ich.
Machen Sie doch Licht! sage ich.
Der Schalter ist oben. Er deutet zum Parterrepodest.
Was soll den Augustin sagen, wenn er mich sieht?
Er wird sich freuen.
Das glaube ich nicht.
Stellen Sie sich nicht so an! sagt er und zieht mich wieder die Stufen hinauf. Ich wehre mich, wir stolpern treppauf und treppab, das ganze Haus muß inzwischen wach sein. Natürlich ginge ich gern mit ihm hinauf, tränke Kaffee und

wartete auf Augustin. Seine Augen hätte ich sehen mögen, wenn er mich zwischen Mama und Papa da sitzen sieht, eine Kaffeetasse in der Hand.
Doch etwas an diesem Bild stört mich, etwas ist falsch. Diese harten Hände, die mich immerzu festhalten und mitziehen wollen, passen nicht zu der Verheißung von Familienglück. Die Frau, die um Mitternacht erfreut ist, wenn ihr Mann ein Mädchen mitbringt, und der Sohn, der es akzeptiert, dieses Mädchen, zu dem er selbst in einem unklaren Verhältnis steht, nachts in der elterlichen Wohnung vorzufinden, sind unglaubwürdige Figuren. Ich lache noch einmal, tue so, als sei das schon ein toller Spaß, diese Rangelei im Treppenhaus, aber dann sage ich: Lassen Sie mich los, sofort!
Bitte! sagt er ironisch und knipst das Licht an. Der Schalter ist direkt neben der Haustür, wie zu erwarten. Bitte. Ich verstehe Sie allerdings nicht, aber bitte! Er hält mir die Tür auf. Ich verstehe nicht, weshalb Sie dann bis hierher mitgekommen sind, sagt er.
Ich dachte, Sie meinten's väterlich.
Väterlich? wiederholt er fragend, ratlos. Er sagt es leise, und er tut mir leid, wie er rückwärts ins Haus geht und die Tür zuschwingen läßt.
Als ich in der schützenden Finsternis des Stadtparks stehe, drehe ich mich um. Aber das Licht im Treppenhaus ist schon wieder aus. In keinem Stockwerk wird es hell. Ich weiß nicht, in welcher Etage er wohnt. Im ganzen Haus ist nicht ein Fenster erleuchtet. Vielleicht liegt das Fenster seines Schlafzimmers nach dem Hof hinaus. Oder sollte er im Dunkeln ins Bett gehen, im Dunkeln hinter der Gardine stehen und hinabsehen in die von Laternen grell erleuchteten Straßen mit den großen, amorphen Schatten der Bäume des kleinen Parks? Ich warte auf Augustin. Ich werde hier stehen, bis er kommt. Einmal muß er kommen. Es kann nicht so sehr lange dauern. Die Cousine mit ihren siebzehn

Jahren wohnt bei ihren Eltern, er kann ihr nicht ins Zimmer folgen. Sie müssen von der »Borste« direkt zu ihrer Wohnung gehen, es ist viel zu kalt, um auf Parkbänken zu sitzen. Natürlich setzt man sich doch, aber es ist nicht viel, was dort geschehen kann. Trotzdem bin ich eifersüchtig, bin eifersüchtig, obwohl ich weiß, daß er ihr im Schatten der Haustür nicht den Rock hebt, ihre Schenkel streichelt und sie wie ein Kind oder ein Kranker bittet, ihn mitzunehmen, bettelt und fleht, ihm zu helfen. So wie er es tat, als wir in Hannover durch die Straßen gingen und in den Hausfluren fremder Häuser standen, aneinandergepreßt und verzweifelt über die Hartherzigkeit der Witwe Jung. Wir fanden keinen Platz für die Liebe. Der Größenunterschied unserer Körper verhinderte es, daß wir, wenn wir uns stehend umarmten, irgendeinen Genuß fanden. Da waren nur immer Ecken, Kanten, Knochen, Straffungen und Verrenkungen, die uns lächerlich vorkamen und vor denen wir zurückschreckten. Wir setzten uns auf die Treppenstufen in fremden Häusern, wo es mir beim Überraschtwerden erspart blieb, erkannt und beschimpft zu werden. Aber die Kälte der Stufen drang uns durch die Kleidung. Eine Messingleiste, mit denen die wärmeren linoleumbelegten Stufen höherer Etagen abschlossen, berührte mein Fleisch deutlicher als Augustins Hand. Seine Hand war so kalt, daß ich die Partien, die er anfaßte, unwillkürlich einzog statt ihm entgegenzupressen. Ich fürchtete auch, er könnte die Gänsehaut abstoßend finden, und wehrte schließlich seine Hände ab. In dem einen Haus überraschte uns ein junges Paar mit Kinderwagen. Ein Mann mit einem eingewickelten Brot auf dem Gepäckträger seines Fahrrads in dem anderen.

Vielleicht ist bei der Cousine manches leichter. Vielleicht darf er, wenn er sie nachmittags besucht, in ihrem Zimmer sitzen, auf der Bettkante... Wieso Bettkante? H.-H. mußte in meinem Zimmer zwar immer auf der Bettkante

sitzen, weil ich nach Van Goghs Vorbild nur einen einzigen Stuhl besaß, aber Augustins Cousine hat sicher mehrere Stühle, kleine Sessel, eine Couch statt Bett, kleine buntbezogene Sessel. Ich komme von den Sesseln nicht los, die Volants haben bis auf den Fußboden. Und Augustin schlägt seine langen Beine übereinander und wippt mit dem Fuß, oder vielmehr der Fuß wippt, ohne daß er ihm gebieten kann, im Takt des Herzens.
Ich habe mir hier im Park eine Ecke von drei Bäumen ergangen, habe hinter jedem Baum nachgesehen, habe gehorcht, und habe nun diese Ecke gewonnen, in der bestimmt niemand steht außer mir. Ganz langsam habe ich angefangen, das Terrain zu sondieren. Schnell bin ich vom Eingang des Hauses, in dem Heinz Engel hinter den Treppenhausfenstern die Stufen hochging, über die Straße in den Park gelaufen und bin, kaum daß ich im Dunkeln war, stehengeblieben, um zu horchen. Meine Regungslosigkeit machte mich für jeden, der mich nicht hatte kommen sehen, unsichtbar. Nur meine Augen gingen hin und her, strichen die Bäume, die Büsche, die großen Schatten auf den Rasenflächen entlang. Mein Herz klopfte, und ich öffnete den Mund weit, um lautlos Luft zu holen. Es ist mir klar, daß dies kein Park für die verschiedenen Bedürfnisse jener ist, die die Dunkelheit brauchen. Hier gibt es wohl kaum eine Bank, die dem Voyeur etwas verspräche, hier gibt es keine Dirnen, keine Hasch-Geschäfte, keine Tunten. Hier gibt es höchstens pensionierte Studienräte, die ihre Hunde pinkeln lassen. Der Park ist für die andern viel zu klein. Von den Wohnstraßen fällt das Licht der Stuben- und der Kammerlampen herein. Dieser kleine Park, fünfzig mal achtzig Meter groß, ist viel gefährlicher. Hier hat der *Zufall* unbegrenzten Spielraum. Hier streift man nicht unversehens an ein rein männliches Liebespaar, das aus Angst vor Entdeckung auseinanderfährt und wütend dasteht, drohend, während man lachend wegläuft. Hier in

diesem kleinen Park, wo man gesehen werden kann, wenn man ihn betritt, kann man erwartet werden. Oder man kann, im Innern stehend, von außen eingekreist werden. In diesem kleinen struppigen Viereck sitzt man wie der Kern in der Frucht für den, der einen zufällig hineingehen sah. Wenn es zum Beispiel ein einzelner wäre, voll Wut und Haß auf irgend etwas, und er tappte sich leise vor, es knackt ja immerzu in den Büschen, es raschelt... Oder sie kämen zu zweit, von beiden Seiten... Alles, was ich kann, ist rennen. Ich renne wirklich gut. Ich müßte die Straße entlangrennen. Sollte ich schreien, während ich renne, oder verlöre ich dabei zuviel Atem? Haken schlagen ist nur dann gut, wenn man in eine andere Richtung laufen kann, aber die Straßen sind eng, es geht nur zurück, und da kommt der zweite. Auf keinen Fall an eine Haustür laufen. Um diese Zeit sind alle Haustüren verschlossen. Du drückst dich ans Holz, und die Hand auf den Klingelknöpfen wird dir heruntergeschlagen, abgehauen. Niemand öffnet ein Fenster. Glaub bloß nicht, daß einer auch nur das Licht neben seinem Bett anknipst. Keiner. Und am Morgen heißt es, sie hätten gedacht, ne Katze habe geschrien. Ein Messer müßte man haben, ein Klappmesser in der Manteltasche. Aber du mußt klug sein, du mußt ihn damit gleich so erledigen, daß er dir das Messer nicht mehr wegnehmen kann. Wenn du ihn nur ankratzt, gerät er in Wut. Es muß gleich gut gemacht werden. Und sei nicht so unwissend und heb die Hand, um von oben runter zu schlagen in den Hals oder die Brust. Er fängt dir die Hand im Schwung ab und dreht sie dir um. Unten mußt du reinstechen, die Hand nur pendeln lassen, zurück und vor; wenn's sein muß, durch die Manteltasche, durch den Stoff. Du darfst dir nicht wieder einen so engen Mantel kaufen, du kriegst ja keinen Schwung drauf, wenn du die Hand in der Tasche läßt, der Stoff hemmt die Bewegung, die Tasche ist auch zu eng und steif gefüttert, das Messer kann nicht glatt aufspringen, es hakt sich fest. Gaspistolen sind Unsinn. Ehe du die hebst, hat er dir den Arm ausgerenkt. Ein Messer ist besser. Ein Messer ist gut. Einfach gut, dagegen läßt sich gar nichts sagen. Gleich Montag mittag gehe ich in Hannover ein Messer kaufen. Bis dahin muß ich eben so fertig werden. Vielleicht geht alles gut. Vielleicht ist dein Mörder noch nicht da. Weshalb sollte er ausgerechnet heute auf dich warten, weshalb? Es besteht ja keinerlei Notwendigkeit. Überleg mal ganz ruhig, Mutter! Nur keine Panik, Mutter, alte Mutter! Du hast zu viele Tabletten genommen und zu wenig gegessen, du bist seit siebzehn Stunden oder länger auf den Beinen. Hier stehst du nun in einem dunklen Park, eine Frau mit einem vierjährigen Kind. Solltest heimgehen und dich schlafen legen! Und nicht in dunklen Parks jungen Burschen auflauern. Und wenn das schon unbedingt sein muß, weshalb gehst du nicht mitten auf der Straße vor den Häusern auf und ab. Heinz Engel liegt längst im Bett. So wichtig bist du nicht, daß er dich vom Fenster aus beobachtet. Aber geh niemals am Rand einer Straße, streiche niemals an Hecken, Eingängen, Mauernischen entlang, aus denen einer herausspringen könnte. Geh immer in der Mitte. So bist du zwar weithin sichtbar, aber siehst auch selber jeden, der sich dir nähert.

Ich gehe mitten auf der Straße vor Augustins Haus auf und ab. Aber nachts gehe ich immer so schnell. Leicht, ohne Luftwiderstand zu fühlen, bin ich am Ende der Straße oder da, wo ich die Übersicht verliere, wo ich Augustin, ginge er ebenfalls schnell auf seine Haustür zu, nicht mehr genau erkennen und auch nicht mehr ansprechen könnte. Ist er nicht schon längst im Haus? Habe ich ihn verpaßt? Liegt er vielleicht schon im Bett? Wieviel Zeit mag denn vergangen sein, seit ich mit Heinz Engel in der Haustür um die Freigabe meines Mantelärmels rang? Könnte nicht die Uhr der Paulikirche oder die der Garnisonkirche so nützlich sein und laut die Stunde schlagen? Schlüge sie dreimal – was hieße das? Zweimal, hieße das zwei Uhr oder halb? Halb wovon? Man müßte warten, ob es dann einmal oder dreimal schlüge. Schlüge es dreimal, hieße das ... Wenn es aber plötzlich fünf schlüge! Das wäre ganz eindeutig, bei fünf gibt es keinen Zweifel. Und es erscheint mir nicht unmöglich, daß es fünfmal schlagen könnte. Mein Gott, wie weit habe ich es nach Hause! Selbst wenn ich so schnell gehe, wie ich kann, brauche ich ungefähr eine Stunde, mindestens fünfzig Minuten. Unter fünfzig ist es kaum möglich.

III

Sonntag

Schon in der Nacht, als ich mich einmal umdrehte und die Knie in den weichen Bauch meiner Mutter stieß, wußte ich, daß es schneite. Ich drehte mich zurück auf die linke Schulter, die schon wehtat, und spürte den warmen Bauch in meinem Rücken und auf meinen kalten Hinterbacken. Ich streckte mich, aber der Bauch kam mir nach, und ich ließ es so. Während der wenigen Sekunden, die ich auf der rechten Seite gelegen hatte, schien es mir, als zeigten die schwach leuchtenden Zeiger des Weckers sieben Uhr, aber ich wußte, daß dem kurzen nächtlichen Blick auf die Uhr nicht zu trauen ist, und dachte, vielleicht ist es auch erst sechs oder fünf. Wenn man das Lot nicht hat, kann man die Uhr nicht lesen. Alles Senkrechte dient dem Menschen zur Orientierung, für das Waagerechte hat er kein Gefühl. Das Senkrechte ist der Maßstab seines Bewußtseins, seiner Vernunft. Aus dem Schlaf heraus, aus dem Trunk und dem Traum heraus, kann er das Senkrechte nicht erkennen. Er weiß nicht, wo die Zwölf, und er weiß nicht, wo die Sechs ist. Es war noch stockdunkel, und etwas Schweres, etwas wie eine große friedliche Schneelast lag über mir. Die vertrauten Geräusche vom Bahnhof und von der Straße waren nicht da. Diese Stille hatte mich geweckt.

Feiner, spitzer Schneeregen hat mir schon ins Gesicht geprickelt, als ich vom Stadtpark nach Haus gelaufen bin. Ich glaube, ich habe es in einer halben Stunde geschafft, und als ich in mein Zimmer kam, war es erst kurz nach drei. So sehr habe ich mich verschätzt. Ich habe mich ausgezogen und bin im Schlafanzug runtergegangen und zu meiner Mutter ins Bett gekrochen, das sehr warm war und den Geruch hatte, den ich früher nicht mochte. Ich war völlig ausgekühlt und zitterte. Überall an meinem Körper fühlte ich das weiche, warme Fleisch meiner Mutter, die die Arme um mich schlang und mich beruhigend streichelte. Ich zitterte so stark, daß es sich auf das Bett übertrug. In mir war es eisig vor Angst und Einsamkeit, weil die Sache mit Augustin vorbei war. Da brauchte ich mir gar nichts vorzumachen. Aber das konnte meine Mutter nicht wissen, sie versuchte mein Zittern aufzuheben, indem sie mich wärmte. Ich schlief auch wirklich ein, aber ich schlief dünn, und ab und zu packte mich ein neuer Schüttelfrost der Angst. Dann schlangen sich die weichen, warmen, dicken Arme um mich, und ich streckte mich, legte die Handflächen aufs Laken, weil ich einmal gelesen habe, daß von entspannten Händen die Entspannung durch den ganzen Körper gehe und daß ausgestreckte, hingelegte Hände ein Ausdruck der Hingabe und der Willenlosigkeit seien.
Ich darf nichts wollen, ich muß mich fügen, sonst verzehre ich meine Kräfte, die ich für die kommende Woche brauche.
Ich muß arbeiten, ich muß fit sein. Und ich versuche, an mein Kind zu denken, aber ich denke an den Mann, der so schön ist und der mich nicht will.
Ich krieche zum Bettrand, nahe zur Wand hin, um mich vom warmen Körper meiner Mutter zu lösen, um zu schlafen. Aber die Scham darüber, daß ich mich mit meinen fünfundzwanzig Jahren nach den ungeschriebenen Gesetzen der Menschen unmöglich, lächerlich benommen habe,

läßt mich nicht schlafen. Die Scham ist stärker als Schmerz und Angst. Lächerlich, einem fünfzigjährigen Mann nachts zu seiner Wohnung zu folgen und erstaunt zu sein, wenn er mehr will als reden. Und ich sehe sie sich begegnen, auf dem Flur, im Eingang der Toilette, in zerdrückten Schlafanzügen mit rutschenden Hosen, müde, gähnend und mit halb geschlossenen Augen, schief und verschwörerisch grinsend, Vater und Sohn, und beim Morgenkaffee, den sie jetzt bald trinken werden, es wird bereits hell, ein Grauschimmer liegt im Zimmer, sagt dann der Alte, während er sich die immer entzündeten Augen reibt: Die ist ja so naiv. Ein Wunder, daß die erst *ein* Kind hat! Entschuldige, sagt er und reibt mit dem Handballen. In seinem Kopf klingt das wie Knirschen, wie der Augapfel gepreßt und hin und her geschoben wird. Entschuldige, aber ich muß lachen! Und er will gerade seine schönste Bühnenlache abfahren, als Augustin Wa? sagt. Wa? Wa? Na, beruhige dich schon!
Ich merke, daß es kalt wird, mein Rücken wird kalt. Ich wälze mich wieder auf die rechte Schulter, und da ist viel Platz im Bett, viel Platz. Die linke Schulter, auf der ich die ganze Nacht gelegen habe, tut weh, die linke Hüfte. Jetzt löst sich der Schmerz, ich ziehe die Knie an, strecke sie aus, ziehe nur eins an, schwenke das andere Bein über die ganze Breite des Bettes, entfalte mich, breite mich aus, werfe mich hin, suche die Stellung des Hingeworfenseins, wie auf Stein, wie auf Erde, aus der es atmet und gärt, mich überwuchert, und ich schlafe ein. Ich fühle, wie ich schlafe. So habe ich lange nicht geschlafen. Als Kind schlief ich gern in Hockstellung, mit angezogenen Knien, und es hat mich immer gerührt, daß es eine Zeit oder ein Volk gab, das erwachsene Menschen, alte zähknochige Menschen, in dieser frühkindlichen Hockstellung bestattete. Gehört dieser Brauch zu den Irrtümern der Menschen, die jahrhundertelang kleine Kinder mit Wickelbändern in die gestreckte Haltung zwan-

gen? Es hat mich gerührt, und ich denke an den Tod, wenn ich schlafe, im Einschlafen.

Jetzt sind Geräusche im Haus. Meine Mutter heizt im Keller den Ofen für die Zentralheizung an. Sie rackelt, sie schaufelt Kohlen in den Schütter aus Blech. Die Schaufel schurrt über den Betonboden des Kellers, der Schütter dröhnt, wenn die Koksstücke hineinfallen. Sie stößt den Schütter auf den unteren Rand des Feuerlochs, damit alle Koksstücke herausrollen. Manchmal glaube ich, sie macht extra viel Krach, damit alle, die im Haus noch schlafen, wach werden, weil sie, ob Sonntag, ob Alltag, nicht länger als bis sieben schlafen darf. Wenn es noch kälter wird, geht sie schon um sechs an den Ofen. Sie heizt dann nachts durch, schüttet abends um zehn den Ofen voll und drosselt die Luftzufuhr, und geht jeden Morgen um sechs hinab, bangend, daß er aus ist. Durch mein ganzes Leben zieht sich das Klagen und Schimpfen meiner Mutter über den Ofen, der niemals richtig brennt, der zwei-, dreimal pro Woche neu angemacht werden muß. Durch mein ganzes Leben zieht sich ihre Klage über rauhe Hände, zerbrochene Nägel und Saumgeschwüre. Große Dosen einer für diesen Fall nutzlosen Creme wurden verschmiert. Und fast immer haben wir gefroren. Nie war es warm. Immer stehen wir an die Heizkörper gelehnt. Der Großvater sitzt immer im Mantel. Nachmittags um fünf wird es warm. Dann hat der Ofen endlich seine volle Heizstärke erreicht. Um acht Uhr abends ist es so schön, daß man nicht ans Schlafengehen denken mag. Um neun wirft man die letzten Decken und Jacken fort. Um zehn ist Schlafenszeit in diesem Haus. Schade, gerade war es so schön.

Der Ofen ist nicht etwa zu klein, und der Koks ist nicht knapp, und trotzdem kann meine Mutter nicht richtig heizen, obwohl sie, selbst als mein Vater noch lebte, die Heizung freiwillig übernommen hatte. Sie nahm alles freiwillig auf sich: das Schuheputzen. Aber die Schuhe wurden nicht blank. Das Bügeln, aber die Kleider wurden nicht glatt. Im Gegenteil, sie bügelte in Kleidungsstücke, die das nicht vertrugen, so scharfe Knicke, daß man sie nicht einmal bei der nächsten Wäsche hinausbekam.

Jetzt ist sie vorn an der Straße und schüttet die Asche in die Mülltonne. Mein Leben lang ist das Wort Schlacke etwas Schlimmes, etwas mich Niederdrückendes gewesen, und das Wort Stichflamme etwas Wildes, Alarmierendes.

Ich habe in meinem Leben noch niemals Asche in eine Mülltonne geschüttet, und es ist sicher nur meine mangelnde Erfahrung, daß ich mir nicht vorstellen kann, was dabei einen solchen Lärm macht. Der aus dem Ofen gezogene Aschenkasten muß fest, sehr fest auf dem Rand des Mülleimers ausgeschlagen werden. Der Deckel des Mülleimers ist sehr schwer und fällt krachend nieder. Man darf nicht vergessen, daß Eimer aus Zink auf den Steinstufen ein Geräusch verursachen, das alle im Umkreis von hundert Metern aufweckt. Man kann einen Zinkeimer nicht lautlos auf Steinstufen stellen. Das ist unmöglich. Backhus ist wach geworden, und der Großvater, der sein Schlafzimmer über Backhus hat, bestimmt auch. Aber ich bin so im Schlaf oder so tief in einer dem Schlaf ähnlichen Entspannung, daß mich die Geräusche und meine Gedanken über die Geräusche nicht stören. Ich träume sogar, obwohl ich doch eigentlich wach bin. Dann wird mir plötzlich kalt, und ich ziehe mich zusammen. Das Deckbett wurde hochgehoben. Ich rieche meine Mutter, noch bevor ich sie fühle und sie leise sprechen höre. Sie schiebt sich, kalt und nach Schnee und Ofen riechend, wieder zu mir ins Bett und murmelt, weil sie glaubt, ich sei wie der Hund durch monotones Gemurmel in Schlaf zu bringen. Sie dreht mir den Rücken zu, ich fühle ihr kaltes Gesäß auf meinen Oberschenkeln. Sie beugt sich aus dem Bett, um Struppi zuzudecken, der schnauft und mit den Hinterläufen den Rahmen seiner Holzkiste klopft. Die Flaschenhülsen knistern unter ihm.

Die kalten Hacken meiner Mutter stoßen mir gegen die Beine. Ich fühle, wie sie langsam warm wird und wie sie einschläft. Für mich aber ist der Schlaf vorbei, meine Gedanken fangen an, ihren Kreislauf aufzunehmen, diesen schrecklich engen Kreis meines Gefängnisses. Mein Gefängnis ist das Gesetz dieser Welt: Geldverdienen, um leben zu können – leben, um Geld verdienen zu können. Die Atemzüge meiner Mutter werden schlagartig leise, knapp, unhörbar. Ich erschrecke und begreife sofort, daß sie horcht. Sie ist hellwach und horcht auf mich, horcht auf meine Atemzüge, auf meine Gedanken.
Ich will mich nicht hingeben. Aber dann drehe ich mich zu ihr um, ziehe wie in meiner Kindheit die Knie ganz hoch an meinen Körper, presse die Ellbogen an meinen Bauch und die Fäuste unter mein Kinn und werfe mich so, geschlossen, hart, wie einen großen Ball oder ein Ei, an den weichen, nachgiebigen Körper meiner Mutter, die mich an sich preßt. Ihre Hände tasten mit abrutschenden Fingern über meinen Rücken, wollen den Rücken halten und selber Halt finden. Und so, gepreßt, atemlos, beginne ich zu reden, von der letzten Nacht, von Augustin, von Heinz Engel. Was wollte er bloß von mir?
Das weiß ich nicht, sagt sie. Aber du hast dich genau richtig verhalten.
Wie nötig brauche ich Bestätigung! Ich entspanne mich, genieße ihre Zustimmung, obwohl ich genau weiß, daß die Zustimmung meiner Mutter fragwürdig ist. Wenn meine Mutter mir zustimmt, muß ich irgend etwas falsch gemacht haben. Und ich habe auch irgendeinen Fehler gemacht. Heinz Engel hat einen gemacht, Augustin hat einen gemacht, und unsere Fehler haben sich zu etwas verknüpft, was nur durch ein Lachen aufzuheben, zu entwirren wäre. Aber lachen, das können wir nicht.
Ich lege mich auf den Rücken, und nun sprechen wir lange und ausführlich. Es ist schon hell, Backhus und Schönig

gehen nacheinander ins Bad. Durch die Sperrholzwand ist das Sirren des elektrischen Rasierapparates zu hören. Auf der Straße sind immer mehr Geräusche. Hört man auch keine Schritte und hört man die Räder nicht, über dem dämpfenden Element schwingen sich helle Stimmen auf, ein Juchzen, ein Husten, ein langgezogener Ruf. Die Glokken der katholischen Kirche läuten um dreiviertel acht. Ich rede immer noch. Ich rede, was ich nie getan habe, von H.-H., von seiner Mutter, seiner Schwester, von ihrem bürgerlichen Wohlstand, von ihrer großen, aufgeräumten, sauberen Wohnung, von der Einrichtung der Zimmer und von H.-H.s modischer Kleidung. Ich rede von Nini. Ich rede von den verschiedenen Männern, die ich, kurzfristig meist, ausersehen hatte, Nini und mir ein Zuhause zu geben. Sie brauchten nur einen Halt zu geben, das Geld wollte ich gern verdienen. Und ich gestehe meiner Mutter, daß ich diesen Mann nicht gefunden habe. Ich frage, ob es an mir liege.

Die Männer wollen bloß ihr Vergnügen, sagt meine Mutter. Und sofort begreife ich, daß es falsch war, ihr alles zu erzählen. Gegen das, was *sie* kennt, habe ich immer protestiert. Es kann überhaupt nicht sein, daß sie und ich dieselben Erfahrungen mit Männern machten, das ist unmöglich. Ihre larmoyante, pessimistische Einstellung den Männern gegenüber ist nicht meine. Es stimmt nicht, was sie sagt. Die Männer wollen genauso gern heiraten wie die Frauen, sie wollen Kinder haben. Die Kinder sind kein unvermeidliches Übel. Es ist nicht die Frau, die das brutwarme Nest bereitet und den Mann hineinlockt oder -zwingt. Die Lehrlinge im Geschäft in Hannover werden heiraten, sowie es ihr Gehalt zuläßt, und werden einen Haufen Kinder zeugen. Backhus wird heiraten, Schönig wird heiraten, Augustin und Michael und möglicherweise auch H.-H., und sie werden alle Kinder haben.

Mein armes Kleines! sagt meine Mutter. Ich stoße ihre

Hand weg. Ich bin nicht arm! Ich denke an ein Lied aus einer Operette, das meine Mutter neulich nickend und seufzend mitsprach: »Lächle und – bescheide dich!« Und: »Selbst der allerschönste Traum bleibt nur Schaum.« So 'n Quatsch! sagte ich laut.
Das ist kein Quatsch, mein Kind! antwortete sie.
Wohl ist es Quatsch, ein Riesenquatsch! sagte ich.
In derselben Woche rief ich in eine Diskussion zwischen Dr. Mucki, Kai und Sammy hinein: Haltet ihr Bescheidenheit etwa für eine Tugend? Nur die Lumpen sind bescheiden! Sie wußten nicht, daß ich damit Goethe zitierte. Hätten sie es gewußt, wäre die Wirkung meines Protestes ein salbungsvolles Lächeln gewesen. Da braucht man gar nicht richtig hinzuhören und auch nicht zu überlegen, ob das, was da gesagt wurde, auch stimmt. Wenn's von Goethe ist, wird's schon stimmen.

Die Sonne scheint schräg und blendend durchs Südfenster herein. Ein mehliger, gleichmäßiger Staubbelag, in den die letzten Regentropfen klare Bahnen gezogen haben, liegt auf den Scheiben. Struppi beginnt zu weinen. Der sehr hohe, manchmal eher fühlbare als hörbare Ton ist nicht mehr zu ignorieren. Er muß sicher mal raus, sagt meine Mutter und erhebt sich, um ihn hinauszulassen. Steif und schwankend steht er auf den dünnen, kleinen Beinen. Sein Bauch hängt schwer herab. Seine großen, klagenden Augen treten ein wenig aus den Höhlen. Aber sein Stummelschwanz geht schnell und fröhlich hin und her. Ganz anders als Menschen, übertragen Tiere ihre Leiden nicht auf die augenblicklichen Freuden. Die Qual des Körpers ist die Tatsache, mit der sie sich sofort abfinden, als hätten sie schon vergessen, wie es ist, gesund zu sein. Der Schwanz geht hin und her, unabhängig davon, daß die linke Vorderpfote kaum auftreten kann vor Schmerz. Mein Engelchen, sage ich und hänge die Hand aus dem Bett. Er stupst seine

Nase dagegen. Du wirst mal mein Schutzengel, sage ich und mir ist, als berührte mich etwas Geheimnisvolles.
Auch ich stehe nun auf. Ich gehe die Treppe hinauf, hole meine Wäsche aus meinem Zimmer und schließe die Glastür zum oberen Korridor auf, um ins Badezimmer zu gehen. Ich stehe auf den knarrenden Bohlen des Korridors und horche, ob das Badezimmer frei ist. Horche in die Wohnung, weil ich den schweren Schritt des Großvaters an diesem Morgen noch nicht gehört habe. Weder die Scheibe des Bücherschranks noch die Lampe mit den fünf Glasschalen hat bisher geklirrt.
Es ist ganz still in der Wohnung, als horche der andere oder als sei er tot. Mein Herz klopft. Die Tür einen Meter vor mir geht auf, der Großvater steht auf der Schwelle. Hinter ihm ist viel Licht, ein mit Sonne gefülltes Zimmer, Ostsonne, die durch blinde Scheiben fällt. Pergament, sie haben Pergament in den Fenstern, denke ich und bin siebenhundert Jahre zurück. Der Großvater trägt ein weisses Unterhemd mit kurzen Ärmeln, das genau über seinem Geschlecht aufhört. Die Haut seiner Beine ist blaß. Ein paar einzelne weiße Fusseln umgeben das unwahrscheinlich kleine, blutrote Glied. Es sieht aus wie ein blutender Schlitz, wie die Wunde einer Kastration. Obwohl ich nie darüber nachgedacht habe, begreife ich, daß er die Wattebäusche, die Salben und Puder, die im Badezimmer herumliegen, für dieses blutige, fast hautlose Ding braucht. Es muß ja furchtbar weh tun, denke ich. Krampfhaft sehe ich ins Gesicht des Großvaters, in dieses schöne, lächelnde Gesicht. Er ist sich nicht bewußt, wie er vor mir steht. Und plötzlich wird mir klar, daß seine Frau, die einzige, die für dieses Stückchen hautlosen Fleisches zuständig war, tot ist, und daß er niemanden fragen kann und zu keinem sagen kann: »Guck mal, das tut mir so weh!«
Er sagt: Kannst du mir nicht warmes Wasser und eine Tablette bringen, ich habe immer noch nicht geschlafen.

Aber es ist schon Tag, sage ich.
Es ist schon Tag?
Du hast schon geschlafen, sage ich. Es ist schon spät. Es gibt gleich Frühstück!
Das kann doch nicht sein! sagt er und zieht sich in sein Schlafzimmer zurück. Ich gehe ins Badezimmer. Durch die Wand höre ich ihn reden, murmeln, lachen, schimpfen. Er macht das nicht laut, er macht das so, daß es immer noch normal ist, so, wie wohl jeder redet, wenn er überrascht und ärgerlich ist. Er dreht am Wecker. Er läßt den Wecker klingeln. Stellt ihn ab. Läßt ihn wieder klingeln. Ich wasche mich. Wenn das Wasser rinnt, höre ich die Geräusche aus seinem Zimmer nicht. Ich wasche mich lange, lasse reichlich warmes und kaltes Wasser laufen. Und so in Ruhe auf dem Clo sitzen kann ich sonst auch nirgends. Wenn ich an das kalte Clo in Hannover denke! Da friert einem ja die Blase ein! Und an das Clo im Geschäft, wo Anton auf die verschiedenen Gerüche lauert! Als ich endlich aus dem Badezimmer komme, ist die Mutter beim Großvater im Schlafzimmer. Die Tür steht weit offen, und die Sonne fällt durch das blinde Fenster herein, über den mit Astlöchern gesprenkelten Bohlenfußboden der Kammer bis auf den Flur mit dem abgetretenen Sisalfetzen. Der Großvater hat jetzt eine lange weiße Unterhose mit ausgebeulten Knien an. Er lehnt an dem kleinen roten Sofa, das quer am Fußende des Doppelbettes steht. Er hat einen Fuß auf das Sofa gestellt, und meine Mutter kniet davor, beugt sich, weil sie kurzsichtig ist, tief über den Fuß, dessen Nägel sie schneidet. Über ihren gesenkten Kopf hinweg läßt der Großvater ein paar laute Winde streichen. Er merkt es gar nicht, wer weiß, wo er mit seinen Gedanken ist. Vater! sagt sie empört und beugt sich dann mit einem Seufzen tiefer, beugt sich in dieser betonten Demut, die ihren aufgespeicherten Haß verrät. Wenn ich nicht hier wäre, sie erschlüge ihn, denke ich.

Es ist sehr schwer, diese alten, dicken Fußnägel zu schneiden, in denen sich viele Schichten Kalk und Horn übereinanderlagern. Man braucht eine besondere Zange und viel Kraft, die Zange zuzudrücken. Der Großvater stöhnt. Es tut ihm weh, der Nagel wird bei dem gewaltsamen Zerren und Brechen im Nagelbett bewegt. Auch kann er nicht so lange stehen, das Herz pumpt schwer, sichtbar durch die Halsschlagadern. Nun laß, laß, laß! stößt er hervor und zieht seinen Fuß weg, ohne Rücksicht darauf, daß ihm die Zange fast ins Fleisch gegangen wäre.
Ich bin noch nicht fertig, sagt meine Mutter.
Genug, genug für heute. Ist ja genug, genug! Er läßt sich schwer aufs Sofa fallen, atmet vor sich hin. Sein Unterkiefer klappt herunter, er schließt die Augen, seine Knie zucken, seine Arme. Man könnte das für Theater halten. Es ist einem unmöglich, sich in das Alter von achtzig Jahren hineinzuversetzen. Der riesige kahle Schädel mit der doppelten Wölbung, der großen gewölbten Stirn und dem großen gewölbten Hinterkopf, die in der Mitte zu einer Naht zusammentreffen, die von Ohr zu Ohr über den ganzen Schädel geht und oben, genau in der Mitte die kleine Delle hat, unter der man wie beim Säugling meint, den Puls klopfen zu sehen. Die Haut ist gelblich wie Elfenbein, straff gespannt. Und ein ganz zarter, heller Flaum weißer Haare, kurzgeschorener weißer Borsten, steht an den Schläfen und über dem Hinterkopf hoch. Das Licht fängt sich darin.
Ich habe nicht bemerkt, daß meine Mutter hinausgegangen ist. Aber als er jetzt die Augen aufschlägt, hellblaue, wässrige Augen, deren Weiß vergilbt ist, sieht er nur mich an. Ach liebes Kind, sagt er. Ob ich wohl noch ein bißchen bei euch bleiben darf?
Übrigens ist er der einzige Mensch, den ich kenne, der Leid mit Pathos verbinden kann, ohne unglaubwürdig zu wirken. Es scheint mir sogar, daß sich elementares Leid immer

pathetisch ausdrückt. Diese Blicke, diese Gesten habe ich auch schon auf Bildern von Erdbebenkatastrophen aus der Türkei, aus Griechenland und aus Chile gesehen. Mir scheint vielmehr die Scham, sein Leid zu zeigen, ein Zivilisationsprodukt zu sein, verlogener als Pathos. Ich weiß, daß er den Tod meint, wenn er vom Gehenmüssen spricht. Aber warum solltest du denn nicht bleiben? frage ich gleichgültig und versuche, diesen alten Tieraugen auszuweichen, die durch und durch blicken. Die so genau sind, so scharf sind, daß sie die Antwort erkennen, so sehr ich mich auch verstelle. Aber diese Antwort ist ihm ja nicht neu.
Komm, sage ich. Komm mit runter. Wenn du was gegessen hast, fühlst du dich besser.
Er macht eine Bewegung mit dem Zeigefinger über die Kehle hin: ich kann nichts essen! Er stößt laut auf, röhrend, erschreckend. Das Herz drückt ihm auf den Magen. Wie zugeschnürt, sagt er und zeigt noch mal in derselben Weise auf seinen Hals. Der Hals ist mager, die Sehnenstränge treten scharf hervor.
Es sind die Schlaftabletten. Man müßte die Schlaftabletten ins Clo schütten. Sie senken den Blutdruck, sie verändern die Zusammensetzung der Magensäfte, sie schwächen das Herz. Aber nein, das Leid ist es, die Schlaflosigkeit; der Schmerz verkrampft die Blutgefäße und das Herz. Die Schlaftabletten geben ihm wenigstens etwas Ruhe. Gibt es für seelisch Kranke nicht sogar Schlafkuren, damit sie in ihrer Qual pausieren können? Aber widersprechen diese Schlafkuren nicht der Tiefenpsychologie? Wer unter Drogen schläft, träumt nicht. Wer nicht träumt, wird krank.
Was für eine komische Heilmethode ist das denn? Wann kommt das ganze verdrängte Grauen hoch? Nach dem Kurschlaf? Ist es nicht unheimlich praktisch, einen Verzweifelten durch Schlaftabletten erstmal still zu machen, damit er keine Forderung an uns stellen kann? Welche

Forderung? Er fordert Liebe, immer nur Liebe, er kriegt gar nicht genug davon, es gibt für ihn nichts anderes mehr, er tut nichts mehr, versucht nichts mehr, er wartet nur auf uns. Vielleicht ist das seine Tat, daß er wartet, endlos wartet, wo ein andrer längst in den Sack gehauen hätte. Wer aber kann soviel Liebe geben, wie ein Verzweifelter braucht? Keiner. Deshalb gibt man Schlaf. Man schützt mit dieser Methode mehr sich selber als den Liebewütigen. Verzweiflung ist Liebeswut. Und sie meint weder Sex noch Caritas, sondern diesen seltsamen und seltenen Funken, der plötzlich in den Augen eines Sprechenden ist oder sich in einer kleinen Geste zeigt – wenn man ihn packen will, ist er verflogen.

Auch wir geben dem Großvater Betäubung, Narkose, statt ihn so zu lieben, daß er sein Leid vergißt. Oder wir verbieten ihm die Betäubung und die Narkose nicht, wir sind uns nicht einmal ganz klar, ob sie schädlich ist. Wie soll man so schnell nachkommen mit dem Lernen, wenn man selbst vor schwierigen oder unlösbaren Aufgaben steht. Wie einfach ist es, Operettenlieder zu singen, lächle und füge dich und so. Verdammt noch mal, wer sich hier fügt, hat selber schuld. Ich füge mich nicht, und der Großvater fügt sich auch nicht! Vielleicht sterben wir daran, daß wir nicht verzichten, aber wir tun es nun mal nicht! Aber ich kann den Großvater nicht mitziehen, dazu reicht's einfach nicht! Ich muß zusehen, wie er jeden Morgen mit wildem Schrecken zu sich kommt. Langsam weicht die Betäubung durch die Chemie, langsam kommt das Bewußtsein wieder, langsam sucht das Ich seine achtzig Jahre alten Klamotten zusammen und macht sich damit in einem Ort heimisch, der nur langsam abgetastet und erkannt, wiedererkannt wird. Erst hat man das Licht, dann die Gegenstände, dann hört man die Stimmen von Menschen.

Da fällt mir etwas ein, etwas, das nicht hierher gehört.

Einmal, an einem Wochenende, als Nini bei uns war und bei mir im Zimmer geschlafen hatte, zog ich sie morgens an, in der Küche von Großvaters Wohnung. Ich hatte ein Handtuch auf die Tischplatte gebreitet, damit sie von unten nicht kalt wurde. Sie war auf der Toilette gewesen, hatte Urin gelassen und kam zu mir, naß, mit kleinen Tröpfchen, die ihr die Beine hinabliefen. Ich hätte sie auflecken können. Ich hätte das Kind wie eine Tiermutter ablecken können. Ich setzte sie auf das Handtuch, lehnte sie zurück, um mit dem Handtuchzipfel zwischen die Beine zu tupfen, trocken zu tupfen, ehe ich das Höschen anzog. In diesem Moment kam meine Mutter herein. Nini lag auf dem Rücken, schloß die Beine um meinen Hals. Als meine Mutter kam, verlangte sie, die Oma solle den Hals neigen. Meine Mutter begriff es erst nicht. Nini und ich sagten es ihr, und sie schlug die kleinen Beine um ihren Hals wie Enden eines Schals und strich mit Nase und Mund leicht und sanft über das kleine, blütenartige Geschlecht hin, lachte und sah auf, in das Gesicht des Kindes. Und ich begriff mit einem Mal, was für eine Frau meine Mutter war, die ich nur starr und verkrampft und streng und alt kannte. Sie mußte einmal süß und schön und im Weiblichen klug gewesen sein, gar nicht so alt und unwissend, wie ich immer glaubte. Wie schade: Wo war das alles geblieben? Ging es verloren, wenn niemand es mehr brauchte?
Wenn man, aus dem Schlaf heraus, zu dem die Tabletten einem verholfen haben, die Menschen wiedergefunden hat, wiederholt man langsam die Situationen, in denen diese Menschen vorgekommen sind. Wieder gerät man in Abhängigkeit von diesen Menschen, seien sie nun tot oder lebendig. Es ist keine Erinnerung, es ist Gegenwart, in die man blitzschnell hineingerissen wird. Niemals aber ist man so schwach, so offen, so widerstandslos und weich wie nach diesem langen Schlaf. Plötzlich gibt man ohne Vorsicht preis, was man jahrzehntelang versteckte. Alles gibt man

zu, vor anderen und vor sich selber. So sieht der Heilschlaf aus, der heilsame Schlaf, die Zeit, die alles heilt. Da weiß man plötzlich, daß es die Zeit gar nicht gibt. Man kann sie reinschieben in ein Leben oder rausziehen. Mehr nicht. Eines Tages hört man mit dem langen Selbstgespräch, mit dem man sich den Schmerz und seine Ursachen erklärt, auf, überhaupt macht man der ständigen Selbstinterpretation ein Ende, und alle die gut formulierten Ansprachen an unsichtbare Richter fallen weg, die vielen Worte rasseln heraus, die vielen Begriffe, die vielen Teilstücke verschiedener Religionen, die lärmende Bierrede gegen den Tod: Alles existiert nebeneinander, alles ist da. Aber wir können's nicht tragen, es ist zu schwer. Zeit ist die Krücke, an der wir gehen.

Der Großvater hält einen seiner grauen Wollstrümpfe in den Händen und zieht den linken Fuß hoch, um ihn hineinzuschieben. Für ihn ist das eine schwere Arbeit. Er gibt sie auf, sieht mich an. Ja, mein liebes Kind! Jaja! sagt er zusammenhanglos. Seine Tränen tropfen auf den blaugeäderten nackten Spann und rinnen zwischen die Zehen. Er will noch mehr sagen, erklären, aber er kann nicht weitersprechen, sein Hals verkrampft sich. Schluchzend wie ein Kind zieht er seine Socken an. Ich laufe in mein Zimmer hinüber. Als ich ihn die Treppe hinuntertappen höre, folge ich ihm nicht. Er geht zum Kaffeetrinken in die Küche hinab. Aber ich weiß, wie er aussieht. Er geht mit tief gebeugtem Kopf, um die Stufen nicht zu verfehlen. Der Nacken ist dünn, gelblich. Zwei lange Stränge, darüber das grüne Mützchen. Auf dem dunkelroten Geländerlauf die gelbe Hand mit dem flachen rotgoldenen Ring seiner Frau am kleinen Finger. Rechts trägt er den eigenen. Wenn er etwas mehr essen würde, dann hielte er sich noch eine Weile.

Als ich hinabkomme, sitzt er noch vor einer ganzen Schnitte. Meine Mutter stellt ihre Platte und Tasse bereits

ins Spülbecken. Er trinkt zwei Tassen Kaffee und ißt eine halbe Schnitte Butterbrot, an der er wie auf Pappe kaut. Immer wieder trinkt er nach, aber das Brot bleibt im Mund, rutscht nicht mit durch die Kehle. Mit geschlossenen Augen mümmelt er an dem Brot, seine Kiefer schieben sich hin und her. Er stellt den Teller mit der anderen Hälfte beiseite: Es geht nicht!
Sofort erheben meine Mutter und ich Geschrei: Aber du mußt! Versuch's nochmal!
Ich kann nicht!
Das ist etwas, was ich nicht verstehe. Daß einer, der leben möchte, eine Substanz nicht hinunterschlucken kann, die ihm dazu verhilft. Die Halssehnen, der Kehlkopf treten bei ihm stark hervor, verkrampfen sich bei der furchtbaren Anstrengung, einen weichgekauten, breiartigen Brotbissen hinunterzubringen. Schweißtropfen treten ihm auf die Stirn. Trink wenigstens dein Ei! sagt die Mutter. Er stützt beide Hände auf den Tisch und drückt sich hoch. Als er steht, sucht er erst mit den Beinen Halt, Gleichgewicht, ehe er die Hände löst. Stehend trinkt er den Kaffeerest aus der Tasse. Das alles ist nach und nach so geworden; wenn man nicht aufpaßt, bemerkt man es nicht. Auch nicht, daß er beim Gehen die Füße kaum noch vom Boden hebt. Er schlurft nicht, latscht nicht, und doch gibt es immer ein leises Schleifgeräusch, wenn er geht, und seine Absätze sind längst nicht mehr so schief getreten wie früher: Er »hakkelt« nicht mehr beim Gehen. Er geht zum Speiseschrank und nimmt ein Ei aus dem Pappkarton und eine Flasche Rotwein, die halbleer ist. Marokkanischer Rotwein. Er stellt die Flasche auf den Tisch. Ich lese das Etikett. Und sehe dunkelbraune Füße dunkelrote Trauben in einem Holzbottich zerstampfen.
Der Großvater schlägt das Ei am Rand der Tasse auf und läßt den Gallertball hineinrutschen. Mit dem Teelöffel versucht er, einen Splitter Eierschale aus dem Glibber zu

fischen. Aber immer, wenn er ihn hat, schluppt er wieder zurück. Schnell verliert der Großvater die Geduld. Auch die Geduld, allgemein als geistige Tugend oder Disziplin angesehen, ist abhängig von seinem schwachen Herzmuskel. Ihm geht die Luft aus, er setzt sich und verquirrlt die Eischale mit dem Ei. Er rührt mit dem Löffel das Ei um, zerstört die dünne Haut über dem Dotter, das sich dunkelgelb in den grünlichen Gallert ergießt, ohne sich mit ihm zu vermischen. Jetzt nimmt er die Flasche und gießt einen Schuß Rotwein in die Tasse. Auch hierzu braucht man, wie ich jetzt erkenne, ein gesundes Herz, einen ruhigen Atem, um langsam genug und konzentriert genug zu gießen. Es ist eine Sache des Tastgefühls, des Wiegens, eine Erfahrungssache. Dem Großvater mißlingt sie. Die Tasse ist voll bis an den Rand, so daß er nun nicht mehr umrühren kann. Er beugt sich über die Tasse, trinkt mit gespitzten Lippen ab. Sein vergilbter weißer Schnurrbart ist voll roter Tropfen, als er sich aufrichtet. Er streicht mit dem Handrücken darüber und wischt sich das Rot über die Backe. Meine Mutter atmet gepreßt. Ihr Löffel fällt klirrend auf die Untertasse. Fragend und unschuldig sieht der Großvater uns an. Mein Gott, was machst du für eine Manscherei! sage ich. Zum Kotzen!
Er sieht mich starr an. Aber das schreckt mich heute, wo seine Augen so klein, bleich und müde sind, nicht mehr. Er merkt, daß sein Blick die alte Kraft verloren hat, und droht mit dem Zeigefinger, was schon versöhnlich und spielerisch wirkt. Na ja! sage ich, in dem Ton: Na hör mal, na siehst du das nicht ein?
Er schippt jetzt drei Löffel Zucker in die Tasse, rührt um und schlürft diese bräunliche Brühe, in der Fäden und Klumpen von Eiweiß schwimmen. Wieder hängt ihm das Zeug im Bart, tropft von der Unterlippe. Man merkt ihm an, daß er es mit Widerwillen trinkt, nur trinkt, weil wir von ihm erwarten, daß er etwas zur Erhaltung des Lebens

tut, des Lebens, das *er* nicht lassen will und auf das wir manchmal gern erinnernd zurückblickten. Manchmal. Wir töten ihn und wir holen ihn ins Leben zurück. Mancher Tote ist sein Leben lang nie so sehr geliebt worden wie in jenem Augenblick, da sein Mörder neben ihm kniet.
Ich schlage die Zeitung auf, um mein Gesicht und meine Gedanken zu verbergen. Wenn man auf die Tischplatte drückt, quietscht der Tisch. Mutter und Großvater, die täglich an diesem Tisch sitzen, die sich aufstützen, abstützen, vorbeugen, zurücklehnen, hören das Geräusch der aneinander feilenden Leisten nicht mehr. Meine Mutter weiß nicht, daß sich ihre Erregung auf den Tisch überträgt, daß ihre Wut, ihr unterdrücktes Schreien sich in diesen, hohen quietschenden Tönen ausdrückt, daß es laut, sehr laut wird, für den, der es hört. Aber der Großvater hört es nicht.
Ich lese in der Zeitung die großaufgemachte Geschichte von einem Kind, einem kleinen Mädchen, das seinen Vater tötete, als er die Mutter schlug. Der tödlich verletzte Vater ruft im Krankenwagen nach seinem Kind: Ilsemaus, mein Kind, wo bist du? Ilsemaus, mein Kindchen! Ich bücke mich tief über das Blatt, aber kann den scharfen Krampf in der Nasenwurzel, der Stirn nicht überwinden, obwohl ich mir schnell allerlei Parolen zurufe wie: so 'n Quatsch, was geht das dich an, diese blöden Zeitungen müssen alles hochspielen, auf die Tränendrüsen drücken, über das Alter bist du doch hinaus, wie kann man nur über was Gedrucktes weinen...! Wenn die Mutter weint, zucke ich die Schultern und verlasse das Zimmer, wenn der Großvater weint, schlage ich mit den Fäusten an die Wand.
Wohin willst du denn? fragt meine Mutter, als ich aufstehe und zur Korridortür gehe.
Ich muß nur was holen, antworte ich munter. Ich renne die Treppe hinauf in mein Zimmer, werfe mich aufs Bett und drücke mit beiden Händen einen Kissenwulst gegen die Augen und die Stirn, um den Krampf zu lösen. Meine

Kehle ist hart und geschwollen. Ich schlage mit der Faust auf das Brustbein, wo ein Klumpen sitzt. Mein kleines Kind! Ich kann mir nur Nini vorstellen, ich denke an mein Kind, ich bin der Vater, der nach seinem Kind ruft und es nicht bekommt, weil niemand ihn versteht. Die Sanitäter und Ärzte können sich nicht mit törichten Wünschen aufhalten. Was haben sie nicht alles schon gehört! Wie viele Namen, wie viele Schreie; es kann ein Wellensittich oder die Mutter sein.
Ich rapple mich auf, gehe ins Badezimmer und wasche die Augen. Es ist keine Sekunde zu früh. Unten klirren die Glasscheiben der heftig zugeschlagenen Tür. Auch das Gespür für diesen Schwung hat er nicht mehr. Der schwer aufsetzende, langsame aber stetige Schritt des Großvaters ist jetzt auf der Treppe. Ein kleines Tacken, die Berührung seiner Fingernägel oder seines Ringes mit dem Holzgeländer. Und nebenher das flinke, leise, stumpfe Toppeln der Hundepfoten. Als ich aus dem Badezimmer komme, schließt der Großvater die Korridortür auf. Wir stehen uns dicht gegenüber. Obwohl der Hund so klein ist, sehe ich beide Augenpaare zu gleicher Zeit und in beiden die gleiche Trauer. Sie wissen nichts von mir, sie spüren nicht, daß ich geweint habe. Sie sind dauernd zusammen, diese beiden alten Geschöpfe. Früher wollte der Großvater den Hund nicht anfassen, wollte ihn überhaupt nicht gern in der Wohnung haben. Jetzt fühlt er sich geschmeichelt, weil das Tier ihm immer folgt und zu ihm aufs Sofa springt. Da sitzen sie dann, aneinandergelehnt, und sehen einen trunken vor Unbegreifen an.
Ich dachte, sage ich nach dem Mittagessen, ich fahre heute mal nach Peine und seh mir das an. Dabei setze ich mich mit einer Illustrierten in den Sessel, um zu zeigen, daß ich gelassen und ruhig bin, daß es über diesen Punkt gar keine Diskussion zu geben braucht. Ich hatte eine Antwort, einen Einwurf, eine Frage, Mißtrauen erwartet, aber als meine

Mutter nichts sagt, wird mir klar, daß es sich ja hier schon lange nicht mehr um eine Fahrt zu H.-H. handelt, die sie mißbilligt, sondern ganz einfach um eine Fahrt zu meinem Kind. Zwar lag früher im Schweigen meiner Mutter stets Kritik. Sie konnte ihr Schweigen so groß machen, daß man kaum noch Luft bekam. Und selbst heute noch muß ich aufspringen und irgend etwas tun, wenn sie da sitzt und strickt und schweigt. Ich glaube ihr das lange tiefe Schweigen der Selbstgenügsamkeit nicht. Es ist ihre Waffe, ihre schlimmste Waffe. Ich atme, ich rede mir zu: Nun laß sie doch, vielleicht hängt sie wirklich irgendwelchen Gedanken nach und merkt gar nicht, daß sie schweigt. Horche auf ihren Atem, auf ihre Bewegungen. Es kann ja nicht sein, daß der Atem ruhig geht, es muß eine erzwungene Ruhe sein. Sie will sich nicht verraten, sie wartet darauf, daß ich zuerst die Nerven verliere und schwach werde. Nun, nun, nun! Still! Hier geht es doch um keinen Mann, hier geht es doch nur um ein Kind! Egal! Wenn meine Mutter und ich allein auf der Welt wären, gäbe es in der ersten halben Stunde schon diesen Kampf, in dem einer immerzu schweigt, und der andere immerzu denkt, weshalb schweigt sie, was ist los, was hat sie, was denkt sie, was will sie von mir?

Sie kommt herein und wischt mit einem nassen Lappen das Tischtuch ab. Geht denn jetzt ein Zug? fragt sie. Ich halte das für einen unauffällig vorgetragenen Einwand, denn nach Peine gehen dauernd Züge.

Weiß nicht, sage ich.

Wir hatten doch mal einen Fahrplan ... Ob ich auf dem Bahnhof warte oder hier, das ist doch gleich, sage ich. Ich fahre immer so. Ich gehe zum Bahnhof, erwische einen Zug oder warte auf den nächsten. Der Student Backhus, der über den Flur geht, meine Worte gehört hat und sie für Pose hält, schlägt mit dem Stöckchen in die linke Hand und grinst. Ich weiß nicht, wieviel dieser Mann durch die

dünne Sperrholzwand von unseren persönlichen Gesprächen mitkriegt. Er behandelt mich jedenfalls verächtlich und ironisch. Mit der Zärtlichkeit und Bewunderung, die er meiner Mutter entgegenbringt, vielleicht nur in meiner Gegenwart so deutlich, setzt er mich ins Unrecht.
Soll ich dir Brote machen? fragt meine Mutter.
Ach, laß nur! Vielleicht komme ich heut abend wieder. Ich weiß noch nicht. Sie gibt mir ein Päckchen für Nini: Das hat der Nikolaus bei Oma abgegeben, sagt sie. Hoffentlich nehmen es ihr die anderen Kinder nicht weg. Es sind Kekse, Schokolade und ein Quartettspiel drin.
Ich danke ihr. Ich bin froh, daß ich nun etwas habe. Ich hatte ja gestern keine Zeit, etwas für Nini zu kaufen. Ich hätte heute nur versuchen können, an irgendeinem Bahnhofskiosk etwas für sie zu finden. Mehr als ein Becher mit einem Stadtwappen oder ein Wildwestheft wäre das sicher nicht gewesen.
Nachher sehe ich, daß ich nicht einmal das bekommen hätte. Nur das Blumengeschäft ist geöffnet. Innen und vor der Tür und dem Schaufenster bewegen sich eine Menge Menschen. Man kann nicht sagen, daß sie sich »drängen«, aber sie schieben, sie umgehen einander, um die Blumen zu sehen und eine der Verkäuferinnen zu erwischen. Auf den Kosakenmützen, den Pelzkragen, Pelzstulpen und Pelzsäumen der Damenmäntel liegt dünner Schnee. Die Frauen gehen mit langen Schritten durch diese leere, große Halle, die Mäntel schlagen um die hohen Stiefel. Die südländischen Männer, ich kann nicht unterscheiden, ob es Italiener, Türken, Griechen, Spanier oder Jugoslawen sind, lehnen an einem unbesetzten Fahrkartenschalter und folgen jeder jungen Frau solange mit den Augen, wie sie sie sehen können. Hier, auf dieser langen Rennstrecke, kann keine etwas verbergen. Zum ersten Mal fällt mir auf, daß sich bei diesem Wetter, diesem Wind, der durch die Halle fegt, nur das teure Kleidungsstück bewährt. Die leichten, die billigen

Mäntel wirken lappig und klemmen sich den Mädchen zwischen die Beine. Es ist ein asoziales Wetter. Der Süden, aus dem diese dunklen Männer kommen, die ihre Blicke an die Körper der Mädchen kleben, ist sozialer, dort sieht jedes bunte Fähnchen schön aus. Ich habe noch keinen der modernen langen Mäntel, sondern einen kurzen, der dem Wind keine Angriffsfläche bietet. Ich gehe den Bahnsteigtunnel hinab, der grell beleuchtet, hell gekachelt ist wie ein Operationssaal. Hier zieht es noch stärker. Auch oben auf dem Bahnsteig gibt es keinen Schutz gegen den Wind, kein Wartehäuschen, keinen Fahrstuhl für Gepäckwagen. Ich habe schon viele Stunden auf Bahnhöfen verbracht, ich weiß, wovon ich rede. Dies ist der kälteste, ödeste, unmenschlichste Bahnhof, den ich kenne. Für Liebende, die sich trennen müssen, gibt es hier kein Versteck. Ein Weihnachtsbaum steht ganz am Ende des Bahnsteigs, dort, wo die Überdachung aufhört. Die elektrischen Kerzen hängen schief, die häßlichen Drähte ziehen sich von Ast zu Ast. Hinter den Gleisen liegt der moderne Gebäudekomplex von Siemens. Dahinter die Ausläufer des Güterbahnhofs. Eine Lokomotive mit zwei Wagen rollt langsam die abschüssige Strecke hinab und stößt krachend auf abgestellte Waggons. Kräne, Verladebrücken, viele Lampen. Gestern nacht, in der offenen Tür des Omnibusses, zwischen die riechenden Körper der anderen gepreßt, die alle gehört hatten, daß ich einen Mann »Schwein« nannte und er mich »Sau«, habe ich die vielen Lampen, die Girlanden von Lampen über dem Bahndamm, unter dem der Bus hindurchfuhr, gesehen.
Der D-Zug nach Köln, der hier eingesetzt wird und in vierzig Minuten abfährt, rollt langsam das Gleis entlang. Auf dem anderen Gleis dieses Bahnsteigs fährt ein Personenzug, Triebwagen mit Anhänger, über Salzgitter, Seesen nach Kreiensen. Er muß bald abfahren. Die Reisenden kommen die Treppe herauf und gehen schnell auf diesen

Zug zu. Was für ein merkwürdiges Publikum, ganz anders als an den Werktagen. Viele alte Menschen in Sonntagskleidung. Ich sehe einen mit einer Goldbrosche zusammengesteckten Schal, mehrere Blumensträuße, Pakete, Tüten. Man fährt zum Kaffeetrinken zu den Verwandten in die Dörfer und Kleinstädte ringsum.
Auch für den D-Zug nach Köln kommen nun die ersten Reisenden. Sie gleichen denen im Zug nach Kreiensen aufs Haar. Bis Hannover gilt dieser D-Zug als Eilzug, das heißt, er hält in Peine und Lehrte, den beiden Kleinstädten zwischen Braunschweig und Hannover. Er fährt um fünfzehn Uhr neunundzwanzig ab und wird um fünfzehn Uhr dreiundvierzig in Peine sein. Weitere fünfzehn Minuten später in Lehrte – genau die richtige Zeit für Besuche, Kaffeestunde, Adventsfeier oder Geburtstag. Von den langen Mänteln, die die jungen Mädchen tragen, gefallen mir besonders die aus einem zottigen Fell. Ziege oder Schaf, naturfarben oder karamel. Aber Schafe sind zum Scheren da, nicht zum Töten. So viele Hammel werden schließlich nicht gegessen. Ich werde kein Fell tragen. Aber ich weiß, daß meine Gedanken unkonsequent sind, denn schließlich trage ich Lederschuhe. Es teht jedoch fest, daß Kunststoffschuhe genauso warm, genauso fest und genauso gesund sind wie Lederschuhe. Und weshalb Handtaschen aus Leder sein müssen, möglichst noch aus Krokodilleder, ist überhaupt nicht einzusehen. Ein Mädchen sehe ich, größer als ich, in einem zottigen Mantel, das blonde Haar straff zusammengebunden zu einem kleinen Schwanz, das schmale Gesicht mit der roten Nase hochgereckt, blitzend, kühn, wie ein Offizier Napoleons. Wenn Augustin wenigstens so eine mir vorzöge.
Ich steige ein. Der Wagen ist noch ganz leer. Ich spucke auf mein Taschentuch und versuche die Flecke von meinen Waden wegzureiben, durch den Strumpf hindurch. Ich habe mir, als ich in der Nacht durch Matsch und Pfützen

lief, die Beine bis zu den Kniekehlen vollgespritzt und habe es heute morgen beim Waschen nicht gemerkt.

Als der Zug abfährt, sind nicht mehr als vier Personen in diesem Waggon. Ein alter Eisenbahner, den ich vorsichtshalber noch einmal frage, ob der Zug in Peine hält, und ein Mann und eine Frau, vielleicht ein Ehepaar. Sie sind beide jung und dick, sind sich in diesem Rosig- und Fettsein ähnlich, und sie sind teuer angezogen. Was geben die Leute doch für Kleidung aus! Es läßt sich nicht leugnen, daß H.-H. elegant ist. Auch Günter, ein anderer Maler aus unserem Stall, ist elegant. Er ist die Eleganz in Person, sogar im Lodenmantel. Obwohl ich in einem Geschäft arbeite, das Herren- und Damenoberbekleidung führt, habe ich anscheinend noch nicht umgedacht.

Nun sieh dir diese beiden an, im Abteil nebenan! Aber der Mantel, den die anhat, kostet bestimmt, bei dem Pelzkragen ...! Bist du etwa neidisch? Ja, ich bin neidisch! Ich bin fünfundzwanzig Jahre alt, und ich könnte mir, wenn ich eine solide Berufsausbildung und kein Kind hätte, genausolche Sachen kaufen.

Der Schnee liegt auf den Feldern und Wagen, nicht ein einziger Wagen hat ihn durchfurcht. Du könntest glatt in Rußland sein, so wie du dir Rußland vorstellst. Die Felder sind weit, und die Dörfer sind geduckt und klein, die neuen Siedlungshäuser genauso schneeverschüttet wie die alten Fachwerkhöfe. An einem gesenkten Schrankenbaum hält kein einziges Auto. Die Laubwälder sind braungrau gestrichelt, die Krähen heben sich schwarz von den Zweigen ab. Zweimal kreuzt der Zug den zugefrorenen Mittellandkanal. Rechter Hand liegt ein Schloß, das man sonst nie sah, ausschwingend und barockgelb in einem Park kahler Bäume. Habe ich recht gesehen? Der Zug zieht eine Schneefahne mit, die wie Dunst vor den Fenstern liegt. Oder ist es der Dampf? Nein, es muß Schnee sein. Bis zum Dach des Zuges sprüht er hinauf. Durch den Dunst hindurch sehe ich die vier hohen Schornsteine, die mit Schlacke beladenen Waggons und den aus dem Krieg stammenden kegelförmigen Bunker, sehe die großen Hallen, schwarzes Eisen und schwarzen Backstein, sehe es rot glühen hinter geschwärztem Glas. Aber die Schmelzöfen des Peiner Stahlwerkes liegen dunkel da, ich vermisse ihren Feuerregen, der den ganzen Himmel rot färbt. Vielleicht arbeiten sie nicht, weil heute Sonntag ist, oder sie sind jetzt fest verschlossen und ergießen ihre feurige Lava erst zu einer späteren Stunde.

Vor dem Bahnhofsgebäude stehen einige Menschen, die sich, als der Zug hält, in Bewegung setzen und Aussteigenden entgegengehen. Im Bahnhof notiere ich mir die Abfahrtszeiten, sowohl in Richtung Hannover wie in Richtung Braunschweig. Nach Hannover zu fahren, wäre das Vernünftigste. Wenn ich jedoch nach Braunschweig führe, könnte ich versuchen, Augustin nach der Vorstellung vom Theater abzuholen, ich könnte hinter den Büschen des Theaterparks, der genau dem Bühneneingang gegenüberliegt, auf ihn warten und ihn, wenn er allein wäre, ansprechen. Ich könnte ihn auch vorher anrufen, könnte so tun, als riefe ich aus Hannover an, ganz kühl, ganz lässig, soweit mir das möglich ist.

Ich gehe die Bahnhofstraße entlang bis zu den großen Schaufenstern, in denen eine Menge Spielzeug ausgestellt ist. Bevor ich die Straße überquere, um in die mit Tannengirlanden geschmückte Gröpernstraße einzubiegen, hinter der schon die reichere Weihnachtsdekoration und die Lichter der Breiten Straße sichtbar sind, sehe ich mir das Spielzeug an.

Gleich im ersten Fenster stehen bunte Plastiktrecker und Kipper und Rennautos, alle zum Reinsetzen und Treten, genau wie sie Nini sich schon lange wünscht. Sie kosten siebenundfünfzig, dreiundachtzig, fünfundsechzig Mark. Siebenundfünfzig Mark sind eigentlich gar nicht so schrecklich viel – für ein Weihnachtsgeschenk. Während

ich rechne, gehe ich weiter. Im Mittelfenster stehen Schaukelpferde und im dritten Fenster Spielstühlchen und Eßstühlchen für Kleinkinder.
Von den schmalen Fachwerkhäusern der Breiten Straße, deren Fronten mit einigen klassizistischen Fassaden durchsetzt sind, ziehen sich Tannengirlanden quer über die Straße von Haus zu Haus. In der Mitte, wo die Tannengirlanden zu einer hochgezogenen Spitze zusammenstoßen, hängt ein leuchtender gelber Stern. In mehreren Fenstern sehe ich Adventskränze mit brennenden Kerzen, ich sehe die Silhouetten von Menschen, die sich in diesen niedrigen engen Zimmern bewegen, und ich betrachte im Gehen die Auslagen und die Aufmachung der Schaufenster. Am üppigsten sind die drei Schmuckgeschäfte, an denen ich vorbeikomme, dicht an dicht liegen da die Ringe, ein Massenangebot, das die Gastarbeiter ansprechen soll, manches hübsche Stück darunter. Aber diese drei Läden könnten ja sämtliche Frauen der Stadt mit Ringen versorgen. Diese Ringe werden wohl weitergeschickt, um Treue zu schwören, und herumgeschenkt, um Liebe zu kaufen. Abend für Abend sammeln sich in den Bahnhöfen und Haupstraßen die dunklen, frierenden Männer, und es gibt so wenig Mädchen, die sie mögen. Hier ist nur mit Geld etwas zu machen, mit dem Geld, das man Frau und Kindern in Sizilien oder sonst wo vorenthält.
An einem der Fachwerkhäuser lese ich den Spruch: Verzag o Mensch in keiner Not, tu was du kannst und trau auf Gott. – Das klingt recht fromm und heißt doch nur: Hilf dir selbst, so hilft dir Gott.
Die Uhr der Jakobikirche schlägt vier.
Auf dem Markt steht inmitten von kahlen Laubbäumen eine schiefe Tanne, an der elektrische Kerzen angebracht sind. Ich kann mir nicht vorstellen, daß man eine schiefe Tanne hier als Weihnachtsbaum aufstellt und sehe im Vorbeigehen näher hin. Aber ich entdecke die Drähte, die sie

halten und den Pflock, der ihren nur oberflächlich in die gefrorene Erde gegrabenen Stamm hält.
Die Biedermeierfassade des Telefunkenhauses am Markt ist über und über mit bunten Lämpchen geschmückt. Der Neuschnee liegt unversehrt auf dem weiten langgestreckten Platz, und selbst auf den Straßen ist er nur von wenigen Reifenspuren gezeichnet.
Auf dem Damm spielen zwei kleine Jungen in Trapperkostümen. Es sind nur noch wenige Schritte bis zum Ende der Straße. Vielleicht spielt Nini, die im letzten Haus wohnt, manchmal mit diesen Kindern. Dahinter geht es in die Landstraße hinaus, durch Schrebergärten und Felder. Auf dieser Straße kommen mehrere Autos an diesem Sonntagnachmittag in die Kreisstadt Peine herein.
Vor den letzten Häusern sind mit einem Stöckchen Figuren in den Schnee gemalt, noch vor kurzem; sie sind kaum verweht und zugedeckt. Die Kinder aus diesen Häusern spielen wohl hier auf der Straße, die wenig befahren wird. Ich weiß nicht, ob außer Walkowiaks Pflegekindern noch andere Kinder in der Straße wohnen. Ich weiß nicht einmal, wie viele Kinder Frau Walkowiak hat. Einmal sah ich drei, und sie erzählte in ihrer kichernden Art von anderen Kindern, nannte Namen, Eigenschaften, ohne daß ich verstand, ob sie von abwesenden oder von früheren Pflegekindern oder gar von ihren eigenen redete. Ein anderes Mal sah ich nur Nini, während Frau Walkowiak von einem Kind, das Pitti hieß, quasselte und von einem weiteren. Ich begriff aber nicht, was das für Kinder waren. Welche, die sie erst erwartete, oder welche, die im Augenblick nicht da waren, oder überhaupt ganz fremde Kinder, Nachbarskinder, Kinder aus der Verwandtschaft oder Kinder, die es gar nicht gab. Es half auch nicht, Frau Walkowiak ausdrücklich zu fragen, denn dann brachte sie noch mehr Namen ins Spiel, und man verstand überhaupt nichts mehr. Ich nickte nur, dachte an Sohn, Schwiegertochter,

Enkelkinder. Bis dann die Klage kam, Sohn und Schwiegertochter hätten kein Kind, deshalb, ja deshalb, wird gekichert, halte man sich die Pflegekinder, aus Liebe, aus lauter Liebe. Sie werden schon ganz gut verdienen daran. Ich kann es nicht nachrechnen, weil ich nicht weiß, was ein Kind an Unterhalt kostet, was das Essen kostet, was es kostet, die Wäsche zu waschen. In diesem Herbst habe ich noch nicht einmal die Winterkleidung für Nini gekauft, sondern habe Frau Walkowiak Geld geschickt, damit sie sie kaufe. Ich habe keine Ahnung, was mein Kind braucht an Unterwäsche, Strumpfhosen, Pullovern, Schuhen. Zu Weihnachten will ich ihr aber ein Kleid kaufen. Ich muß nur erst die Größe erfahren, hundertzehn oder hundertvier. Weihnachten wird auf jeden Fall zu Haus gefeiert. Mutter und Großvater werden weinen, wenn die Kerzen am Weihnachtsbaum brennen und die Wiener Sängerknaben »Stille Nacht, heilige Nacht« im Radio singen. Und auch ich werde mich nicht beherrschen können. Nini aber wird ein Pferdchen in ihrer Hand pressen und erschrocken von einem zum anderen sehen und mich fragen: Warum bist du denn so ernst, Mami? Das fragt sie mich jedesmal, wenn ich sie besuche. Ich bin ihr unheimlich. Sie ist an das pausenlose Gekicher ihrer Pflegemutter gewöhnt.
Ich betrete das Haus und steige zum ersten Stock hinauf. Auf dem Absatz liegt die Toilette. In der kleinen Kabine ist nur das Klosett, kein Waschbecken. Im Winter ist es dort eiskalt. Diese Toilette gehört zu den beiden Wohnungen im ersten Stock. In jeder Wohnung leben mindestens zwei Familien, jedenfalls in Walkowiaks Wohnung sind es zwei und die Pflegekinder. Im Winter bleibt den Menschen nichts anderes übrig, als nachts Eimer zu benutzen. Sie können sich sonst die schlimmsten Krankheiten holen, wenn sie im Nachtzeug durch dieses zugige, kalte Treppenhaus irren. Morgens schleppen sie die stinkende Brühe die Treppe hinunter. Sicher haben sie die Hemmungen, die ich

habe, wenn ich mit dem Eimer hinter der angelehnten Tür meines Zimmers auf einen leeren Korridor warte, längst abgelegt. Es macht ihnen nichts aus, der Nachbarin oder den zur Arbeit gehenden Männern aus den oberen Etagen zu begegnen.

Vor Walkowiaks Tür bleibe ich stehen, um zu horchen. drinnen ist eine Kinderstimme zu hören, es können auch zwei oder drei Stimmen sein. Kinderstimmen haben ja alle die gleiche Tonlage. Und trotzdem fühle ich mich schuldig, weil ich die Stimme meines Kindes nicht sofort herauskenne. Ich bilde mir ein, daß eine gute Mutter das könnte. Aber bedeutet das etwas für das Kind? Ach, diese guten, diese einmaligen, diese tapferen und großartigen Mütter! Was bedeutet es schon für das Kind, daß sie seinen Pups unter hundert Pupsen herausschnuppern können! Und schwungvoll, als könnte ich damit alle mich beunruhigenden und deshalb bedrohenden Argumente der guten Mütter fortschnippen, drehe ich die Klingelschraube. Es schrillt laut. Mein Herz klopft. Ein paar Sekunden ist es in der Wohnung ganz still. Dann merke ich, daß das nicht stimmt. Es kam mir nur so vor, als das Schrillen dieser altmodischen Klingel, die noch eine Weile nachbebt, wirklich aus war. Jetzt höre ich, daß die Kinderstimmen immer weiter reden. Ein einzelnes Kind wäre jetzt wahrscheinlich still wie die Erwachsenen, zu denen es gesprochen hat, aber mehrere ins Spiel vertiefte Kinder hören nichts. Ziemlich nah ist jetzt ein ärgerliches Flüstern, ein Zischeln und das rauhe Knurren einer Männerstimme. Eine Tür wird heftig geschlossen. Ehe ich erkenne, daß das neue Geräusch Schritte sind, wird die Tür vor mir aufgemacht. Herr Walkowiak zieht den rechten Hosenträger straff und versucht ihn am Hosenbund festzuklammern, während er mich ansieht und überlegt, wer ich bin. Er trägt ein Trikotunterhemd mit kurzen Ärmeln. Am Hals ist es mit drei Perlmuttknöpfen geschlossen. Rund, kragenlos umschließt

es den dicken, olivbraunen Hals, einen Tonnenhals, über dem das dunkle, graue Gesicht, das ungewaschen wirkt, merkwürdig klein aussieht. Der Magen zeichnet sich wie eine Blase unter dem anliegenden Trikot ab. Ah, sieh da, sieh da! ruft er übertrieben laut und fröhlich. Gerade heute sagte ich zu Mutti, das Fräulein aus Hannover läßt sich gar nicht mehr sehen! Er tritt zur Seite und zieht sich, während ich auf den dunklen Flur gehe, weiter an. Dabei mustert er mich von Kopf bis Fuß, wie stets. Er bleibt mit mir hier stehen, fordert mich nicht auf, ins Wohnzimmer zu kommen. Die Kinderstimmen sind hier ganz laut zu hören, die Tür des Kinderzimmers ist nur wenige Schritte von mir entfernt, und doch gelingt es mir immer noch nicht, etwas zu verstehen und Ninis Stimme herauszufinden.
Das Fräulein aus Hannover hat soviel zu tun, sagt er und zwinkert.
Das stimmt.
Sag ich ja, sag ich ja. Was man in Ihrem Alter alles zu tun hat! Alle Hände voll zu tun!
Seine Frau kommt aus dem Zimmer, das sie zum Schlafen und Wohnen benutzen. Sie haben in dieser Wohnung zwei Zimmer, eins für sich und eins für die Kinder. Das Kinderzimmer ist klein und unheizbar, es wird nur zum Schlafen benutzt. Die Frau hat die letzten Worte ihres Mannes gehört, sie ruft quietschend und kichern: Sie hat keine Lusten, zu kommen! Sie hat keine Lusten! Auch sie nestelt noch an den Knöpfen ihres Pullovers und zieht ihn über die Hüften. Sie ist sehr klein und dick. Ein gewaltiger, fester Hintern wird duch das hohle Kreuz herausgedrückt. Der Bauch wölbt sich entsprechend vor. Das graue Haar steht ihr in krauser Dauerwelle vom Kopf ab. Das Gesicht ist krankhaft bleich, aber es ist keine durchsichtige Blässe, sondern ein großporiges Bleigrau. Sie kichert immer noch. Dieser Riese und diese Zwergin scheinen zu glauben, daß ich auf den Strich gehe. Jedesmal, wenn ich mich hier sehen

lasse, machen sie solche Anspielungen. Ich halte es für überflüssig, mich zu verteidigen. Ich habe ihnen die Firma genannt, bei der ich angestellt bin. Ich habe ihnen auch, weil sie es wissen wollten, gesagt, was ich im Monat verdiene. Donnerwetter! hat er gesagt. Wenn er denkt, auf dem Strich verdiene man nicht mehr, dann kann ich ihm nicht helfen. So, wie er mit seiner Männlichkeit angibt, sollte er das eigentlich wissen. Für solche Leute ist jedes Wort zu schade. Nur mein Kind ist nicht zu schade für sie.

Wo ist Nini? frage ich. Der Flur ist tief und breit und sehr dunkel. Rechts ist nur die lange Wand, die diese Wohnung von der Nachbarwohnung trennt, links sind drei Türen. Und außerdem ist in jeder Schmalseite eine Tür. Rechts an der langen Wand stehen braune Schränke, darauf Koffer und Kisten. Von der zweite Familie, die hinter den beide letzten Türen des Flurs wohnt, habe ich nie jemanden gesehen.

Die Kinder schlafen noch, sagt die Zwergin. Sie sieht ihren Mann an, beginnt zu kichern. Wir hatten heute morgen gar keine Lusten zum Aufstehen und haben erst um drei Mittag gegessen.

Woher hat sie nur dieses vulgäre Lusten? Ist es Dialekt oder Familienslang? Aus der viel und für alles Mögliche benutzten »Lust« wird etwas Deftiges: Lusten.

Die Frau öffnet die Tür des Kinderzimmers. Genau gegenüber ist ein fast ganz vereistes, weißes Fenster. Es ist schrecklich kalt. In der Mitte steht ein kleiner runder Tisch und an jeder Seitenwand ein zweistöckiges Bett. Oben rechts sitzt Nini mit nackten Füßen und einem nackten Streifen zwischen Schlafanzugjacke und Hose auf ihrem Deckbett und hat Spielzeug in einer Mulde gesammelt. Als sie mich sieht, lacht sie und ruft mich und kommt blitzschnell herabgeklettert. Ich springe hin und führe ihren Körper, dort wo er nackt ist, zwischen meinen Händen, damit sie mir nicht von der schmalen Leiter kippt. Unten im Bett sitzt Maria, die kleine Italienerin, deren Eltern im Stahlwerk arbeiten. Links unten im Bett sitzt ein Kind, das ich nicht so schnell erkenne. Das linke obere Bett ist leer, ohne Kissen.

Du bist ja eiskalt! sage ich zu Nini. Sie springt mir, kaum daß ihre Füße den Boden berührt haben, wie ein Affe an den Körper. Ihre gespreizten Knie pressen sich an meiner Taille an, ihre Arme umklammern meinen Hals. Selbst wenn ich sie nicht hielte, fiele sie nicht herunter. Mir schlagen weiche Haare ins Gesicht, ich lache und suche das lachende Gesicht, wie es vor meinem vorbeiwischt. Aber ich sehe Tränen und einen verzerrten Mund. Es versteckt sich an meinem Hals, ich höre leise, unterdrückte Schniefgeräusche und zwinge mit den Händen den widerstrebenden Kopf vor mein Gesicht.

Was ist denn los? Was hast du? frage ich, lasse den Kopf los, damit er sich wieder an meinem Hals verbergen kann.

Nichts, sagt sie, weint aber weiter.

Weshalb weinst du denn?

Weil du gekommen bist.

Soll ich denn nicht kommen?

Hat gesagt, du kommst nicht.

Wer hat das gesagt?

Keiner.

Aber ich bin doch gekommen, nun freu dich doch.

Ich freu mich ja auch.

Hat wer gesagt, ich komme nicht? Wer hat das gesagt?

Keiner.

Hat es einer gesagt oder nicht? Ja oder nein?

Nein! ruft sie böse. Wenn nein, dann nein.

Dann brauchst du auch nicht zu weinen.

Ich weine auch nicht! sagt sie, und die Tränen rollen ihre Wangen hinab.

Dann ist es ja gut, sage ich, wiege das Kind hin und her und sehe Frau Walkowiak verschwörerisch an, als ginge es hier um eine nicht ernst zu nehmende Laune. Ich darf die Frau nicht verärgern, ich habe sie nötig, ich bin käuflich, ich verkaufe die Seele meines Kindes. Der Mann, den ich noch mehr fürchte, ist nicht zu sehen. Die Frau gibt sich munter. Marsch, marsch, alle in die warme Stube! ruft sie. In Maria, die mich und das weinende Kind aus ihrem Bett hervor wie hypnotisiert angestarrt hat, kommt Leben. Sie springt heraus und läuft davon.

Herbei, herbei, gekocht ist der Brei! ruft Frau Walkowiak und hebt ihre ohnehin hohe Stimme zu einem schrillen Singsang. In irgendeinem Märchen, das mir eben nicht einfällt, kommen diese Worte vor. Da ruft eine alte Frau nach ihren Katzen. Und wie kleine Tiere sind die beiden anderen Kinder diesem Ruf gefolgt. Ich trage Nini so schnell wie möglich aus dem kalten Zimmer heraus. In der wirklich sehr warmen Stube sitzt der Mann auf der mit Bettzeug bedeckten Couch und zieht sich fertig an. Maria und der Junge, der größer als die beiden Mädchen ist, dicker und stämmiger, wälzen sich zwischen den Kissen. Maria ist erst drei Jahre alt. Sie spricht nicht, sie gibt nur Geräusche von sich, quiekt und kreischt und macht wowowo und tututut. Alle drei Kinder haben Schlafanzüge an, die nicht passen, die verwaschen, dünn, lappig und schmuddelig sind. Frau Walkowiak trägt einen Ballen Kleidungsstücke herein und wirft ihn aufs Bett. Erst jetzt sehe ich, daß ihre Arme unter den Pulloverärmeln bandagiert sind, und daß sie sie, wenn sie steht, vom Körper weghält wie Holzglieder. Die Kinder, auch Nini, die ich von meinem Arm herabgelassen habe, stürzen sich auf die bunten Hosen und Pullover auf dem schmutzigen Bett und werfen die Sachen durchs Zimmer. Jeder versucht, die Sachen des anderen zu erwischen und fortzuschleudern. Ich warte bloß darauf, daß es Tränen gibt. Der große, dicke Junge mit dem kurzgeschorenen

breiten Schädel, stößt die beiden Mädchen fort und stampft barfuß auf den am Boden liegenden Stücken herum. Beide Mädchen fangen an zu heulen, und Frau Walkowiak fängt an zu kichern.
Rainer, komm mal her, sofort! ruft der Mann. Laß doch die Weiber! Komm, zeig mal deine Muskeln! Der Junge stellt sich neben den sitzenden riesigen Mann. Beide beugen die Arme. Faß mal an, sagt der Mann. Hart wie Eisen, was? Solche Muskeln mußt duch auch mal kriegen. Ein Mann muß Muskeln haben, Pakete!
Der Junge strengt sich an, den Arm so zu biegen, daß sich der Oberarm wölbt. Aber es mißlingt ihm. Die Frau kichert hell.
Ein Mann braucht Muskeln und eine Frau Atömchen, sagt der Mann und streift mit dem Blick über meinen noch vom Mantel verhüllten Oberkörper. Gestern die Werksärztin, was Mutti? ruft er an mir vorbei. Komme rein, sagt sie, sitzt da hinter dem Schreibtisch: Hose runter! Hui, denk ich, das Weib geht aber ran! Kommt auf mich zu, packt mich mit beiden Händen, so, in den Bauch. Mann, hat der aber Muskeln! sagt sie. Hat der aber Muskeln!
Ich lache gezwungen und weiche diesen aufdringlichen Blicken aus. Könntest auch langsam in deine Klamotten steigen, denke ich. Aber er muß weiter angeben. Solche Muskeln willst du auch mal haben, was, Rainer? Wir Männer müssen doch zusammenhalten, nicht, Rainer? Nun zieht euch an, ihr wißt doch, daß die Mutti krank ist und euch nicht helfen kann!
Die Kinder setzen sich auf den Teppich und ziehen die Jacken und Hosen aus. Als ich den nacken Po meines Kindes sehe, möchte ich mich drüberwerfen und ihn küssen. Ich möchte den ganzen kleinen Körper ablecken. Eine wilde Affenliebe hat mich gepackt, und ich laufe auf den Flur, angeblich, um meinen Mantel auszuziehen, wozu mich noch keiner aufgefordert hat.

Als ich wieder ins Zimmer komme, ist Nini dabei, ihre lange Hose hochzuziehen. Sie steht breitbeinig, zieht vorn mit allen Kräften am Hosenbund, der sich hinten unter die Pobacken geklemmt hat. Frau Walkowiak kichert und quiekt; die anderen beiden Kinder, selber unvollkommen angezogen, hüpfen und kreischen. Hätte man sie nicht darauf aufmerksam gemacht, sie wären gar nicht auf den Gedanken gekommen, über Ninis Anstrengungen zu lachen. Sie haben ja dieselben Schwierigkeiten. Nini kämpft in stiller, aber immer stärker werdender Wut mit der Hose, bis sie plötzlich weinend auf Frau Walkowiak einschlägt, mit Füßen und Fäusten auf ihren dicken Unterkörper losgeht. Dabei rutscht die Hose wieder ganz runter. Auch auf mich schlägt sie ein, als ich ihr helfen will. Sie erwartet wohl von keiner Seite Hilfe. Frau Walkowiak kichert und kreischt immer lauter. Es ist kein höhnischer Ton in ihrem Lachen, das nicht. Sie ist wirklich erheitert, sie möchte sich ausschütten vor Lachen. Rainer stampft umher, springt wieder aufs Bett und versucht es als Trampolin zu benutzen. Es federt aber nicht, weil der schwere Mann die Matratze niederdrückt. Maria, die ruhigste, hat es endlich geschafft, ihre lila Strickjacke anzuziehen und geht zu ihrer Pflegemutter, damit sie die Knöpfe schließe.
Uh, wenn ich nur den kleinen Finger rühre, das tut weh! sagt die Frau. Bis hier oben hin! Huh, wenn ich nur so mache! Nur so! kichert sie. Heute morgen, wie ich den Wellensittich von unserer Nachbarin in die Hand genommen habe, war es gleich besser. Er hat gezappelt und gepiept. Zappel du nur, hab ich gedacht, ich laß dich doch nicht los. Ich hab richtig gemerkt, wie der Schmerz aus meinem Arm herausgegangen ist, in das Tier rein.
Und sie streicht Maria durchs Haar, während sie spricht, und Maria kneift die Augen zu wie eine Katze, die gekrault wird.
Haben Sie eine Hilfe gefunden? frag ich und möchte gern

wissen, was sie mit den sechzig Mark gemacht hat, die ich ihr geschickt habe.
Ach, das ist ja so schwer! Heute will keiner mehr arbeiten. So wie ich arbeitet keine mehr!
Du tust es ja nicht fürs Geld, sagt der Mann. Du tust es, weil dir die armen Kinder so leid tun. Er zieht einen grauen Pullover über den Kopf, fährt mit den Fäusten durch die Ärmel, reckt und streckt sich. Er nimmt dem Jungen eine Banane weg und legt sie vor sich auf den Tisch. Nachher, sagt er zu ihm.
Meine Frau lag hier. Er zeigt auf das Bett. Und ich hatte die Kleinen am Hals. Mußte mir extra Urlaub nehmen im Werk, unbezahlten. Die Eltern der Kinder taten ja so, als wüßten sie nichts. Keiner ließ sich blicken. Heule nicht, Mutti, hab ich gesagt, morgen nehm ich die Blagen und bring sie ihren werten Erzeugern zurück. Ausgehen und so, sich putzen und so – aber um die eigenen Kinder nicht kümmern. Das kenn ich! Aber ihr, er nickt zu seiner Frau hin, taten die armen Bälger so leid. Sie haben ja keinen auf der Welt als mich, hat sie geheult. Na, stimmt das etwa nicht?
Jaja, sage ich und habe nur den einen Gedanken, ihn nicht zu verärgern, damit er mein Kind behält.
Sie gibt's sogar zu! ruft er und schlägt sich auf den Schenkel. Ist das nicht toll? Sie gibt's sogar zu!
Aber nun haben Sie wen gefunden? frage ich. Ich beuge mich hinab und ziehe den Reißverschluß von Ninis Pullover zu. Der Pullover ist schlabberig und viel zu groß. Sie streckt mir die Hände hin, damit ich die Ärmel umschlage. Wo mögen die rote Jacke und der Schottenrock geblieben sein, die ich im August gekauft habe? Aber vielleicht wäre der Rock für diese Jahreszeit zu dünn. Habe ich mich je darum gekümmert, wie viele Jacken, Pullover, Hosen und Hemden ein Kind braucht? Ninis Pullover ist lindgrün und macht sie blaß. Sie hat große dunkle Schatten unter den

Augen; wie eine kleine Eule sieht sie aus. Halb unbewußt lege ich ihr die Hand auf die Stirn. Sie stößt meine Hand weg: Ich bin nicht krank!
Sie ist nicht krank, sagt Frau Walkowiak. Unsere Kinder sind die einzigen, die gesund sind. Überall haben sie Grippe. Aber unsre nicht.
Ich will nicht krank sein! Nini fängt an zu weinen.
Du bist ja auch nicht krank, sagt der Mann. Keiner von uns wird krank, weil Mutti uns so gut pflegt. Hörst du?
Ja, schluchzt Nini.
Nun komm mal zum Papa, sagt er. Und mein Kind geht zu dem fremden, scheußlichen Mann hin, und er piekt sie mit dem Zeigefinger in die Seiten, bis sie lacht.
Wenn ich nur wüßte, weshalb Nini solche Angst vorm Krankwerden hat? Ich muß sie ausfragen, wenn wir allein sind.
Haben Sie nun wen gefunden oder nicht? frage ich.
Unsere Nachbarin! Sie kommt morgens her, und ich geh rüber. Es hat ja keinen Zweck, daß wir uns alle in diesem einen Zimmer rumdrücken. Ich geh rüber, spiel ein bißchen mit dem Vogel, nehm ihn in die Hand und setz mich in die Sonne.
Der Mann hat, während er zuhört, die Banane in die Hand genommen, die Rainer zwischen die Salbentuben und Mullbinden auf den Tisch gelegt hat. Er streichelt die Banane wie ein männliches Glied und sieht mich an, ob ich es auch merke. Seine Frau hat es gemerkt, sieht mich von der Seite an, gluckst. Aber ich kann mich verstellen. Die Kinder werden aufmerksam, kommen herbei und stehen um den Tisch herum, um zu sehen, was der Mann macht. Er tut so, als schmiere er sich Salbe auf den Finger. Rutscht besser! sagt er. Die Frau kikst hell, die Kinder lachen zu laut, weil sie nicht wissen, weshalb. Der Mann legt die Banane beiseite, steht auf, stakst steifbeinig ins Zimmer und reckt sich. Er geht zum Fenster und sieht hinaus.

Das Zimmer ist überheizt. Der Kachelofen neben der Tür, am Fußende des Lagers, strahlt Hitze aus. Die beiden Fenster sind mit Wolldecken halb verhängt. Wenn die Tür offen ist, kommt etwas Kühle vom Flur herein. Über dem Lager hängt ein gedruckter Wandteppich: brüllender Hirsch. Oben, hinter dem Kopfteil des Lagers, steht ein Kleiderschrank, zwischen den beiden Fenstern, auf der Kommode, der Fernsehapparat, so daß man ihn vom Lager aus sehen kann. Der Mann fordert die Kinder auf, ihre Schlafanzüge vom Fußboden aufzuheben und in ihre Betten zu legen. Heute macht ihr mal die Betten! sagt er. Das könnt ihr ja schon so gut!
Die Kinder laufen hinaus. Und wir kochen jetzt einen schönen Kaffee, sagt er zu mir. Oder können Sie das nicht?
Eigentlich wollte ich mit Nini noch ein bißchen spazierengehen.
Was? Jetzt noch? Es ist ja schon dunkel.
Nur ein bißchen in die Stadt, Schaufenster angucken, sage ich.
Dazu ist es doch viel zu kalt. Bei dieser Kälte kann doch das Würmchen nicht rumlaufen! ruft Frau Walkowiak und sieht ihren Mann an. Das schlagen Sie sich man aus dem Kopf, Fräulein, sagt er. Wer hat die Arbeit, wenn das Kind krank wird? Sie doch nicht! Und dann die vielen Itacker und Türken auf den Straßen. Nee, kommt nicht in Frage!
Vor noch gar nicht so langer Zeit wäre ich aufgebraust. Jetzt aber gehe ich ohne Widerspruch hinter dem Mann den Flur entlang zur Küche. Wir kommen an der offenen Kinderzimmertür vorbei. Drinnen ist eine Kissenschlacht im Gange. Herr Walkowiak räuspert sich. Die Kinder erschrecken auf eine übertriebene, lustige Weise, die mir verrät, daß sie den Mann nicht fürchten. Nini versteckt ihr Gesicht hinter einem Kissen, schließt die Augen und

horcht. Maria wirft ein Kissen in unsere Richtung. Hopp-hopp-hopp, Bettenbauen! Aber ruckzuck! befiehlt der Mann. Ich sehe noch, als ich ihm folge, daß Nini sich oben in ihrem Bett hinkniet und ihr Kopfkissen glattstreicht. Wie wird sie es wohl anstellen, ihr Deckbett glatt zu ziehen, da sie ja auch irgendwo sitzen muß. Sie wird doch nicht herunterfallen!

In der Küche steht noch das schmutzige Mittagsgeschirr auf dem Tisch. Im Spülbecken blaugeblümte Tassen und eine Kaffeekanne, umgestülpt. Das ist jetzt sicher trocken, sagt er und deutet darauf. Auf dem Boden, auf ausgebreitetem Zeitungspapier, liegt ein Haufen schmutziger Kinderschuhe, dazwischen ein Paar Männerschuhe. Ich nehme das Geschirr aus dem Becken. Die unteren Tassen sind noch feucht. Mit einem Tuch reibe ich alles ab. Der Mann redet: Am Wochenende kommt die Nachbarin natürlich nicht. Heute ist die Dame zum Beispiel nach Braunschweig gefahren. Das Geld, das sie bei uns verdient, muß sie ja gleich unter die Leute bringen. Der Rubel muß rollen, versteht sich. Sie kriegt drei Mark die Stunde! Die Hälfte vom Haushalt bleibt liegen. Schuhe, Geschirr, Wäsche, Bettenmachen. Sie sehen es ja. Er zeigt auf die Schuhe: Da müssen die Kinder nachher noch dran. Wer zuerst fertig ist, verdient sich 'n Groschen.

Ich würde so gern mit Nini noch über den erleuchteten Markt gehen, die Schaufenster betrachten, ihr hübsche Sachen zeigen, sie fragen, was sie sich zu Weihnachten wünscht, und sie ausfragen. Ich habe als Kind nie im Haushalt helfen müssen. Manchmal mußte ich Unkraut zupfen oder Beeren pflücken oder einkaufen, weiter nichts. Alle Kinder in den bürgerlichen Familien sind so erzogen worden. Ein paar kleine Pflichten, aber keine richtige Arbeit. Ich glaube, H.-H. hat sich, wenn er bei uns zu Besuch war, nicht ein einziges Mal gebückt. Während mein Vater im Krankenhaus lag, machten er und ich den Abwasch. Er hat

Kindernahrung im Wasserbad warmgemacht und geholfen, Nini zu baden. In Hannover bei Mutter und Schwester braucht' er überhaupt nichts zu tun. Sie tragen ihm alles nach, die beiden Frauen, deren ganzes Glück, ganze Süße er ist. Sie halten alles von ihm fern, was ihn belasten könnte, und so waren sie bald meine Feindinnen und später Ninis Feindinnen. Ich habe, bevor ich nach Hannover ging, nie Schuhe geputzt; jedenfalls kommt es mir so vor. Meine Mutter putzte für uns alle am Fuß der Kellertreppe die Schuhe, wie sie für uns alle wusch, für uns alle die Betten machte und kochte. Aber mein Kind muß schon mit knapp vier Jahren Betten machen, Schuhe putzen, Geschirr abtrocknen.

Ich wasche das Mittagsgeschirr ab. Die Essenreste sind festgeklebt. Der Mann beobachtet mich spöttisch und geil. Er bürstet das Kaffeemehl mit einem Pinsel aus der elektrischen Kaffeemühle in die Kanne und gießt kochendes Wasser auf. Über den Flur klingt das Lärmen der Kinder und das Kichern der Frau. Ich rechne nach, wie weit sie mit meinen sechzig Mark gekommen sind. Es hat für zwanzig Stunden gereicht, also für fünf Tage, höchstens für sechs. Aber die Eltern der anderen beiden Kinder müßten ja auch an den zusätzlichen Kosten mittragen.

Wie lange wird Ihre Frau denn voraussichtlich noch krank sein? frage ich.

Ach, da ist gar kein Ende von abzusehen! sagt er. Sie hat das ja schon viele Jahre, und es ist immer schlimmer geworden.

Die Ärzte wissen ja nicht, was es ist! ruft die Frau vom Flur herein und findet selbst das zum Kichern. Ich werde von einem zum anderen geschickt! Und jeder von den Doktors schreibt mir was anderes auf! Sie kommt und lehnt sich an den Türrahmen und kichert und lacht ihre Leidensgeschichte heraus: Sie hat schon Tee verordnet bekommen und viele Sorten Salbe, Bäder, Packungen, Pillen, Tropfen,

Massagen, Bestrahlungen – aber nichts hat geholfen. Das einzige, was hilft, ist etwas Lebendiges streicheln. Das hat sie selber herausgefunden. Aber sie war auch mal bei einer Frau, die was von solchen Sachen versteht, und die hat es auch gesagt. Es hilft allerdings nicht immer. Nicht jedes Lebewesen hat die richtigen Strahlungen oder Strömungen. Auch das Wetter spielt eine Rolle. An manchen Tagen ist das Haar aller Lebewesen elektrisch geladen, das ist schlecht für ihre Krankheit. Das merkt sie schon morgens, wenn sie die Kinder kämmt. Dünnes Haar ist elektrischer als dickes, trockenes mehr als fettiges. Ninis Haar fliegt immer und knistert. Wenn Marias Haar noch ruhig ist, ist Ninis Haar schon elektrisch aufgeladen. Im Dunkeln sprüht es Funken. Beim Kämmen fühlt sie die elektrischen Schläge bis in den Ellbogen. Die Schmerzen lassen erst nach, wenn sie anschließend Maria kämmt oder Rainer über die Haarstoppeln streicht.
Wieder packt mich die Angst, Nini müsse gehen. Ich will gern alles dafür bezahlen, daß Nini bleiben kann, hier bei diesen Leuten bleiben kann, vor deren Händen ich zurückwiche, deren Betten ich nicht berührte. Als ich mit Tassen und Löffeln ins Wohnzimmer gehe, sind die Kinder mit dem Lager der Pflegeeltern beschäftigt. Die beiden Mädchen versuchen, das Bettlaken zusammenzulegen. Als ihnen das große Tuch immer wieder aus den Händen rutscht, macht Nini einen Ballen davon und trägt ihn, das ganze Gesicht darin vergraben, zum Bettkasten und stopft ihn hinein. Sie hüpft auf mich zu und springt wieder wie ein Affe an mir hoch.
Beim Kaffeetrinken gebe ich Walkowiaks noch einmal fünfzig Mark, und sie tun so, als wäre das selbstverständlich, nicht der Rede wert. Ich müßte jetzt gehen, aber ich habe ja noch kaum mit meinem Kind gesprochen. Welche Kleidergröße hat sie jetzt? frage ich.
Wollen Sie ihr ein Kleid kaufen? fragt Frau Walkowiak.

Ich dachte.
Kaufen Sie ihr lieber ne lange Hose und ein paar Pullover, das ist mehr wert. Unterwäsche, warme, hat sie auch nicht mehr. Aber am wichtigsten sind Schuhe. Sie hat ja überhaupt keine Schuhe für dies Wetter. Rainer hat jetzt von seinen Eltern ein Paar feste Stiebel gekriegt. Rainer, hol mal deine neuen Stiebel!
Die Kinder sitzen vorm Fernsehapparat.
Rainer, hörst du nicht?
Ich sage, daß ich alles kaufen werde, was Nini braucht.
Schreiben Sie sich's auf, damit Sie nichts vergessen, sagt der Mann und holt mir Papier und Kugelschreiber. Die Frau diktiert mir die Artikel und die Größen. Während ich die Hose in Größe 110 oder 116 nehmen muß, dürfen die Pullover höchstens 104 haben. Stricksachen dehnen sich. Rainer kommt mit den Stiefeln. Sie sind sehr stabil. Ich verspreche, Nini auch solche Stiefel zu kaufen.
Schuhe muß man anprobieren, sagt er.
Ja, das stimmt. Es ist am besten, Sie kaufen die Schuhe, sage ich und nehme meine Tasche wieder vor, öffne sie, weiß aber schon, bevor ich im Portemonnaie nachgesehen habe, daß ich nicht mehr soviel Geld bei mir habe. Ich werde Ihnen Geld schicken, sage ich. Was kosten diese Schuhe?
Dreißig Mark, sagt der Mann. Siebenundzwanzigfünfzig, sagt sie.
Ich werde es Ihnen schicken.
Um Gottes willen, wir wollen Sie nicht ausplündern! Sonst müssen Sie noch zu Fuß nach Hannover laufen, und der Freund wartet vergeblich, sagt er.
Welcher Freund? frage ich.
Ja, welcher, das müssen Sie schon selber wissen! ruft er, und sie kikst.
Die Kinder sehen neugierig herüber. Nini kommt zu mir und scheuert Kopf und Schultern an mir wie ein kleines

Tier. Ich kraule sie auch wie ein Tier. Na, Kätzlein? sage ich, und sie maunzt und scharrt mit den Pfoten auf meinen Oberschenkeln. Kätzlein, sage ich und kraule sie unter dem Kinn, wollen wir jetzt zum Marktplatz gehen und uns den Weihnachtsbaum ansehen?

Aber es gibt gleich René im Fernsehen, den magst du doch so gern, sagt Frau Walkowiak. Und ich merke, daß mein Kind den Weihnachtsbaum aufgibt. René ist doch viel schöner, als draußen das olle Nebelwetter. Du willst doch nicht krank werden?

Das gibt endgültig den Ausschlag. Jammernd beteuert das Kind, es wolle nicht krank werden, es werde bestimmt nicht krank, ganz bestimmt nicht!

So, ich stelle jetzt um auf die Kinderstunde. In zehn Minuten kommt René.

René – wer ist das? frage ich.

Der spielt mit Puppen, sagt die Frau.

Hahaha! grölt der Mann.

Kasperletheater!

Das mußt du aber gleich sagen, Mutti! Sonst denkt das Fräulein was anderes.

Hihihi, hahaha! Sie kichern und glucksen und kollern und wiehern in allen Tonlagen. Ein glückliches Paar! Die Kinder, die nicht begreifen, worum es geht, lachen laut und unecht und steigern sich endlich in ein echtes Gelächter hinein. Sie nutzen, das fällt mir wieder auf, jede Gelegenheit. Ist das ein gutes Zeichen? Wird in dieser Familie oft oder selten gelacht? Wenn ich zu Besuch komme, wird immer gelacht. Was aber geschieht an den anderen Tagen? Ich denke an den Berg Schuhe, der nachher noch geputzt werden muß. Wenn ich den Zug um achtzehn Uhr zwanzig kriegen will, muß ich los. Ich schaffe die Schuhe nicht mehr.

René ist ein dunkelhaariger junger Mann, der mit einem Kasper und einem drolligen Hund spielt. Der Hund kann sprechen. Nini lacht. Ernst, verständig, mit durchgedrücktem Rückgrad sitzt sie auf der Kante der Bettcouch und lacht genau im richtigen Moment. Was für eine große Tochter ich schon habe! Rainer lacht immerzu, mit offenem Mund, und boxt in die Kissen. Augenscheinlich versteht er gar nichts und nutzt bloß jede Gelegenheit, um seine überschüssige Kraft loszuwerden. Klar, daß er das Lieblingskind der Pflegeeltern ist. Maria wird nur als geduldiges Tier gehalten. Nini ist zu intelligent, um nicht der Fremdkörper zu sein, der ausgestoßen wird. So lange ich zahlen kann, viel zahlen kann, mehr als die anderen zahlen kann, wird man sie behalten.

Bitte beachten Sie
die folgenden Seiten:

Sigrid Brunk

Der Besiegte

Ullstein Buch 20018

Das Nest

Ullstein Buch 26021

Der Magier

Ullstein Buch 26052

ein Ullstein Buch

›Der Besiegte‹ ist das Psychogramm eines Mannes, der die Bilanz seines Lebens zieht. »Angstneurosen verlaufen so oder so ähnlich, jeder Seelenarzt wird es bestätigen«, urteilte die Frankfurter Allgemeine Zeitung.

›Das Nest‹ zeigt einen Ausschnitt aus dem Leben einer 72jährigen Frau, die das typische Großmutter-Dasein im Haus der Tochter führt. Ein Dasein, das nach außen stillzustehen scheint, aber doch voll heimlicher innerer Spannung steckt.

›Der Magier‹ ist der Roman einer großen Ernüchterung. Zwei Menschen, die nach sieben Jahren der Brieffreundschaft einander begegnen, müssen erkennen, daß nur Fremdheit zwischen ihnen besteht.

Tagebuch der Maria Bashkirtseff

Ullstein Buch 30151

Frau in der Literatur

Maria Konstantinowa Bashkirtseff, die junge russische Adlige, die eine glanzvolle Rolle in der Pariser Gesellschaft vor der Jahrhundertwende spielte, die die geistige Elite faszinierte und zur Kultfigur wurde, begann mit zwölf Jahren, Tagebuch zu schreiben. Bis zu ihrem Tode als Vierundzwanzigjährige (1884) hat sie es Tag für Tag fortgeführt.

»Dem Schicksal zum Trotz, das sich ihr verweigern wollte, hatte sie sich zuletzt die Unsterblichkeit verdient«, schreibt Hilde Spiel.

»In dem Mädchen ist eine groteske Vorurteilslosigkeit der Reflexion, eine Freiheit und Frechheit der Beobachtung, die empörend sein könnte, wenn sie nicht reizend wäre.« (Hugo von Hofmannsthal)

Jean Cayrol

Mittag Mitternacht

Roman

Ullstein Buch 30116

Frau
in der Literatur

Jean Cayrol, dessen Romanwerk dem Nouveau Roman zugerechnet wird, wurde 1911 in Bordeaux geboren und lebt heute in Paris. Sein Roman »Mittag Mitternacht« ist 1966 erschienen. Die 34jährige Martine, Frau des Generaldirektors einer Bankgesellschaft, bricht aus ihrem goldenen Käfig aus, nachdem sie zwölf Jahre lang – eine lenksame, gefällige Martine – die gönnerhaft-nörgelnde Bevormundung ihres Mannes ertragen hat. Gilbert, der sie als sein Geschöpf betrachtet, sucht sie in die Rolle der mondänen, standesbewußten Gattin zu drängen – »Ich bin sein Aushängeschild, sein äußeres Zeichen des Wohlstands, sein Köder, sein Sand in die Augen, seine Leuchtreklame...«. Bei ihrem Aufbruch in eine ungewisse Zukunft nimmt Martine ihren elfjährigen Sohn mit.